향공열전 6

조진행 신무협 장편소설
ORIENTAL FANTASY STORY & ADVENTURE

dream books
드림북스

향공열전(鄕貢列傳) 6
매장경전(埋藏經典)

초판 1쇄 인쇄 / 2008년 9월 9일
초판 1쇄 발행 / 2008년 9월 19일

지은이 / 조진행

발행인 / 오영배
편집장 / 김경인
펴낸 곳 / (주)삼양출판사 · 드림북스

주소 / 서울특별시 강북구 미아8동 322-10호
대표 전화 / 02-980-2112~4 팩스 / 02-983-0660
편집부 전화 / 02-980-2116 팩스 / 02-983-8201
홈페이지 / www.sydreambooks.com

등록번호 / 제9-00046호
등록일자 / 1999년 3월 11일

ⓒ 조진행, 2008

값 8,000원

(주)삼양출판사 · 드림북스의 서면 허락 없이는 어떠한
형태나 수단으로도 이 책의 내용을 이용하지 못합니다.

ISBN 978-89-542-2638-7 04810
ISBN 978-89-542-2235-8 (세트)

* 지은이와 협의하에 인지는 생략합니다.
* 잘못된 책은 구입한 곳에서 바꾸어 드립니다.

제1장 군계일학(群鷄一鶴)의 세계 7

제2장 법륜(法輪)의 주인이 있는가? 39

제3장 필연(必然)과 악연(惡緣) 69

제4장 단심맹(丹心盟)이 답이다 105

제5장 법륜(法輪)과 열반(涅槃) 135

제6장 어차피 (於此彼; 이러나저러나) *163*

제7장 칠보절명산 (七步絶命酸) *203*

제8장 테르마, 매장(埋藏)된 비밀 *231*

제9장 천리(天理)에는 뜻이 없다 *259*

제10장 운검(雲劍)이 동쪽으로 간 까닭은? *291*

제1장
군계일학(群鷄一鶴)의 세계

"전하, 직접 만나보니 어떠셨습니까? 마음에 드셨습니까?"

감군원 원수(元首) 관억(寬抑)의 물음에 보국왕(保國王) 이진(李珍)이 호탕하게 웃어 보였다.

"하하하! 관 원수께서 서문영을 감군총사로 추천할 때 황상의 곁에 있기를 잘했다는 생각이오. 나는 그가 아주 마음에 드오."

관억의 얼굴로 어색한 미소가 번졌다.

서문영의 일로 황상을 찾아간 날의 일이 떠오른 것이다. 서문영을 감군총사로 추천하던 날 공교롭게 보국왕 이진이 황상과 환담을 나누고 있었다. 보국왕 이진은 감군부사가 된 지 얼마 되지도 않은 무관 서문영을 감군총사로 임명해 달라는 청에 관심을 보였다. 그리고 황상의 윤허가 떨어지자 자신을 찾아와 서문영의 행방을 물어왔던 것이다.

"마음에 드신다니 다행입니다. 그래도 아직 햇병아리인 그에게 어림친위군(御臨親衛軍)까지 맡기신 것은 조금 과하셨습니다."

"그런 햇병아리에게 감군총사를 맡긴 사람도 있지 않소?"

"감군원의 일은 총사가 아니라 소신의 손에 달려 있다고 해도 과언이 아닙니다. 총사는 그저 소신의 지시를 관리 감독할 뿐이지요. 하오나 어림친위군의 부대장은 다르지 않겠습니까? 아직 충성심이 검증되지 않은 무관에게 황실 최고의 무력 단체를 맡긴다는 것은 실로 위험천만한……."

"그의 충성심에 대해서는 염려하지 마시오."

"전하……."

관억이 복잡한 눈으로 이진을 바라보았다.

사람을 쓸 때는 반드시 버려야 할 때를 염두에 두고 써야 한다는 게 관억의 지론이었다. 적재적소에 인재를 등용하는 것도 중요하지만, 늘 그 다음을 염두에 두지 않으면 안 되는 것이 내관의 본능이었다.

"전하, 서문영은 불과 같은 존재입니다."

"불이라……."

"그렇습니다. 가까이 두는 것이 이롭기는 하나, 너무 가까

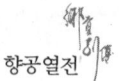

이 두었다가는 주변을 잿더미로 만들 수도 있사옵니다."

"본 왕에게 그 정도의 불을 다스릴 능력이 없다고 보시오?"

보국왕 이진의 얼굴에 야릇한 미소가 떠올랐다.

관억은 감히 더 이상 입을 놀리지 못했다. 상대는 보국왕 이진이다. 선황(先皇)이 대식국(大食國; 아라비아)의 여인을 잉태시켜 얻었다고 하는 비운의 황자(皇子). 혼혈이라는 이유로 황위계승 서열에조차 들지 못한 어둠속의 황태자.

비록 계보에조차 들지 못한 황자였지만 선황의 유지로 황궁무고(皇宮武庫)를 제집처럼 드나들고, 마침내는 어림친위군의 수장이 된 황실의 수호자.

보국왕 이진의 무공 경지를 알아볼 수 있는 사람은 세상에 없었다. 관부의 일이라면 깔아뭉개기가 일수인 무림인들조차 이진을 무림의 왕으로 받아들이고 있는 형편이니 말해 무엇할까!

"어찌 서문영과 같은 필부를 감히 전하에 비교할 수 있겠습니까? 전하께서 도달하신 지고의 경지를 소신이 미처 생각하지 못하였습니다."

관억의 말에 보국왕 이진이 피식 웃었다. 내관들의 아첨은 하루 이틀이 아닌데도 몸에 익지 않았던 것이다.

"하하! 관 원수, 그대는 서문영을 그토록 중시하면서 어찌 나에게는 그를 멀리하라고 하는 거요?"

보국왕 이진의 물음에 관억이 진지한 얼굴로 답했다.

군계일학(群鷄一鶴)의 세계 11

"소신이 그를 중용(重用)한 것은 그를 소신의 눈이 닿는 곳에 두고 싶었기 때문입니다. 재능이 뛰어난 자를 곁에 두지 않으면 마음이 놓이질 않아서요. 소신과 같은 내관들에게는 내일이 없습니다. 다만 오늘이 있을 뿐이지요. 지금은 서문영을 중히 쓰고 있지만, 상황이 언제 어떻게 변할지 모르는 일이 아니겠습니까?"

관억은 말뿐이 아니라, 정말 그렇게 생각하고 있었다. 어쩌면 지금까지의 모든 말들은 바로 이 한순간을 위한 것이었는지도 모른다.

서문영을 손에 쥐었지만, 양날의 검 같은 수하라서 다루기가 여간 조심스러운 것이 아니었다.

"그건 누구에게나 마찬가지가 아니오?"

보국왕 이진이 관억을 지그시 바라보았다.

"전하, 소신과 같은 내관(內官; 내시)들은 살아 있는 동안 황상과 황실의 안위만을 생각합니다. 내관들에게 황실은 삶의 모든 것입니다. 소관들의 변화는 황실의 존립을 위한 것이오나, 서문영과 같은 일반 백성들의 변화는 예측할 길이 없는 법이지요."

"관 원수의 말은 충분히 알아들었소이다. 나도 서문영을 가까이 두고 지켜보리다. 그리고 어림천위군의 병부(兵符; 병력을 동원하는데 신중을 기하기 위해 두 쪽이 합쳐져야 제 기능을 하는 신표)는 나의 것과 맞추지 않으면 효력이 없으니 병권에 대

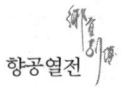
향공열전

해서는 염려하지 마시구려. 그나저나 금룡부의 천도문은 어떻게 된 거요?"

"……"

관익은 슬그머니 시선을 회피했다.

이미 금룡대에서 일어난 일은 보고를 받아 알고 있었다. 서문영과 천도문의 알력을 두고 하는 말일 것이다. 하지만 그 문제에 대해서는 마땅히 할 말이 없었다. 따지고 보면 자신의 과잉 충성이 만든 일이기 때문이다.

"금룡대와 어림친위군은 금군의 양대산맥이 아니오? 그런데 금군을 이끌어 가는 젊은 무장들이 화합하지 못한다면 국가적인 손해일 것이오."

"소신이 천도문에게 주의를 주겠습니다."

"과유불급(過猶不及)이라고 했소. 관 원수 역시 그들 모두가 황상의 신민(臣民)임을 잊어서는 안 될 것이오."

"예."

관익이 급히 머리를 조아렸다. 보국왕 이진도 이미 금룡부가 한 일을 알고 있는 듯했다. 하지만 보국왕 이진은 자신을 탓하지 않고 있었다. 그것이 황실을 위한 일이었음을 이진도 알고 있음이다.

서문영의 행패로 어두워 졌던 마음이 조금 가벼워졌다.

전쟁은 흐지부지 끝이 났고, 논공행상(論功行賞)도 적절하게 이루어졌다. 왕이건 절도사는 죽어서 충신이 되었고, 서부영의 장군 이세명은 살아서 대장군이 되었다. 살아남은 절충도위들 역시 포상(褒賞)을 받았다.

왕이건 절도사가 전사하고, 병사들 대부분이 사망한 것 이외에 달라진 것은 없었다.

서문영이 몰살당한 돌격여단의 일만 잊어 준다면 더 이상 바랄 게 없는 그런 상황인 것이다.

'서문영, 조용히 가자. 그게 너와 우리 모두를 위한 최선이다.'

하지만 서문영이 정말 돌격여단의 기억을 지울 수 있을까?

관익은 그럴 수 없을 거라고 생각했다. '지금은 서문영을 중용 하지만 언젠가 내쳐야 한다'고 다짐하는 이유도 거기에 있었다.

*   *   *

산문(山門)을 지나던 서문영의 얼굴이 야릇하게 일그러졌다. 산문에 쓰인 글자는 소림사가 아니라 대림사(大林寺)였다.

'아뿔사! 길을 잘못 들었구나!'

알면서도 서문영은 멈추지 않았다. 독고현이 위중한 상태인지라 대림사가 아니라 칠대마인의 집이라고 해도 뛰어들었을 것이다.

한달음에 대웅전 앞에 도착한 서문영은 내력을 돋우어 소리

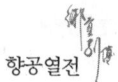
향공열전

쳤다.

"계십니까!"

가벼운 소란과 함께 승려 대여섯 명이 달려왔다.

서문영은 승려들에게 가볍게 목례를 해보인 후 급히 말했다.

"소림사로 가던 길에 길을 잃었습니다. 일행의 몸이 좋지 않은 상태이니 쉬어 갈 수 있게 해주십시오."

서문영의 말에 가장 앞에 서 있던 승려가 합장(合掌)을 해보였다.

"시주, 사정이 딱하게 되셨구려. 빈승을 따라오시오."

"감사합니다. 감사합니다."

서문영은 연이어 고개를 숙여 보였다.

상대가 까다롭게 나오면 보국왕에게 받은 어림천위군의 승룡부(昇龍符; 어림천위군 지휘관임을 증명하는 신패)이자 병부를 내세워서라도 일을 처리하려고 했는데, 말이 통해 다행이라는 생각이 들었다.

한참 만에 오십대의 승려가 멈춰선 곳은 지객원(知客院)이라는 편액이 걸린 낡은 고택(古宅)이었다.

"본사를 찾아 주시는 손님들을 위해 마련한 것입니다. 쉬고 계십시오."

"예……."

서문영이 불안한 눈으로 지객원을 힐끔거렸다.

눈이 좀 쌓이면 무너질 것이 걱정될 정도로 낡은 건물이다. 저래서야 찬바람이나 막을 수 있을까?

그런 서문영의 마음을 짐작한 듯 승려가 웃으며 말했다.

"시주, 저래 보여도 지난 천년의 세월 동안 숱하게 많은 눈과 비바람을 견디어낸 건물이외다. 소림사의 지객당(知客堂)보다 수십 년 앞선 것이니, 믿고 들어가시구려. 오히려 운치가 있지 않소?"

"아, 그렇군요."

서문영의 표정이 밝아졌다. 천년 동안이나 버텨온 건물이라니 왠지 믿음이 갔다.

승려는 서문영이 지객원 안으로 들어가자 곧 왔던 길을 되짚어갔다.

독고현을 안고 방 안으로 들어간 서문영은 천정의 구석구석을 살폈다. 천년이라는 세월을 버텼다는 말에 혹시나 해서 둘러보는 것이다.

"과연! 겉에서 보는 것과 다르구나."

탄성을 흘리던 서문영은 침상 위에 독고현을 곱게 눕혔다.

그리고 독고현의 전신혈맥을 가볍게 주무르기 시작했다.

서문영의 손끝에 맺힌 내력이 독고현의 몸으로 방울방울 흘러 들어갔다. 그럴 때마다 차갑게 굳어 있던 독고현의 몸이 조금씩 풀어져갔다.

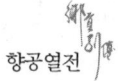
향공열전

마침내 독고현의 몸이 부드럽게 풀릴 때쯤, 서문영은 온몸으로 비 오듯 땀을 흘리고 있었다. 지금까지 독고현을 안고 달려와 곧바로 추궁과혈(推宮過穴)의 수법을 사용했으니 지치지 않으면 이상한지도 모른다.

 서문영은 독고현의 몸에서 손을 떼고는 뒤로 벌러덩 누워 버렸다.

 "헉! 헉! 추궁과혈의 수법이 이렇게 고통스러울 줄이야!"

 헐떡이고 있던 서문영이 급히 자리에서 일어섰다. 문 밖에서 발자국 소리가 들려왔던 것이다.

 아니나 다를까? 곧이어 처음에 길안내를 했던 승려의 음성이 들려왔다.

 "시주, 잠시 나와 보시구려."

 "예!"

 서문영은 옷매무새를 바르게 하고는 급히 밖으로 나갔다.

 휘날리는 눈발 아래에 오십대의 승려와 나이를 헤아리기 어려울 정도로 늙은 승려가 어깨를 나란히 하고 서 있었다.

 "부르셨습니까?"

 "소개가 늦었구려. 빈승(貧僧)은 손님들을 접대하는 지객원의 원주(院主) 운봉(雲峰)이라 하오."

 곧이어 운봉이 자신의 옆에 서 있는 노승을 가리켜 보였다.

 "그리고 빈승이 모시고 온 분은…… 대림사의 주지(住持)이신 마타선사(磨打禪師)이십니다."

군계일학(群鷄一鶴)의 세계 17

운봉의 소개에 마타선사가 합장을 하며 인사를 했다.

"나무관세음보살, 궂은 날씨에 고생이 많으셨습니다. 옷깃이 스쳐도 인연이라 하는데 산문까지 넘으셨으니…… 소시주는 우리 대림사의 큰 손님이시오."

마타선사의 깍듯한 인사에 서문영은 황급히 머리를 숙였다.

천년 전통의 큰 사찰에서 원로의 주지가 젊은 불청객에게 먼저 찾아와 인사를 하니 놀란 것이다.

"소생(小生)은 서문영이라 합니다. 평소 대림사의 이름을 흠모하였으나 인연이 닿지 않았습니다. 하지만 오늘 산중에서 길을 잃고 헤매다가 천운(天運)으로 대림사에 오게 되었습니다. 아무쪼록 많은 가르침을 바랍니다."

운봉과 마타선사의 표정이 부드럽게 풀어졌다. 상대가 제법 소양을 갖춘 문인(文人)으로 보인 까닭이다.

운봉이 서문영의 아래위를 살피며 중얼거렸다.

'여자를 안고 뛰어 들어와 염려했거늘, 문제를 일으킬 사람은 아니로군.'

주지인 마타선사 역시 운봉의 말을 듣고 한달음에 달려와 본 것인지라, 내심 안도하는 눈치였다.

"허허, 빈승은 이만 돌아가 보겠소. 운봉은 소시주에게 공양 시간을 잘 가르쳐 드리도록 해라."

"예."

마타선사가 조용히 합장해 보인 후 돌아갔다.

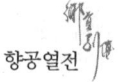
향공열전

"시주, 일기가 고르지 못해 시간을 헤아리기 어려울 테니 쉽게 설명해 드리다. 새벽에 처음 치는 종은 일어나라는 뜻이며, 두 번째 종은 아침 공양을 알리는 소리요. 그러니 시주께서는 두 번째 치는 종에 나와서 공양을 하시면 될게요."

"예."

"그리고 환자는……."

서문영이 재빨리 답했다.

"아직 거동이 불편하니 소생이 공양을 얻어다가 먹이도록 하겠습니다."

"본사에서 따로 도울 일은 없겠소?"

"예, 아프거나 부상을 입은 것이 아니라 탈진해서 쓰러진 것뿐이니 크게 염려하지 않으셔도 됩니다."

"참! 이미 본사의 저녁 공양 시간이 지났소만, 원한다면 뭔가 요기할 것을 마련해 줄 수도 있소."

"말씀은 감사합니다만 짐 속에 건량이 있으니 괘념하지 마십시오."

"그렇다면 다행이구려. 그럼 나도 이만 돌아가리다. 아무쪼록 편안히 쉬시구려."

"예."

운봉이 사라질 때까지 서문영은 우두커니 서서 움직이지 않았다.

아까부터 대림사라는 이름이 자꾸 걸렸던 것이다. 주지의 인사에 허둥지둥 답하다 보니 있는 말 없는 말 다 나왔는데, 시간이 지날수록 "대림사의 이름을 흠모했다"는 말이 완전히 입에 발린 말은 아니라는 느낌이 든다.

"내가 대림사를 언제 알았지?"

중얼거리던 서문영은 지객원으로 들어가기 직전 자신의 머리를 딱 소리가 나도록 때렸다.

"아! 그렇구나! 그랬어! 과연!"

그러고 보니 자신이 익힌 유마경(維摩經)의 무공이 바로 대림사에서 나온 것이었다.

* * *

새벽 미명(未明)에 서문영은 눈을 떴다.

일찍 잠자리에 든 탓도 있지만 저절로 눈이 떠졌다는 표현이 옳았다.

계속 누워 있어 봐야 더 이상 잠도 오지 않자 서문영은 느릿느릿 자리에서 일어났다. 그리고 대충 옷을 걸쳐 입고 밖으로 나갔다.

아직 날이 밝지 않아서인지 사람은 보이지 않았다.

덕분에 서문영은 느긋하게 사찰의 구석구석을 둘러볼 수 있었다.

대림사를 한 바퀴 돌았을 무렵, 멀리서 은은한 종소리가 들려왔다. 기상을 알리는 종소리였다.

전각 하나를 돌아나가던 서문영의 걸음이 멈춰졌다.

야릇한 느낌이 들었던 것이다.

아주 익숙한 기운이, 서문영을 부르고 있었다. 아주 익숙한 느낌, 마치 어린 시절에 매만지고 놀던 물건이 눈앞에 있는 것만 같았다.

"가만, 내가 대림사에 온 적이 있었나?"

스스로 중얼거리면서도 서문영은 말도 안 된다는 듯 머리를 긁적였다. 대림사는 처음이다. 자신뿐 아니라 그의 가족들 중 누구도 대림사에 와 본 사람은 없었다. 그런데 이 익숙한 느낌은 무엇이란 말인가?

서문영이 마치 꿈속을 걷듯 머뭇머뭇 앞으로 나아갔다.

"장경각(藏經閣; 경전을 보관하는 전각)?"

세월에 닳고 닳아 흐릿했지만, 현판에 적혀 있는 글자는 장경각이었다.

전각 앞에 우두커니 서 있는 서문영에게 사십대의 승려 하나가 다가왔다.

"시주, 장격각에 무슨 용무라도 있으십니까?"

"아, 아닙니다. 사찰을 둘러보다가 이곳에 이르게 된 것뿐입니다."

"그러시군요. 혹시라도 장경각을 구경하고 싶으시다면 주지 스님께 허락을 얻어야 할 겁니다. 본사가 소림사와 같이 출

입에 엄격한 제한을 두는 것은 아니지만, 그래도 귀한 경서가 보관되어 있기 때문에……."

"물론 그래야지요. 저도 그렇게 하겠습니다."

"그럼 이만."

사십대의 승려가 합장을 해보인 후 멀어져갔다.

서문영은 장경각 앞을 한동안 오락가락하며 시간을 보냈다. '승려도 아닌 내가 장경각에 들어갈 필요가 있을까?' 하는 생각을 하면서 말이다.

거의 반 시진(1시간) 가까이 고민하던 서문영은 결국 아침 공양을 마치자마자 독고현의 방에 먹을거리를 가져다 놓고는 주지인 마타선사를 찾아갔다. 아무래도 이대로 돌아갔다가는 내내 꺼림칙할 것 같은 생각이 들어서다.

"허허허, 장경각에 들어가고 싶다고 했습니까?"

마타선사가 만면에 미소를 지으며 서문영을 바라보았다. 모두가 외면하는 경전에 관심을 두니 반갑고 기쁜 것이다.

"예, 허락해 주신다면 잠시 경전을 읽어 볼까 합니다."

"요즘 같은 세상에 보기 드문 훌륭한 마음가짐입니다. 혹시 전에 읽은 경전이라도 있습니까?"

"예, 몇 해 전에 유마경을 몇 번 읽었습니다. 마침 가지고 있는 게 유마경뿐이었던지라 열 번 정도 읽은 것 같습니다."

물론 구도자(求道者)의 마음으로 읽은 것은 아니다. 왠지 모를 끌림에 비밀을 탐구하겠다고 유마경을 분해해 가며 읽었다. 그리고 그 노력의 결실로 유마경에 담긴 비전의 법문을 터득해 냈다.

그런 서문영의 과거를 알 리가 없는 마타선사는 무릎을 치며 반색했다.

"오호라! 유마경에 감동을 받으셨구려. 유마경 한 권으로는 갈증이 채워지지 않아 장경각에 들어가고 싶으신 것 같은데…… 허락하겠습니다."

"감사합니다."

"모두가 지난 옛날이야기지만…… 우리 대림사의 장경각에는 귀한 필사본이 많아 멀리서도 학승(學僧)들이 찾아오곤 했다고 합니다."

"아!"

서문영이 감탄한 얼굴로 마타선사를 바라보았다.

"물론 소림사에 비교할 바는 못 되겠지만…… 그래도 어지간한 사찰보다는 읽을거리가 많을 겁니다."

"그렇군요."

마타선사가 의미심장한 눈으로 서문영을 바라보았다.

"허허, 만약 소시주께서 무공에 뜻을 두고 있다면 이제라도 소림사의 장경각을 찾아가야 할 것이지만…… 그게 아니라면 우리 대림사의 장경각에서도 원하는 것을 얻을 수 있을 것입니다."

"소생은 그저 장경각의 경서를 둘러보고 싶을 뿐입니다. 게다가 소생과 같은 불청객에게 무고(武庫)를 개방해 줄 곳이 어디 있겠습니까?"

마타선사의 눈빛이 더욱 깊어졌다.

"소시주, 가보면 알겠지만…… 우리 대림사의 장경각은 결코 소림사 못지않습니다. 소림사의 칠십이종 절예 같은 무서(武書)는 없지만…… 백문(百聞)이 불여일견(不如一見)이라 했으니, 가보시구려."

"예."

서문영이 답하자 마타선사가 밖을 향해 말했다.

"소명(小銘)아, 지객원의 운봉을 데리고 오너라."

"예."

문밖에서 앳된 대답이 들려왔다.

곧이어 사람을 부르러 가는지 가벼운 걸음이 멀어져갔다.

서문영은 묵묵히 차를 마셨다.

마당에 있던 소사미(少沙彌)의 이름이 소명이었던 모양이다.

'지금은 잔심부름을 하고 있지만, 언젠가 어린 그도 눈앞의 노승처럼 나이를 먹고, 우아하게 늙어 갈 테지?'

'저 어린 사미는 무슨 생각으로 출가를 한 걸까?'

'그런데 대림사의 주지는 왜 말끝마다 소림사를 들먹이는 거지?'

그리고 보니 운봉이라는 승려도 지객원을 보여주며 "소림사

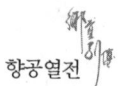
향공열전

보다 수십 년 앞선 것"이라고 했던 기억이 난다.

왠지 대림사의 모든 것이 소림사와 비교되고 있는 듯한 느낌이다.

이런저런 잡생각을 하고 있는 동안 운봉이 들어왔다.

"찾으셨습니까?"

"운봉아, 네가 소시주를 모시고 장경각으로 가거라."

"장경각에요?"

"그래, 소시주께서 장경각의 경서를 읽고 싶으시다니 안내를 해드리거라."

"큰스님, 장경각은 운학(雲鶴) 사제(師弟)가……."

"나도 안다. 하지만 운학의 정신이 오락가락 하니 너에게 부탁하는 것이 아니냐. 소시주를 모시고 장경각으로 가거라. 운학에게는 네가 잘 말해 주고."

"예."

운봉은 마뜩치 않은 표정이었지만 감히 거절하지 못했다.

*   *   *

서문영은 운봉의 뒤를 따라 장경각으로 향했다.

장경각에 이르자 운봉은 더 이상 진입하지 않고 헛기침만 여러 차례 해댔다.

서문영은 운봉의 행동에 나름의 이유가 있을 거라고 생각해

가만히 지켜보았다.

"험, 험."

"……"

한참 만에 전각 안에서 인기척이 들려왔다.

곧이어 장경각의 문이 빼꼼이 열리더니 노승 하나가 얼굴을 삐죽이 내밀었다. 한눈에 보아도 어딘가 부족해 보이는 얼굴이다.

서문영은 순간 저도 모르게 "소림사는 이곳과 많이 다를 거야"라고 중얼거렸다. 장경각이 어딘가! 명실상부한 사찰의 심장부다. 그런 심장부를 마당을 쓸다가 떨어지는 낙엽을 보며 혼자서 히죽히죽 웃을 것 같은 노승이 지키고 있다니?

"노사제(老師弟), 이 젊은 시주를 장경각에 들게 하라는 큰스님의 말씀이 계셨네."

"큰……스님…… 이요?"

음성도 탁하다 못해 꺼칠했다.

마른 나무를 섬돌에 비비면 저런 소리가 날까?

"그래, 자네와 나의 스승님이신 마타선사 말일세."

"아, 마타선사!"

순간 서문영은 저도 모르게 마른침을 꼴깍 삼켰다. 저 운학이라는 노승은 큰스님의 이름도 모르고 있었다는 생각이 들었던 것이다.

"소사형(小師兄), 큰스님이 왜…… 불렀다고요?"

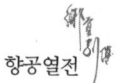
향공열전

"아니, 노사제를 부른 게 아니라. 여기 이 젊은 시주를 장경각에 들여보내라고 하셨다네."

"아!"

그제야 운학은 고개를 주억거리며 문을 조금 더 열었다. 겨우 한 사람이나 들어갈까 말까 할 정도로 조금 말이다.

그리고 알아듣기 힘들 정도로 가냘픈 소리로 중얼거렸다.

"십 년 만인가? 이십 년 만인가? 하여튼 들어와……."

서문영이 운봉에게 고개를 돌렸다. 장경각에 들어가고 싶다는 생각이 사라진 지는 오래였다.

"소승은 이만 가리다. 공양 시간을 잘 지켜 주시오. 괜찮다면 노사제의 공양도 좀 챙겨 주시고……."

"헉!"

대림사 승려인 운학의 공양을 챙겨 주라는 말에 서문영은 잠시 멍해졌다. 이거야말로 손님이 주인의 밥상을 차리는 꼴이 아닌가?

그 찰나의 순간 운봉이 빙그르르 돌아섰다. 그리고 뒤도 돌아보지 않고 바쁘게 사라져갔다. 불러도 절대 돌아보지 않을 기세로 말이다.

"……."

망설이고 있는 서문영의 귀로 운학의 중얼거림이 들려왔다.

"어여 오게…… 어여 와……. 자네와 할 얘기가 많아…… 아주 많아……."

"……."

서문영은 운학에게 자신은 이야기가 아니라 '그저 경전을 구경하러 온 사람이다'라고 말하고 싶었다. 그러나 운학의 초점이 완전히 풀어진 눈동자 앞에서는 아무런 말도 꺼낼 수가 없었다.

머뭇거리던 서문영은 운학의 채근에 못 이겨 결국 장경각 안으로 들어가야 했다.

아주 조금 열려 있던 문이 소리 없이 닫혔다.

장경각은 어두웠다.

아니 어둡게 느껴졌다.

창문은 다 닫혀 있고, 조금 열려 있던 문도 운학이 닫아 버리니 그렇게 느껴진 것이다.

서문영은 애써 운학을 외면하고 장경각을 살폈다.

정신이 온전하지 못한 운학과 말을 나누지 않으려면 재빨리 훑어보고 나가는 수밖에 없었다.

서가에서 서가로 이리저리 구불구불 돌아나가던 서문영은 우뚝 멈춰서고 말았다.

"이리 와봐. 어서."

운학이라는 노승이 길을 막고 서 있었던 것이다.

"저어, 스님, 저는 그냥 한번 둘러보고 나가면 됩니다."

"……."

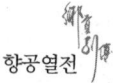
향공열전

운학이 초점이 어긋난 눈으로 서문영을 바라보았다. 마치 서문영의 뒤에 서 있는 사람을 보고 있는 듯했다.

"나는 네가 여기에 온 이유를 알아……."

"……."

서문영은 저도 모르게 등 뒤를 힐끔 바라보았다. 운학의 시선이 향한 곳이 뒤쪽인지라 저도 모르게 뒤를 돌아본 것이다.

"헐헐, 새가슴이로구먼. 이리 와. 이리."

운학이 돌아서서 어디론가 걸어갔다.

잠시 갈등하던 서문영은 머뭇머뭇 운학의 뒤를 따라 걸음을 옮겼다.

운학이 간 곳은 장경각 한가운데 있는 탁자였다. 학승들이 와서 필사(筆寫)를 하고 가는 자리인 듯, 벼루와 먹, 그리고 종이가 곱게 쌓여 있었다.

운학은 한쪽에 자리를 잡고 앉았다. 그리고 서문영에게 연신 손짓을 보냈다. 근처에 자리를 잡고 앉으라고 하는 것 같았다.

서문영은 운학의 맞은편 적당한 곳에 자리를 잡았다.

"예, 예, 노스님, 저에게 무슨 하실 말씀이 있으신지요?"

그러나 운학은 엉뚱한 말을 했다.

"자네를 이리로 부른 건 내가 아니야. 그건 자네야. 자네가 나와 자네를 이리로 부른 거라고. 알겠나?"

"제가요?"

서문영이 운학의 눈을 지그시 바라보았다.

조금 전까지만 해도 피하려고 했는데, 이제는 정신이 오락가락하는 노승이 안쓰럽다는 생각이 든다.

서문영이 진지해지자 운학의 얼굴에 미소가 어렸다.

"헐헐, 들어봐. 내가 장경각을 맡은 지 벌써 삼십 년이나 지났어. 오래됐지?"

"예."

서문영이 감탄한 얼굴로 고개를 끄덕였다. 장경각에서 삼십 년이라니 정말 긴 세월이 아닌가!

"역시, 자네가 거기 앉을 줄 알았어. 그 자리 아주 중요한 자리야."

"왜 이 자리가 중요한가요?"

"그건, 말할 수 없어. 자네도 곧 알게 될 거야. 그 자리 아주 중요해. 천하의 안위가 그 자리에 달려 있어."

"예? 천하의 안위가요?"

서문영은 노승의 말에 황당한 표정을 지어 보였다. 소림사가 아닌 대림사에서 천하의 안위라는 말을 듣게 될 줄은 몰랐던 것이다. 그것도 정신이 오락가락 하는 노승에게서 말이다.

"왜? 내가 미친 것 같아? 클클."

운학이 야릇한 눈으로 서문영을 아래위로 훑어보았다.

서문영은 흠칫 몸을 떨었다. 왠지 그 눈길에 소름이 돋는 느낌이다.

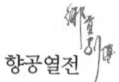
향공열전

하지만 이 순간 실제로 서문영의 팔에는 소름이 오소소 돋아 있었다. 평범한 노승의 눈길에 지고의 경지에 든 서문영이 소름이 돋은 것이다.

그런 서문영의 변화를 바라보는 게 재미있다는 듯 운학이 푸들푸들 웃으며 말을 이어 나갔다.

"잘 들어봐. 내가 처음 장경각에 왔을 때…… 나는 한 마리 닭에 불과했어. 내 법명(法名)은 운계(雲鷄)였다고, 운계. 구름 속을 헤매는 닭……."

운학의 눈빛이 몽롱해져갔다. 과거를 회상하고 있는 듯했다.

"그런데 어느 날 스승님이 내 법명을 운학으로 바꿨어. 난 닭에서 학이 된 거야. 구름 속을 노니는 학……."

노승이 눈을 감고 두 팔을 활짝 펼쳤다. 마치 구름 속을 떠다니는 학이라도 된 듯이 말이다.

그리고 바람을 타고 이리저리 날아다니는 흉내를 냈다.

"하지만 난 완전한 학이 아니야. 왜냐면 난 그것을 찾지 못했기 때문이야. 난 그냥 학의 흉내만 내고 있는 닭이야."

이제 다시 현실로 돌아온 듯 운학의 음성은 칙칙하게 가라앉았다.

운학의 눈이 떠졌다.

순간 운학의 눈에서 섬전(閃電) 같은 광망이 쏟아져 나왔다.

그 무시무시한 눈빛에 놀란 서문영은 저도 모르게 뒤로 주루룩 물러났다. 의자에서 몸을 뗄 틈도 없이 순식간에 벌어진 일이었다.

콰드드득.

의자가 지나간 흔적이 마루바닥에 고스란히 남았다.

"……."

서문영이 자리에서 벌떡 일어섰다.

맹세코 지금까지 단 한 번도 저런 눈을 본 적이 없었다. 모든 것을 다 꿰뚫어 보는 듯 투명하면서도 온몸을 갈기갈기 찢어 버릴 듯한 야수와 같은 눈빛. 그 끔찍하다는 초혼요마의 핏빛 안광(眼光)도 저 정도의 충격은 아니었다.

"응? 갑자기 왜 일어나? 벌써 공양 시간이 된 거야? 난 여기서 안 나가. 자네나 나가서 먹고 와."

"하아!"

서문영의 입에서 한숨이 흘러나왔다.

어느새 운학은 실성한 본연의 자세로 돌아가 있었다. 무학의 일대종사와 같던 기도는 어디론가 사라진 뒤였다.

"스님, 제가 공양을 가지고 오겠습니다."

"마음대로 해. 어차피 난 나가지 않을 거니까. 그리고…… 지금 내가 한 이야기는 아무에게도 하면 안 돼."

"무슨 이야기를요?"

"내가 말했잖아. 내가 장경각을 맡게 되지 삼십 년이 지났다고. 장경각에서 내가 모르는 일은 없어. 그러니까 다른 사람

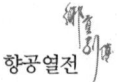
향공열전

에게는 말하면 안 돼. 어차피 아무도 믿지 않을 테니까. 괜히 말하면 미친 사람 취급을 받게 된다고."

"그러니까 무슨 이야기를 하면 안 된다는 거죠?"

서문영은 혹시라도 운학이 밝히기를 꺼려하는 일을 자신이 말하게 될까봐 거듭 물었다. 호기심 많은 독고현이나 대림사의 승려가 "장경각에서 무슨 얘기를 했느냐?"고 물으면 적당한 답을 줘야 했기 때문이다.

하지만 운학은 이미 자신의 세계로 빠져든 듯 히죽히죽 웃기만 했다.

"저어, 혹시, 안 된다는 게…… 아닙니다."

고개를 설레설레 흔들던 서문영은 가볍게 읍(揖)을 해보인 후 자리에서 일어섰다.

주지이자 스승인 마타선사의 이름도 잊고 사는 사람에게 뭘 더 기대한단 말인가? 아직 공양 시간은 멀었지만 마음이 답답해서 더 이상 앉아 있을 수가 없었던 것이다.

서문영은 공양을 마치자마자 바쁘게 뛰어다녔다. 독고휘와 운학의 공양을 챙겨야 했기 때문이다.

지객원에 음식을 가져다 놓은 서문영은 다시 장경각으로 갔다.

오가는 길에 마주치는 승려마다 서문영에게 환한 미소를 보냈다. 그들도 서문영이 운학의 공양을 가져다주고 있다는 것을 알고 있는 듯했다.

그럴 때마다 서문영은 묘한 굴욕을 느꼈다.

'이게 아닌데, 어쩌다 이렇게 됐지?'

서문영은 운봉을 찾아 고개를 휘휘 둘러보았다.

운봉을 만나면 운학에 대해 이것저것 물어보고 빠질 생각이었다.

하지만 운봉은 코빼기도 내비치지 않았다.

'아무래도 나를 피하고 있는 것 같은데…….'

그렇지 않다면 지객원의 담당이라는 운봉이 자신의 앞에 나타나지 않을 리가 없지 않은가! 누워 있는 독고현을 제외하면 돌볼 손님도 없는데 말이다.

"하아! 결국 장경각에서 당분간 운학스님의 시중을 들어 달라는 얘기 같은데……."

손에 바리(승려들이 사용하는 나무로 만든 그릇)를 들고 걸어가던 서문영이 한숨을 길게 내쉬었다. 어차피 하는 일 없이 신세를 지는 것보다는 누군가의 시중을 드는 편이 나았다. 하지만 자발적으로 하는 일과 억지로 떠안게 된 것은 분명히 다르다.

"소시주, 낮부터 웬 한숨이요?"

"……."

서문영이 엉거주춤 멈춰 섰다. 멀리서 주지인 마타선사가 웃으며 다가오고 있었다.

"아닙니다."

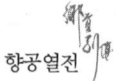

운봉스님을 만나면 가볍게 항의라도 하려고 했었다. 그러나 막상 주지가 물으니 별것 아니라는 생각이 든다.

서문영이 웃자 마타선사가 다가와 바리를 가리키며 물었다.

"혹, 장경각으로 가져가는 것이오?"

"예."

"허허, 벌써 행(行), 주(住), 좌(坐), 와(臥)의 자성불도(自成佛道)를 깨달으셨구려. 좋은 일입니다. 몸을 쓰는 것이야말로 수행의 기본이라고 할 수 있습니다. 아주 좋은 공부를 하고 계십니다. 우리뿐 아니라 소림사에서도 행(行)과 좌선(坐禪)은 같은 것으로 여기고 있습니다."

"아, 예……."

서문영이 억지로 웃어 보였다. 수행을 위해서가 아니라 얼떨결에 떠맡게 된 것이라는 말은 차마 할 수 없었다.

"그런데 큰스님, 운학스님의 법명이 본래 운계(雲鷄)였다는 게 사실입니까?"

서문영의 물음에 마타선사가 눈을 끔뻑이며 되물었다.

"누가 그런 소리를 했소?"

"운학스님이……."

"허허, 그 사람 장난이오. 법명을 바꾼다는 게 말이 될 소리입니까? 그는 본래 운학이었습니다."

"……."

서문영이 고개를 갸웃거렸다. 분명히 운학은 자기가 운계였다고 했었다. 그런데 스승은 그런 일이 없다고 한다. 누구 말이 맞을까?

"음, 소시주, 내 말을 오해하지 말고 들어주시구려. 소시주가 장경각에서 소일거리를 찾고자 하니 하는 말인데…… 운학은 삼십 년 전까지만 해도 본사(本寺)의 가장 총명한 학승(學僧) 중 하나였습니다."

"예."

"그런데 장경각을 맡고나서 십 년쯤 돼서부터…… 기억이 오락가락하는 병이 생겼습니다. 가끔씩 사람도 못 알아보고, 자기 이름이 뭔지도 깜빡깜빡할 때가 있어요."

마타선사가 서문영의 얼굴을 빤히 들여다보며 물었다.

"왜 우리도 가끔 경황이 없으면 그러곤 하지 않습니까?"

"예? 예."

"허허, 그냥 그런 '깜빡 증상이 남들보다 좀 강하다'라고 생각하시면 됩니다. 그 이외는 아주 좋아요. 아무 문제없지요. 장경각밖에 모르는 성실한 사람입니다. 훗날 우리 대림사에서 생불(生佛)이 나왔다는 소문이 들리면, 운학이라고 생각하시면 될 겁니다. 훌륭한 스님이지요."

"아, 네에, 그런데 어떤 점에서 훌륭하다는 것인지요? 소생이 배울 점이 있다면 배우고 싶어서 그럽니다."

"그는 정신이 들락날락할 때부터 장경각 밖으로 나가지 않았습니다. 단 한 차례도 말입니다. 장경각에 칩거한 지 이십

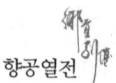
향공열전

년이 지났으니 지금쯤은 피와 살에도 불성(佛性)이 충만할 겁니다. 그 정도면 축생(畜生; 사람이 기르는 짐승)도 영물로 변할 시간이지요. 소림사의 장경각주인 무아(無我)스님도 그런 점에서는 우리 운학을 따라가지 못할 거라고 생각하고 있습니다."

"아!"

어딘지 모르게 이상하다는 생각은 들었지만 마타선사의 표정이 너무 진지해서 서문영은 티 내지 않았다.

"운학과 함께 지내다 보면 소시주에게도 적지 않은 깨달음이 있을 겁니다."

"예, 알겠습니다."

"그럼, 좋은 공부가 되길 바라겠습니다."

마타선사는 큼지막한 웃음을 지어 보이고는 지나쳐갔다.

"과연! 축생도 영물로 변할 시간이라······."

서문영이 고개를 주억거리며 장경각으로 향했다.

제2장

법륜(法輪)의 주인이 있는가?

서문영과 독고현이 대림사로 들어간 지 사흘쯤 지났을까? 참배객의 발길이 끊겨 조용하기만 하던 대림사가 술렁거리기 시작했다. 이상한 물건과 함께 붉은 배첩(拜帖)이 전달되었기 때문이다.

"허어, 이거 참…… 어쩌라는 것인지 원……."

마타선사가 곤혹스러운 표정으로 탁자 위를 바라보았다. 붉은 배첩 하나가 놓여 있었다. 십 년 전에도 받았던, 여전히 이해할 수 없는 내용의 배첩이다.

마타선사가 배첩을 들고 다시 한 번 살폈다.

법륜(法輪)의 주인이 있는가?

배첩에 적혀 있는 한 줄기 글귀였다. 지난 삼십 년 전부터 십 년을 주기로 오고 있는 배첩이다.

배첩의 재질도 희귀하고, 그 글자에 담긴 공력 또한 범상치 않아서 마냥 무시할 수도 없는 배첩. 만약 누군가의 장난이라고 여겨질 만큼 별 볼일 없는 것이었다면 고민하지도 않았을 것이다.

마타선사의 시선이 다시 탁자로 향했다.

과거와 달라진 것이 있다면 이번에는 물건까지 하나 더 왔다는 점이다.

마타선사가 배첩과 물건을 가지고 온 공원선사(空原禪師)에게 물었다.

"공원 사제, 대체 저 배첩과 물건이 무엇을 뜻하는 것인지 알 수 있겠습니까?"

"제 생각에는 소림사로 갈 물건이 잘못 온 것 같습니다."

공원선사의 대답에 마타선사가 인상을 찌푸렸다. 한때는 그렇게 생각한 적도 있다. 하지만 삼십 년이다. 삼십 년이나 잘못 배달될 리는 없지 않은가?

"벌써 세 번째입니다. 같은 실수를 세 번이나 할 리가 있겠습니까?"

"그도 그렇습니다만. 저 물건을 보십시오. 배첩은 법륜에

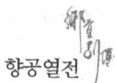
향공열전

관한 것이니 우리 대림사에 온 것이라고 생각할 수도 있습니다. 하지만 저 물건은 확실히 무가(武家)의 물건이 아닙니까? 우리 대림사에 저런 물건과 관계된 사람이 있겠습니까?"

마타선사가 침중한 안색으로 고개를 끄덕였다. 일리가 있는 지적이었다. 이번에 배첩과 함께 온 물건은 확실히 대림사와는 어울리지 않는 것이다. 소림사처럼 강호에서 활동하는 명문 문파라면 모를까.

"이 비수(匕首)에 대해 짐작이 가는 게 있습니까?"

마타선사가 탁자 위에 놓인 단검을 가리켜 보였다.

두 뼘 정도 되어 보이는 검은색 단검의 검신에 붉은 보석이 박혀 있다. 문제는 값비싸 보이는 그 보석이 아니라, 그 보석에서 흘러나오는 사기(邪氣)다. 그것은 평생을 참선으로 보낸 마타선사도 감당하기 버거울 정도로 끔찍했다.

처음 공원선사가 비수를 가지고 왔을 때 호기심으로 탁자를 툭 건드렸었다. 탁자의 한쪽 모서리가 두부처럼 썰려나갔다. 아무런 힘을 들이지 않았는데도 말이다. 비수는 무림의 보물이라고 할 만한 것이었다.

"사형께서도 그렇겠지만, 저도 무림에 그다지 관여를 하지 않아서 내력을 종잡을 수가 없습니다."

"역시 소림사로 가야 할 물건이겠지요?"

"예, 아쉽지만 우리 대림사에는 저 단검이나 배첩을 받을 사람이 없는 건 틀림없습니다. 받는 사람의 이름도 없으니, 배달사고라고 생각하는 게 옳을 것 같습니다. 소림사로 보내면 단검의 주인이나 배첩의 내용에 대해서 알 수 있을지도 모릅니다."

"그런데 사제, 소림사에서 지난 삼십 년 동안 자신들에게 알려주지 않았다고 뭐라고 하지는 않겠습니까? 의외로 속 좁은 분들이 많아서 걱정입니다."

"지난 두 번은 배첩만 왔으니 소림사에서도 우리를 탓하지 못할 겁니다. 사찰에 '법륜의 주인이 있느냐?'고 물었으니, 당연히 화두(話頭)나 법어(法語)의 한 구절로 생각 하는 게 정상이지요."

"이 문제는 사제가 직접 소림사로 가서 해결해야 할 것 같습니다. 사제는 강호를 주유하던 사람이니 소림사의 사람들과는 대화가 잘 될 겁니다. 괜한 오해는 피해야지요. '대림사가 소림사로 보내는 배첩을 삼십 년 동안이나 받고도 모른 척했다'는 말이 나오지 않도록 힘을 써 주세요."

"예, 알겠습니다. 제가 직접 가서 소림사의 방장에게 배첩을 전해 주겠습니다. 사형께서도 그 문제에 관해서는 너무 심려하지 마십시오."

"사제가 나서 준다면 나는 마음 놨습니다. 그런데 대체 누가 삼십 년 동안이나 이런 배첩을 보낸 것일까요? 법륜의 주인이라니…… 거참, 알다가도 모를 내용입니다 그려."

"누군지는 몰라도 보통 사연은 아닌 듯싶습니다. 배첩만 봤

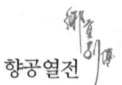

을 때는 그러려니 했는데…… 이번에 저 단검을 보니 심상치 않은 예감이 듭니다."

"이 배첩과 물건을 전해 준 사람은 뭐라고 하던가요?"

"표국에서도 보낸 사람에 대해서는 알지 못하더군요. 다만 누군가 찾아와 대림사로 보내 달라는 말만 했다고 합니다."

"사람의 마음이 문제입니다, 마음이. 아직도 대림사와 소림사를 헛갈려 하는 사람이 많으니…… 이걸 복(福)이라고 해야 할지 화(禍)라고 해야 할지……. 그런데 언제쯤 가볼 생각입니까?"

"내일 소림사에서 십팔나한(十八羅漢)을 뽑는 대회가 열린다고 해서 찾아갈 참이었습니다."

"그래요. 이런 마물은 오래 맡아 두고 있으면 안 됩니다. 보통의 단검이 아닌데 대림사에서 분실이라도 한다면…… 정말 생각만 해도 끔찍합니다. 끔찍해."

"혹시 지금까지 왔던 두 개의 배첩도 가지고 계십니까?"

마타선사가 고개를 저었다.

"십 년, 이십 년 전의 배첩을 지금도 가지고 있을 리가 없지 않습니까? 그게 무슨 경전이라도 된다면 모를까."

"사형, 내용은 이번과 같았지요?"

"내용뿐입니까? 내 기억에 의하면 글씨체도 같았습니다. 분명히 같은 사람이 보낸 거예요."

"하아!"

마타선사의 말에 공원선사가 한숨을 길게 내쉬었다. 아무래도 보통일이 아니라는 느낌이 든다. 삼십 년 동안 집요하게 보내온 배첩인 것이다.

마타선사가 배첩을 공원선사에게 내밀었다.

붉은 배첩과 단검을 품속에 갈무리하던 공원선사가 생각난 듯 물었다.

"참! 지객원의 남녀에 대해서는 알아 보셨습니까?"

"허허, 우리 대림사에 복덩이가 굴러들어왔습니다."

"복덩이라니요?"

"남자는 금군(禁軍)의 고위 무관이라고 합니다."

"금군의 무관이 왜 본사에?"

"그게 또 부처님의 뜻이지요. 소림사로 찾아가다가 길을 잃었다고 합니다."

"아! 타관(他官) 사람이었나 보군요. 허면 젊은 부부가 소림사로 가다가 길을 잃었던 건가요?"

"부부는 아니고, 그냥 어찌어찌 아는 사람들인 것 같더군요."

"흠! 강호인도 아닌데 대충 아는 사이에 함께 여행을 다닐 수가 있을까요?"

"여자의 집안도 대대로 무관(武官)을 배출했다고 했습니다. 아무래도 무가(武家)의 자녀들이라 뜻이 맞았나 봅니다."

"그렇군요."

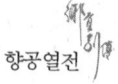
향공열전

공원선사가 그제야 납득이 간 듯 고개를 끄덕였다. 사실 무관과 무림인은 거의 동류라고 봐야 옳았다. 무사가 관부에 몸을 의탁하면 무관이 되고, 강호에 나오면 무림인이 되는 까닭이다.

"허허! 우리 대림사에서는 손님 때문에 피해를 본 적이 없어요. 오십 년 전의 대기근도 길 잃은 손님을 잘 접대해서 무사히 넘긴 적이 있다고 하지요?"

"허허, 저도 스승님께 귀에 못이 박히게 들었습니다."

"그래요. 이번의 손님들도 대림사에 해가 되지는 않을 겁니다. 왠지 그런 느낌이 들어요."

"법력(法力)이 높으신 사형께서 그런 느낌이 든다면 그럴 것입니다."

"아! 그들이 소림사를 가다가 길을 잃었다고 했으니, 사제가 그들을 데리고 가는 건 어떻습니까?"

"그래도 되겠습니까?"

공원선사가 은근한 눈으로 마타선사를 바라보았.

기적처럼 대림사에 흘러들어온 귀빈인데 소림사로 보내도 되겠느냐는 의미다.

"허허, 두 발 달린 짐승이 어딘들 못 가겠습니까? 사람의 인연이란 게 그렇습니다. 억지로 잡아 둔다고 내 것이 되지 않으며, 쫓아낸다고 멀어질 수 있는 게 아니지요."

"옳으신 말씀입니다. 그렇다면 제가 손님들을 만나보겠습니다."

"그러세요."

* * *

서문영과 독고현은 공원선사의 제안을 흔쾌히 받아들였다. 어차피 소림사로 가던 길이었으니 마다할 이유가 없는 것이다. 서문영의 경우 장경각에서 빠져나갈 기회라 여기고 더욱 환영의 뜻을 나타냈다.

공원선사가 서문영과 독고현을 데리고 대림사를 떠나던 날은 봄처럼 화사한 기운이 대지에 충만했다. 쌓였던 마지막 눈도 대부분 녹아서 며칠 전의 눈보라가 사실이었는지 의심스러울 정도였다.

"소시주, 참 좋은 날씨 아니오?"

"예, 날씨는 좋은데…… 저와 독고 소저가 소림사에 들어갈 수 있을지 걱정입니다. 십팔나한을 뽑는 동안은 손님을 받지 않을 거라고 지객원의 스님이 말씀하셨는데……"

공원선사가 웃으며 고개를 저었다.

"그 점이라면 염려하지 마시구려. 누구와 함께 가느냐에 따라 좌우될 수 있는 문제이니까. 소림사에서 십팔나한을 뽑을 때 무림의 명숙들도 초대를 한다오. 소림사만의 행사로 끝낼

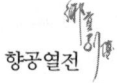
향공열전

것이 아닌 다음에야, 외부의 손님을 일체 받지 않을 리가 있겠소? 워낙 엄격한 곳이라서 외부적으로 그렇게 알려진 것뿐이라오."

"그렇군요."

서문영은 어렵게 걸음한 이상 소림사를 꼭 둘러보고 싶었다.

독고현이 웃으며 서문영의 옆구리를 툭 건드렸다.

"어쩐지 저보다 공자님께서 더 가고 싶어 하시는 것 같네요."

"우리가 그토록 고생을 하지 않았습니까? 어렵게 찾아간 곳에서 문전박대를 당하면 좀 그렇잖아요?"

"허허, 내가 있으니 너무 걱정하지 마시구려."

공원선사가 다시 한 번 안심을 시켰다. 평소에도 소림사에서는 대림사의 고승을 귀빈(貴賓)으로 맞았다. 하물며 자신의 품에 무림의 기병(奇兵)이 들어 있는 데야! 소림사에 이런 기병을 전해 주는데 환대를 받지 못한다는 것은 말이 되지를 않는다.

대림사를 떠나 한 시진(2시간)쯤 걸었을까?

주변을 둘러보던 독고현이 궁금하다는 듯 물었다.

"선사님, 소림사는 얼마나 더 가야 하지요?"

"반 시진(1시간)만 더 가면 소림사의 산문이 보일 겝니다."

"아주 먼 거리는 아니로군요?"

"가까운 것은 아니지만 멀다고 할 수도 없는 거리지요."

독고현이 서문영에게 시선을 돌렸다.

"그런데 왜 우리는 못 찾고 헤맨 거지요?"

"눈이 무서운 겁니다. 눈이 내리면 방향을 잃고 같은 자리를 빙글빙글 돌게 되지요."

"하아! 꽤나 멀리 간 것 같은데 결국 우리는 산을 빙빙 돈 건가요?"

"그랬을 겁니다."

서문영이 씁쓰름한 미소를 지어 보였다. 나름 무공의 고수라고 생각하고 있었는데 자연의 힘에는 미치지 못했다. 인간의 나약함이라니! 그것이야말로 지난번 눈보라 속에서 얻은 유일한 깨달음이었다.

듣고 있던 공원선사가 담담한 음성으로 말했다.

"누구라도 그런 상황에서는 헤맬 수밖에 없을 것입니다. 부족함을 아는 것이 구도(求道)의 시작이지요."

"……."

서문영과 독고현은 묵묵히 고개를 끄덕였다.

두 사람 모두 지난 몇 년간의 생활에 파란이 많았다. 지금 공원선사가 부족함을 아는 것이 중요하다고 하니 절로 가슴이 찡해져왔다.

독고현은 최고의 권력에서, 서문영은 무공에서 스스로의 한계를 절감하고 있었던 것이다.

"하아! 좀 쉬었다가 가요."

아직 몸이 회복되지 않은 독고현의 말에 공원선사와 서문영

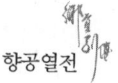
향공열전

은 걸음을 멈추었다.

 잠시 후 세 사람은 양지바른 곳에 자리를 잡고 앉았다.

 주변을 휘휘 둘러보던 공원선사가 독고현에게 물었다.

 "그런데 독고 소저께서는 독에 당하신 듯한데…… 대림사로 오시다가 흉한 일을 만나신 것이오?"

 물론 속으로는 그 이전에 당한 것이라고 생각했지만, 공원선사는 에둘러 물었다. 대림사로 오기 전의 일이라면 자신이 나서서 물어볼 일이 아니다. 아직 그 정도의 친분이 없기 때문이다.

 부자연스럽지만 이렇게라도 묻는 것은 나름의 이유가 있다. 독고(獨孤)라는 성을 쓰는 아가씨가 무림의 은원에 복잡하게 얽혀 있을까 봐 신경이 쓰였던 것이다. 행여나 소림사의 경사스러운 행사에 초를 치게 되는 일이 생겨서는 곤란하지 않겠는가!

 "아, 이거요? 음, 말해야 하나?"

 잠시 망설이던 독고현은 공원선사의 염려를 짐작하고는 선선히 가르쳐 주었다.

 "부끄럽지만 저도 얼마 전까지 군부(軍部)에 몸담고 있었답니다. 군(軍)의 작전에 투입되었다가 그만 적의 암수에 당했지요. 그때 저를 구해 주신 분이 바로 여기 계신 서 공자님이시고요. 그때부터 군문을 나와서 서 공자님을 따라 다니고 있는 중이에요."

"오오! 그런 인연이……. 그런데 암수라고 하심은?"
"경험 미숙으로 산공분(散功粉)을 마셨답니다."
"저런, 저런……."

안타깝다는 듯 혀를 차면서도 공원선사는 내심 안심한 얼굴이었다. 산공분이라면 요즘 세를 떨치고 있는 당문(唐門)이나 오독문(五毒門)과 같은 독의 명문(名門)에서 사용하는 것이 아니다. 분명 하오문이나 변방의 이민족과 싸우다가 당한 것이 틀림없다. 소림사에 드나들 정도의 거물과 얽힐 일은 없는 셈이다.

"그런데 선사님, 저도 한 가지 궁금한 것이 있습니다."

서문영은 운을 떼고도 쉽게 입을 열지 않았다. 아무래도 자신의 질문이 적절한 것인지 아닌지 갈피를 잡지 못한 탓이다.

궁금해진 공원선사가 서문영을 지그시 바라보며 고개를 끄덕였다. 어떤 질문이라도 해보라는 뜻이다.

용기를 얻은 서문영이 조심스럽게 물었다.

"장경각에 계시는 운학스님은 어떤 분이신지요?"
"어떤 분이시라니요?"

상당히 포괄적인 질문인지라 공원선사가 되물었다. 서문영이 알고 싶어 하는 게 정확히 무엇인지 알 수 없었기 때문이다.

"아, 그저 평범한 분 같아 보이지 않아서 말입니다."

서문영은 "정신이 오락가락 한다고 들었다"는 말을 하려다가 실례라는 생각에 말을 좀 돌려서 했다.

대림사의 고승인 공원선사가 그 말을 못 알아들었을 리가

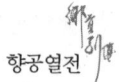
향공열전

없다.

"허허, 잘 보셨습니다. 운학은 주지이신 마타선사님의 제자인데, 사연이 좀 있는 스님이지요."

"사연이라 하심은?"

"대림사는 본래 선종(禪宗)이라오."

"예."

"그런데 대림사에는 알려지지 않은 법풍(法風)이 있소이다. 순밀(純密; 대일경과 금강정경을 토대로 하는 밀교)의 바라밀교라고 하는…… 밀교의 한 종파이지요."

"아!"

"아시는 대로 밀교의 대부분은 토번에서 전해진 것이외다. 토번과의 전쟁 때문에 드러내지 않는 것은 아니고, 대림사에서 바라밀의 수행을 하는 스님이 운학 혼자이다 보니 비밀스럽게 된 것이라고나 할까……."

"운학스님은 어디에서 밀교를?"

"허허, 우리는 본래 행각(行脚)을 자주 하지 않소? 배움을 위해 사찰을 옮겨 다니기도 하고……. 예컨대 나도 처음부터 대림사의 승려는 아니었다오. 대림사의 승려는 구(驅), 천(天), 마(磨), 운(雲), 지(知), 각(覺), 원(元)의 항렬을 따른다오. 그런데 소승은 법명이 공원이 아니오? 순수한 대림사 출신의 승려가 아니라는 뜻이라오."

"그렇군요."

"소승은 강호를 주유하던 중 우연히 마타선사의 스승이신 천공선사(天空禪師)를 만났다오. 그분의 설법에 깨달음을 얻어 대림사에 눌러 앉게 되었지요. 그런 이유로 마타선사와는 뒤늦게 사형제간이 되고 만 것이라오."

"아, 예."

"이런! 말이 다른 데로 샜구려. 운학스님의 경우 대림사 출신의 승려인데 토번에서 오래도록 수행을 했다고 들었소. 그 운학스님이 삼십 년 전에 대림사로 돌아왔을 때, 당시 주지이시던 허담선사께서 그를 장경각의 수좌로 임명하셨소. 평소 선사께서는 운학스님을 가리켜 학승(學僧) 중 최고라고 칭찬하셨으니 당연한 결정인지도 모르오."

"아!"

"운학스님은 대림사의 경전들을 수집하여 연구하고, 부족한 경전들은 빌려다가 필사를 하곤 했소. 그런데 과유불급(過猶不及)이랄까……, 장경각에서 십 년을 지낸 운학스님에게 이상이 찾아오고 만 게요. 소시주께서 보셨듯 정신이 오락가락하기 시작한 것이외다. 그래도 주지인 마타선사는 스승인 허담선사의 유지를 받들어 '운학이 살아 있는 동안 장경각을 그에게 맡기겠다'는 방침을 바꾸지 않았소."

"……."

"이것이 내가 운학스님에 대해 알고 있는 전부외다. 궁금증은 풀렸소?"

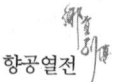
향공열전

"예, 그런 사연이 있는 줄은 몰랐습니다."

"어떤 이들은 운학이 대림사의 전설에 깊이 빠져 미쳤다고 하는 소리도 있기는 하오만……."

"대림사에 전설이 있습니까?"

"기괴한 이야기를 좋아하는 학승들 사이에 전해지기로, 수백 년 전 대림사에 천하제일인이 있었다고 하오."

"허! 천하제일인이요?"

"그렇소. 그냥 한 귀로 듣고 흘리시구려. 소림사에 대한 열등의식으로…… 다소 허황된 생각을 가지고 사는 사람들이 있으니까."

"그런데 왜 하필 학승들 사이에 전해집니까? 무승(武僧)들이 더 좋아할 법한 이야기 같은데요."

"거기에는 그럴 듯한 사연이 있소이다. 오래된 이야기오만, 수백 년 전에 천하제일인이 계셨는데, 그분은 강호에 나가기를 꺼려하시고 오히려 경전의 필사에 전념했다고 하오. 학승들 속에서 말이오. 그야말로 무공에 자신이 없는 대림사다운 이야기가 아니오?"

"……."

공원선사의 시큰둥한 말과 달리 서문영의 가슴은 거세게 뛰고 있었다. 자신이 익힌 유마경을 바로 그 천하제일인이 만들었을지도 모른다는 생각에서다. 대림사에서 받았다는 유마경이니 가능한 일이지 않은가!

"그런데 운학스님이 그분의 연구를 하셨나요?"

"장경각에서 학승들과 지내다가 그런 이야기에 솔깃했던 모양이오. 대림사의 경전을 끌어 모으기 시작했으니까. 하지만 십 년 이상 모아도 별 소득이 있을 리가 없지. 보통 사람들은 그쯤 되면 포기하고 마는데, 운학은 오히려 광적으로 집착하게 된 모양이오. 그런 허무맹랑한 전설에 대한 집착이 그를 미치게 만들었다는 소리도 있소."

"선사께서는 그 천하제일인이었다는 분에 대해서 아시는 것이 있습니까?"

"구마선사(驅魔禪師)라고 알고 있소. 구마선사에 대해 더 알고 싶으면 운학스님에게 물어보시구려. 삼십 년 동안 장경각에서 연구를 했으니 사소한 것 하나까지도 훤히 꿰고 있을 게요."

"예, 그래야겠습니다."

"오래된 사찰은 전해져 내려오는 이야기들이 많다오. 소림사에 달마조사가 있다면, 대림사는 구마선사라는 전설이 있는 셈이오."

"선사께서는 구마선사의 전설을 믿지 않으시는 것 같습니다?"

"나는 본래 대림사 출신이 아닌지라, 매사에 소림사와 비교하고 싶은 생각이 없는 편이오. 그러니 달마에 비견될 만한 사람을 애써 내세울 필요가 없지 않겠소? 어차피 다 같은 구도자들인데…… 불법(佛法)이 아닌 무공을 겨루는 것 또한 의미가 없고……."

"저는 대림사의 전설에 관심이 많습니다."

"허허, 그런 인연이 있어 대림사로 오게 된 건지도 모르겠구려."

"저도 그런 생각이 드는군요."

"선재로다. 선재야……."

공원선사가 웃으며 서문영을 바라보았다.

서문영을 소림사로 데리고 가는 내내 신경 쓰인 것이 있다면 '이대로 대림사와의 연이 끊어지는 게 아닌가?' 하는 것이었다. 하지만 서문영은 대림사에 관심을 보이고 있다. 그게 얼마나 진심이 담겨 있는지는 몰라도, 마음의 짐이 덜어지는 느낌이다.

"십팔나한의 선출이 끝나면 빈승은 대림사로 돌아갈 것이오만, 소시주께서는 어찌 하실 생각이오?"

"아직은 저희도 길눈이 어두우니 선사님을 따라 돌아가도록 하겠습니다. 소림사에는 아는 분도 없고, 딱히 해야 할 일도 없으니까요."

"알겠소이다. 그러시다면 나와 함께 돌아가도록 하십시다."

"그런데 선사께서는 십팔나한을 뽑는 일로 소림사에 가시는 건가요?"

"흠, 꼭 그런 것은 아니오. 사실 빈승이 소림사에 가려는 것은……."

공원선사가 잠시 망설였다. 서문영에게 대림사와 소림사의 일을 가르쳐 줘도 되는가 생각하는 것이다. 하지만 고민은 길지 않았다.

 상대가 금군의 무장(武將)이라는 생각에 숨김없이 말하기로 마음먹은 것이다. 혹시라도 이 물건으로 소림사와 대림사 사이에 오해가 생긴다면 서문영을 중재자겸 증인으로 세울 생각이었다. 물론 그럴 일은 없겠지만 말이다.

 "실은 얼마 전 주지에게 단검 하나가 보내져 왔다오."
 "단검이요?"

 서문영과 독고현이 의아한 얼굴로 서로를 바라보았다. 고작 단검 하나로 소림사까지 간다는 것이 이해하기 어려웠던 것이다.

 두 사람의 표정을 살피던 공원선사가 주변을 슬쩍 둘러보았다. 관도 위에는 아무도 보이지 않았다.

 공원선사가 품안에서 비단에 둘둘 말린 물건을 꺼내 서문영에게 내밀었다.

 "직접 보시구려."

 서문영이 호기심 어린 눈으로 비단을 풀었다.

 "헛!"
 "어머!"

 서문영과 독고현의 입에서 거의 동시에 탄성이 흘러나왔다.
 "대단하군요."

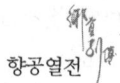
향공열전

서문영이 저도 모르게 중얼거렸다.

검신에 박힌 괴이한 보석도 그렇지만, 단검 전체에서 전해지는 소름끼치는 느낌은 이것이 보통 물건이 아님을 말해 주고 있었다.

서문영은 즉시 단검을 비단으로 말아 공원선사에게 돌려줬다. 경험상 이런 마물(魔物)은 오래 지니고 있을수록 손해였다.

"……"

공원선사는 서문영의 빠르고 단호한 행동에 고개를 끄덕였다. 보통 사람들은 희귀한 단검의 마력에 사로잡혀 조금이라도 더 들여다보고 싶어 했을 것이다.

그러나 서문영이라는 무관은 마치 큰일이라도 날 것처럼 급히 되돌려주었다. 수양이 깊음은 물론 경험 또한 상당하다는 뜻이다.

공원선사가 비단을 품안에 갈무리하며 말했다.

"주지인 마타선사와 나는 이 물건이 소림사로 가야 하는데 착오로 대림사에 왔다는 결론을 내렸소이다. 우리 대림사에는 이런 마물과 관계될 만한 무인(武人)이 없기 때문이오."

"그런데 단검만 온 것인가요?"

"아니외다. 누가 보냈는지 알 수 없는 서찰에는 '법륜(法輪)의 주인이 있는가?'라는 말이 적혀 있었소이다. 그 서찰 또한 소림사로 전해질 것이오."

"법륜의 주인이 무슨 뜻입니까?"

"대체로 법륜이란 부처님의 교법(敎法)을 의미한다오."
"……."
가만히 듣고 있던 독고현이 불쑥 되물었다.
"그렇다면 대림사와도 관련이 있는 것이 아닌가요?"
"하지만 법륜의 주인이 있느냐는 질문을 생각하면 또 달라지지 않겠소? 문자 그대로 법륜의 주인이라면 부처님이 아니겠소? 하지만 누군가 '부처님이 대림사에 있는가?'라는 우문(愚問)을 보냈다고 생각할 수는 없는 노릇……."
"아! 대림사에서는 법륜을 무학(武學)의 이치로 생각해서 소림사로 보내는 것이로군요?"
서문영의 말에 공원선사가 고개를 끄덕였다.
"그렇소이다. 기이한 단검을 생각하면 그가 보낸 질문은 무학과 관계된 것이 분명하오. 우리는 알 수 없는 불문(佛門)의 무학 말이외다."
"아아!"
서문영과 독고현의 입에서 탄성이 흘러나왔다. 두 사람은 이제야 대림사의 고승인 공원선사가 소림사로 가려는 이유를 알 수 있었다.
서문영이 침중한 눈빛으로 공원선사를 바라보았다. 단검이 주는 섬뜩한 느낌을 생각하면, 공원선사의 소림사행은 보통일이 아니었다.
"공자님, 무슨 생각을 그렇게 하세요?"

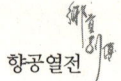

향공열전

독고현이 서문영의 팔을 툭 건드렸다.

"단검이 마음에 걸려서요."

"왜요?"

"독고 소저는 느끼지 못했습니까? 저 단검에는 사기(邪氣)가 배어 있습니다."

"사기요?"

독고현이 눈을 휘둥그렇게 떴다. 뭔가 이상한 느낌은 받았지만 그걸 사기라고 생각하지는 않고 있었기 때문이다.

공원선사도 흥미로운 시선으로 서문영을 바라보았다.

"더 정확히는 죽음의 기운입니다. 사람을 많이 죽여 원혼에 젖은 물건이지요."

"피이! 단검으로 몇이나 죽일 수 있다고요?"

독고현이 입술을 삐죽였다. 그런 식이라면 조석(朝夕)으로 칼부림을 하는 무림인의 도검(刀劍)에 더 대단한 사기가 맺혀 있어야 정상이 아닌가 말이다.

하지만 단연코 저 단검이 주는 그런 느낌을 무림인들의 도검에서 받아본 적이 없었다.

"소시주께서는 이 단검에서 죽음의 기운을 느낄 수 있소?"

공원선사가 진지한 표정으로 물었다. 단검의 내력이 비범할수록 더더욱 얽혀서는 안 된다는 생각이 든 까닭이다.

대림사는 깊은 산속에 있는 작은 옹달샘이다. 당연히 피비린내 나는 일을 감당할 이유나 능력이 있을 리가 없다.

"……."

서문영은 묵묵히 고개를 끄덕였다.

단검을 손에 쥐었을 때 전장의 한복판에서 느끼던 섬뜩한 떨림을 받았다. 죽음의 소용돌이에 휘말린 그런 느낌말이다.

"그러니 더더욱 소림사로 갔어야 할 물건이 아니겠소?"

공원선사가 자리를 털고 일어섰다. 한시라도 빨리 단검을 소림사에 돌려주고 싶어 하는 기색이 역력했다.

서문영이 담담한 표정으로 그 뒤를 따랐다. 확실히 대림사와 마검은 어울리지 않는다. 하지만 마검은 정말 잘못 배달된 것일까?

구마선사의 전설을 생각하던 서문영은 이내 잡념을 떨쳐 버렸다. 어차피 자신과 관계없는 이야기라고 생각한 까닭이다.

*   *   *

멀리 소림사의 산문(山門)이 보였다.

산문 앞의 공터는 들어가려는 사람들과 허락받지 못해 돌아가는 사람들로 다소 산만해 보였다.

공원선사가 성큼성큼 산문으로 다가갔다.

소림사의 무승(武僧)들이 공원선사를 알아보고는 공손히 합장을 해보였다.

"공원선사님, 어서 오십시오."

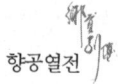
향공열전

"허허, 무오대사(無誤大師)께서 산문까지 나와 계시다니……
오늘의 행사가 얼마나 중한지 짐작이 갑니다."

"칠 년 만의 행사이니까요."

공원선사가 익히 알고 있다는 듯 고개를 끄덕였다. 소림사에서 칠 년을 주기로 십팔나한을 선출하고 있다는 것은 익히 알려진 이야기였다.

피치 못할 사정으로 십팔나한에 결원이 생기면 그때그때 뽑았지만 대체로 칠 년의 주기는 지켜졌던 것이다.

"그런데 일행이 계신가 봅니다."

무오대사의 물음에 공원선사가 뒤늦게 두 사람을 소개했다.

"이 두 분은 관부에 몸담고 계시는 분들로 대림사의 손님이십니다. 평소 소림사를 흠모하신다고 하시기에 소승(小僧)이 모시고 왔습니다."

"아! 그러시군요."

고개를 끄덕이던 무오대사가 뒤쪽에 서 있던 서문영에게 합장을 했다.

"빈승(貧僧)은 지객당(知客堂)을 맡고 있는 무오라고 합니다."

"소생은 금군(禁軍)의 무관(武官)인 서문영이라고 합니다."

서문영의 소개에 무오대사가 가볍게 놀란 표정을 지어 보였다. 하지만 이내 고개를 끄덕였다. 금군의 무관이라면 소림사의 행사에 참관할 자격이 충분했다.

법륜(法輪)의 주인이 있는가? 63

무오대사의 시선이 이번에는 독고현에게로 옮겨갔다.

"여시주께서는?"

"……."

독고현이 머뭇거리자 서문영이 대신 답했다.

"독고 소저는 소생의 일행입니다."

"독고현이라고 해요."

그제야 독고현이 배시시 웃으며 고개를 숙여 보였다.

"아! 그러시군요."

무오대사는 대답과 달리 애매한 표정으로 독고현을 힐끔거렸다. 모두가 함께 왔으니 그녀도 일행인 줄은 안다. 자신이 궁금한 것은 그녀가 어떤 사람이냐는 것이다. 하지만 서문영이라는 무관은 더 이상의 설명은 하려 들지 않았다.

잠시 생각하던 무오대사는 손으로 안쪽을 가리키며 말했다.

"공원선사님, 안으로 들어가시면 지객당에서 마중을 나올 겁니다. 저는 이 자리에 좀 더 남아 있어야 할 것 같습니다."

"알겠습니다. 그럼 우리는 먼저 들어가 보겠습니다."

공원선사를 필두로 서문영과 독고현이 소림사로 들어갔다.

잠시 서문영과 독고현의 뒷모습을 바라보던 무오대사는 "대림사와 금군이니 별일 없겠지"라고 중얼거리며 돌아섰다.

대림사의 공원선사는 초대의 대상이고, 금군은 오늘의 행사와 전혀 무관하다고 할 수 없는지라 확인만 하고 보내주기로 한 것이다.

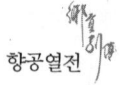
향공열전

한참을 걸어가던 독고현이 서문영에게 소곤거렸다.

"생각보다 까다롭네요."

"그러게 말입니다. 그만큼 오늘 행사가 중요한 모양이지요."

묵묵히 걸어가던 공원선사가 잠시 멈춰 섰다.

"확실히 오늘의 소림사는 보통 때와 다르군요. 지금까지는 일행이라고 하면 더 묻지 않았는데……. 아무래도 십팔나한을 뽑는 것만이 아닌 모양입니다."

"……"

서문영과 독고현이 의아한 눈으로 바라보자 공원선사가 말을 이었다.

"사파의 움직임이 심상치 않다는 말이 떠돌고 있으니…… 그와 관계된 행사가 있을지도 모르지요."

"그와 관계된 행사라면 십대문파의 회합을 말씀하시는 건가요?"

독고현의 물음에 공원선사가 복잡한 표정으로 답했다.

"그럴 수도 있겠습니다. 하지만 어떤 경우든 우리는 단검과 서찰을 전해 주고 돌아가면 되니 너무 신경 쓰지 마십시오."

"……"

서문영과 독고현은 더 이상 말하지 않았다. 그들 모두가 초대받지 못한 자리라는 사실을 새삼 깨닫게 된 것이다.

분위기가 살짝 어색해지자 서문영이 중얼거렸다.

"대림사를 보다 와서 그런가…… 사찰이 생각보다 작군요."

"그쵸? 저도 그렇게 생각했어요."

눈치 빠른 독고현은 소림사의 흠을 보려고 이리저리 둘러보았다.

처음에 소림사로 가자고 부추긴 사람이 자신인지라 지금의 상황이 누구보다 더 부담스러웠던 것이다.

"허허, 규모만으로 말하자면 대림사를 따라올 수 있는 사찰도 흔치 않지요."

공원선사의 얼굴에 온화한 미소가 번졌다. 대림사를 배려하고 있는 서문영과 독고현의 대화가 상당히 마음에 든 것이다.

세 사람이 목소리를 낮추어 두런두런 이야기를 나누고 있을 때다. 사십대로 보이는 승려 하나가 종종걸음으로 다가왔다.

"공원선사님이 아니십니까?"

"허허, 그렇습니다."

"소승(小僧)은 지객당의 혜관(慧觀)이라고 합니다. 선사님, 선약(先約)이 없으시다면 우선 지객당으로 안내를 해도 되겠습니까?"

사십대 승려의 시선이 공원선사와 서문영, 그리고 독고현에게 한 차례씩 머물렀다. 자연스럽게 방문의 목적을 묻고 있는 것이다.

"소승이 오늘 소림사를 방문한 것은 단지 행사의 참관을 위해서만이 아닙니다."

공원선사의 말에 혜관이 조심스럽게 되물었다.

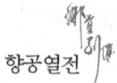
향공열전

"하오면 무슨 일이라도?"

"대림사의 방장이신 마타선사께서 소림사의 방장께 전해 드리라는 물건이 있어서 찾아온 것입니다."

"아! 그러시다면 소승이 방장께 기별을 넣을 때까지 지객당에서 잠시 기다려 주시겠습니까?"

"좋습니다."

공원선사가 흔쾌히 고개를 끄덕이자 혜관이 웃으며 말했다.

"마침 지객당에 세 분이 쉬실 수 있는 자리가 하나 남았습니다. 조금 빨리 오시거나 늦게 오셨다면 자리 구하기가 어려웠을 텐데, 부처님의 가호가 있으신 듯합니다."

"허, 지객당이 벌써 다 찼다는 말씀이시오?"

"예, 어젯밤에 이미 다 찼습니다. 하지만 조금 전 무당의 도사 몇 분이 급히 하산(下山)을 하는 통에 방이 하나가 비게 되었습니다. 본래 우리 소림사 지객당의 방에는 주인이 없습니다. 누구든 먼저 차지하면 임자가 되는 법이지요. 하하하!"

혜관의 말에 공원선사가 조금 꺼림칙한 표정으로 물었다.

"그런데, 무당의 도사들께서 돌아오면 괜히 일이 꼬이지 않겠습니까?"

"그분들이 소승에게 '다시 돌아오겠다'는 말씀을 남기지 않으셨으니까 괜찮습니다. 본사(本寺)에서 한 번 행사를 하면 지객당의 자리가 늘 모자라는지라, 배정 받은 분들이 방을 비우면 새 손님으로 채워 드리곤 한답니다."

"그렇군요."

공원선사는 알았다는 듯 고개를 끄덕였지만 마음은 편치 않았다. 소림사에서 십대문파가 행사를 하고 있다면 무당의 도사들이 되돌아올 것 같다는 느낌이 들었던 것이다. 만에 하나라도 그들이 돌아온다면 묘한 상황이 연출될 것이 분명했다.

'까탈스럽기로 소문난 무당의 도사들과 얼굴 붉히는 일이 일어나면 곤란한데……'

무당의 도사들은 당당한 십대문파의 일원이고 자신은 같은 지역에 살고 있는 불제자(佛弟子), 혹은 무림인에 불과했던 것이다.

지객당에 자리가 없다면 무당의 도사들이나 자신의 일행 중 어느 한쪽이 마을로 내려가서 지내야 한다. 그걸 뻔히 알고도 자리를 차지하고 있기란 쉬운 일이 아니었다.

'끙! 그런 일이 일어나지 않기를 바라야지……'

혜관스님의 자신만만한 태도를 보니 무당의 도사들은 소림사를 떠난 것이 분명했다. 아니 설혹 떠난 것이 아니라고 해도 자신의 잘못은 아니다. 자신은 그저 지객당의 관리자가 방을 내줘서 사용하게 된 것뿐이니까 말이다.

혜관스님의 뒤를 따라가며 공원선사는 몇 번이고 마음을 다잡았다. 그럴 일은 없을 거다. 그런 일이 생겨도 자신의 책임은 아니다, 라고 말이다.

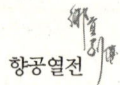
향공열전

제3장

필연(必然)과 악연(惡緣)

"허어! 어디서 이런 기물(奇物)이……."

소림사의 방장인 공산선사(空山禪師)가 인상을 찡그리며 공원선사를 바라보았다.

대림사의 고승인 공원선사가 독대(獨對)를 요청했을 때는 일상적인 인사라고만 생각했다. 하지만 공원선사가 대림사 방장인 마타선사가 보내는 것이라며 비단보자기에 싼 물건을 꺼낸 이후로 마음이 무거워졌다. 탁자 위에 떡하니 올려놓은 단검은 척 보아도 마물이었다.

"이것이 저 단검과 함께 전해진 배첩입니다."

공원선사는 이참에 모든 짐을 소림사로 떠넘기려는 듯 붉은 배첩을 꺼냈다.

그리고는 지체 없이 공산선사에게 내밀었다. 마치 공산선사에게 배첩을 전하기 위해 온 사람처럼 말이다.

얼떨결에 배첩을 받은 공산선사는 잠시 망설였다. 괜한 짐을 떠맡게 되는 것 아닌가 하는 불안감에서다. 하지만 공산선사의 손은 어느새 배첩을 열고 있었다. '천하 무림의 정종(正宗)인 소림사에서 두려워할 것이 무엇이 있을까?' 하는 생각에서다.

"법륜의 주인이라……."

중얼거리던 공산선사가 고개를 들어올렸다.

"공원선사, 이 서찰과 단검이 전부입니까?"

"예, 지난 삼십 년 동안 십 년에 한 번 꼴로 배첩을 받았습니다. 십 년 전만 해도 누군가의 장난이려니 생각했었습니다만, 이번엔 저 기이한 단검이 함께 와서…… 여하튼 단검 한 자루와 배첩 세 통이 전부라고 생각하시면 됩니다."

"나머지 두 통의 배첩은?"

"전대 주지님들께서 중요하게 생각하지 않아…… 분실하였습니다."

"아!"

"이번에도 단검이 함께 오지 않았다면 장난으로 여겼을 것입니다. 하지만 누군가의 장난으로 치부하기에는 단검의 마기가 상상을 초월하는지라…… 아무래도 소림사로 갔어야 하는 물

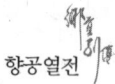
향공열전

건이 잘못 배달된 것 같다고 마타선사께서 말씀하셨습니다."

"보낸 사람에 관한 정보는 없습니까?"

"예, 표국에서 정기적으로 보내오는 잡다한 물건 속에 섞여 들어와 있었습니다."

공산선사가 고개를 설레설레 저었다.

"허어! 거참! 노납(老衲)도 단검과 배첩이 의미하는 바를 도통 모르겠습니다 그려."

"오늘날 소림사 외에 저 물건을 감당할 곳이 있겠습니까? 배달을 한 사람의 실수건 아니건 간에 대림사에서 감당하기 어려운 물건임에는 분명합니다. 아무쪼록 소림사에서 배첩과 단검의 비밀을 잘 풀어 주시기를 바랍니다."

"……"

한동안 공원선사를 묵묵히 바라보던 공산선사가 담담한 음성으로 말했다.

"오늘 십팔나한을 선출하는 행사가 끝나도 공원선사께서는 지객당에 머물러 주시기 바랍니다."

"혹시 내일 십대문파의 회합이 열리는 것입니까?"

공산선사가 미미하게 고개를 끄덕였다.

"노납은 식견(識見)이 부족해 알 수 없었지만…… 십대문파의 고인들 중에는 저 배첩과 단검의 내력을 아는 분이 계실 것입니다."

"알겠습니다."

공원선사는 상대를 띄워주는 입에 발린 말을 하지 않았다. 소림사의 방장쯤 되는 공산선사가 십대문파 고인들에게 단검과 배첩을 보여 준다는 것은 정말 내력을 모른다는 뜻이었다.

"그런데 동반한 분들이 있다고 들었습니다만, 괜찮겠습니까? 내일은 십대문파의 회합이 열릴 예정인지라…… 일반 참배객들까지도 받지 않을 계획이라서요."

"대림사의 손님들입니다. 금군의 무장이기도 하니 해가 되지는 않을 거라고 생각했습니다. 만약 그분들이 부담스러우시다면 저도 일찍 돌아가도록 하겠습니다. 소승이 소림사에 온 것은 배첩과 단검을 돌려주기 위해서였으니까요."

"……"

공원선사는 배첩과 단검을 소림사에 넘긴 것으로 자신의 역할이 끝났다고 생각하는 듯했다.

그런 공원선사를 바라보던 공산선사가 한숨과 함께 중얼거렸다.

"개인적으로 노납은, 선사께서 이번 회합에 관심을 가져 주셨으면 하는 바람입니다."

"소승은 무림보다는 불법(佛法)에 더 관심이 많습니다."

"하아! 여전하시구려."

공산선사가 아쉬운 표정으로 공원선사를 바라보았다. 요즘은 공원선사같이 명망 있는 무림고수들의 협조가 절실한 때였다. 하지만 본인이 극구 사양을 하니 별수 없지 않은가!

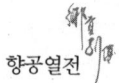
향공열전

"잘 알겠습니다. 그리고 금군의 무장 일행이 지객당에 머무는 것을 허락하겠습니다. 어차피 내일의 회합에 감군사가 참관을 하기로 되어 있습니다. 금군의 무장 한 사람쯤 더 있다고 크게 문제가 될 건 없을 겁니다. 아니, 오히려 우리로서는 더 잘된 일인지도 모르지요. 금군에게까지 공개할 만큼 우리가 떳떳하다는 것이니까요."

"허어! 그런데 감군원에서 왜 민간인의 모임을 사찰한답니까?"

"토번과의 전쟁이 끝난 뒤라 시국이 좀 어수선하지 않습니까? 무인(武人)들의 회합을 고운 눈으로 바라볼 수만은 없겠지요. 그나마 공식적으로 요청이 들어와서 다행이라고 생각하고 있습니다. 감군사들이 비공식적인 경로로 조사하면 온갖 추측이 난무하지 않겠습니까?"

"그도 그렇겠군요. 아무쪼록 좋은 결과가 있기를 바랍니다. 소승은 배첩과 단검에 대한 새로운 정보를 얻게 되면 바로 돌아가도록 하겠습니다."

"알겠습니다. 소림사와 무림의 안녕을 위해서 어려운 발걸음 해주신 것에 대해 감사를 드립니다."

정중한 공산선사의 인사에 공원선사가 고개를 숙여 보였다.

이로써 공원선사는 대림사가 떠안고 있던 지난 삼십 년간의 부담스러운 짐을 소림사로 완전히 넘겼다.

물론 인수인계를 마친 것으로 끝난 것인지는 시간이 지나봐야 알겠지만 말이다.

*　　*　　*

지객당으로 돌아가던 공원선사의 걸음이 멈추었다. 저 멀리 자신이 머무는 숙소 앞마당에서 가벼운 실랑이가 벌어지고 있었기 때문이다.

"우리는 하산을 한 게 아니라 잠시 문파의 일을 처리하고 돌아온 것입니다. 십대문파의 행사를 목전에 두고 하산할 리가 없지 않습니까?"

젊은 도사의 항의에 혜관스님이 난처한 표정으로 답했다.

"하지만 여러분은 행낭(行囊)까지 모두 챙겨 나가신지라, 담당자인 저로서는 지객당을 떠났다고 생각할 수밖에 없었습니다."

혜관의 말에 이번에는 나이가 지긋한 도사가 짜증난다는 듯 말했다.

"보시오. 혜관이라고 했소? 내일이 행사일인데 우리가 왜 지객당에서 떠나겠소이까? 우리가 하루 일찍 온 것은 등봉현에 방을 잡고 소림사를 드나들기 위해서가 아니라오. 여하튼 우리의 방을 다시 사용할 수 있게 해주시오."

"하아! 담운(淡雲) 장로님, 모두 소승의 불찰입니다. 하지

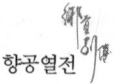
향공열전

만…… 현재 지객당에는 빈자리가 없습니다. 정상적인 절차로 방을 배정 받으신 손님들에게 나가달라고 할 수는 없지 않겠습니까?"

"아니오. 우리가 먼저 방을 배정 받았으니 자리가 없는 것은 우리의 뒤에 온 사람들에게나 해당되는 말이외다. 그렇지 않소이까?"

"……."

혜관이 곤혹스러운 표정으로 담운을 바라보았다.

담운은 양보할 생각이 없는 듯 혜관을 쏘아보았다.

혜관과 담운의 다툼을 지켜보던 공원선사가 조심스럽게 끼어들었다.

"혜관스님, 혹시 소승이 배정 받은 숙소가 무당산 고인(高人)들의 방이었습니까?"

"예……."

혜관이 얼굴을 붉히며 고개를 숙였다.

자신으로서는 나름대로 융통성 있게 일을 처리한 것인데, 무당산 도사들이 갑자기 되돌아와 시비가 일어났으니 입이 열 개라도 할 말이 없었다.

"허허, 그렇다면 소승이 방을 비우도록 하겠습니다."

"선사님, 면목 없게 됐습니다. 다음에 더 잘 모시도록 하겠습니다."

"아닙니다. 어차피 십대문파를 위한 행사이니 소승이 양보하는 것이 순리라고 생각합니다."

"감사합니다."

혜관이 무겁게 합장을 해보였다.

공원선사 같은 고승(高僧)을 내쫓고 무당산의 도인들을 받아야 한다는 것이 내키지 않았지만, 행사의 원활한 진행을 위해서는 선택의 여지가 없었다.

두 사람의 대화를 지켜보고 있던 담운이 불쾌하다는 듯 쏘아붙였다.

"입은 삐뚤어졌어도 말은 바로 하라고 했소. 공원선사께서 양보하는 것이 아니라, 실수를 바로잡는 것이 아니오?"

담운으로서는 무당파가 대림사를 핍박해서 방을 얻어낸 것으로 보일 수 있는 여지를 차단해야 했다. 그래서 가차 없이 공원선사를 몰아붙였다. 당연한 말이지만 공원선사의 무공이 자신의 아래라는 것을 알기에 그런 것이기도 하다.

공원선사가 애써 담운의 말을 흘려버리고는 웃으며 말했다.

"맞는 말씀이오. 그럼 소승이 들어가서 행낭을 챙겨 나올 동안 기다려 주시구려."

혜관이 풀죽은 음성으로 속삭였다.

"선사님, 일행 중에 금군의 무장이 있다고 들었습니다. 이번 일로 그분의 기분이 상하지 않도록 잘 말씀드려 주십시오."

"허허, 알겠습니다. 그렇게 속 좁은 사람으로 보이지는 않으니 염려 마시구려."

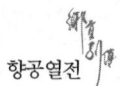
향공열전

공원선사가 성큼성큼 걸음을 내딛었다.

두 사람의 말을 듣고 있던 담원이 급히 공원선사의 옷깃을 잡았다.

"선사, 일행 중에 금군의 무장이 계시오?"

장차 큰일을 도모해 보려는 담원으로서는 황실과의 관계를 염두에 두어야 하기 때문에 묻지 않을 수 없었다.

"그렇소이다만."

"허, 이거 참, 그렇다면 진즉에 말씀을 해주셨어야지. 쯧!"

혼자서 혀를 차던 담운이 은근한 목소리로 다시 물었다.

"그분의 품계(品階)가 어찌 되는지도 아시오?"

"그가 금군의 무장이라는 것만 알뿐, 자세한 것은 소승도 모른다오."

담운의 속이 뻔히 보이자 공원선사는 은근히 짜증이 치밀어 올랐다. 수도를 하는 도사가 권력에 너무 연연하고 있지 않은가!

하지만 담운은 이미 내친 걸음인지라 뒤로 물러날 생각이 없었다.

"흐음, 빈도(貧道)는 선사에게 일행이 있는 줄은 몰랐소이다. 선사 혼자서 방을 사용하는 것과 여럿이 함께 사용하는 것은 또 달리 생각해 볼 수도 있는 문제가 아니오? 일단 선사의 일행과 대면할 기회를 주시면 고맙겠소이다."

공원선사가 다소 불쾌한 음성으로 되물었다.

"그러니 어떻게 해주면 좋겠습니까? 당장 방을 내달라는 것입니까? 아니면 그냥 쓰라는 것입니까?"

담운이 아무렇지도 않는 얼굴로 답했다.

"서로 대화를 나누어 보고 더욱 필요한 쪽이 방을 사용해야 한다는 것이 나의 결론이외다. 이만하면 답이 됐소?"

공원선사가 상청궁에서 나온 노도사들을 슬쩍 둘러보았다. 모두가 슬그머니 눈빛을 피했다. 담운의 억지를 알고 있다는 뜻이다.

'쯧! 염치없는 늙은이들 같으니……. 부끄러운 줄 알면 문도들의 관리나 잘할 것이지…….'

담운 같은 도사가 생떼를 쓰고 있는 것을 바라만 보고 있다. 무당산 제일의 도관이라는 상청궁에서 담운의 위세가 어느 정도인지 잘 드러나는 순간이었다.

공원선사는 한심 하다는 듯 몇 번 "쯧쯧" 거리다가는 방으로 들어갔다.

서문영이 난처한 표정으로 공원선사를 바라보았다. 독고현과 나갈까 말까 고민하는 동안 공원선사가 먼저 들어와 버렸던 것이다.

"두 분 모두 들으셨소?"

공원선사의 물음에 서문영과 독고현이 고개를 끄덕였다.

감군사 생활이 몸에 밴 독고현이 불쾌한 표정으로 물었다.

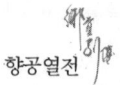

"선사님, 제가 도사들은 잘 모르는데, 모두가 무당산의 도사들처럼 뻔뻔한가요?"

"도사들이 모두 저 사람과 같다면 어찌 도사들이 존경을 받겠습니까? 출세에 눈이 먼 도사가 그리 많지 않다는 게 다행이라면 다행이지요."

"그래도 제법 높은 위치에 있는 도사인가 봐요?"

"담운이라고 하는데, 무당산 상청관의 도기(道紀: 우두머리)인 청암진인(靑巖眞人)의 수제자입니다. 들리는 말로는 무당산의 오대도관을 하나로 묶으려고 한다는데…… 쯧! 아무리 봐도 무당산의 도관에 망조가 들었다고 밖에는……."

"아하! 이제 보니 오대도관을 통합하려고 한다는 도사가 바로 저 담운이었군요."

서문영이 독고현을 힐끔 바라보았다.

"소저, 담운이라는 도사에 대해 잘 아십니까?"

"언젠가 무당산을 감찰하고 있던 감군사의 보고서를 읽은 적이 있어요. 잊고 있었는데, 오대도관을 하나로 묶으려고 한다는 말에 문득 생각이 났네요."

"그렇군요."

"태허궁의 도기를 제외하고는 모두가 담운의 생각을 지지하고 있다고 하던데…… 지금은 어떻게 되었는지 모르겠어요."

공원선사가 엉거주춤 서서는 서문영과 독고현을 번갈아 바라보았다.

'헛! 저 아가씨가 감군사의 보고서를 읽을 정도의 고관(高官)이었나?'

금군의 무장이라는 서문영은 그걸 당연하다는 듯 의심하지 않고 받아들이는 모습이다.

순간 이 두 사람의 지위가 자신이 짐작했던 것보다 높을지도 모른다는 느낌이 들었다. 두 사람의 젊은 나이를 생각하면 불가능한 일이지만 말이다.

"선사님, 무당산의 오대도관이 합쳐지면 어떻게 되는 겁니까?"

서문영의 물음에 공원선사가 어색하게 웃으며 답했다.

"지금까지는 많은 사람들이 그들을 무당산의 도사라고 불렀지만, 앞으로는 무당파라고 부르게 되겠지요. 다섯 개의 도관이 합쳐진 만큼 숫자도 무시 못 할 테니…… 무림에서는 거의 소림사에 버금하는 비중을 차지하게 될 테고……."

"대단하군요."

"어머! 그럼 담운 도사를 만나는 게 소림사의 방장보다 어려워 질 수도 있겠네요."

공원선사가 떨떠름한 표정으로 고개를 끄덕였다. 어쩌면 그런 이유로 사람들은 담운을 어려워하고 있는지도 몰랐다. 당장 자신도 그런 사람 중에 하나였다.

"그럼, 그렇게 대단해질 사람의 얼굴을 미리 보러 나가 볼까요?"

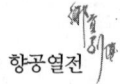
향공열전

서문영이 독고현을 향해 씨익 웃어 보였다.

갑작스러운 서문영의 눈길에 독고현이 얼굴을 붉히며 고개를 끄덕였다.

　　　　　＊　　　＊　　　＊

"헛! 서문영?"

한눈에 서문영을 알아본 담운이 인상을 찡그렸다. 천의단(天義團)의 부단주로 있는 자신에게 서문영은 불쾌한 기억이었다. 천의단의 단원인 매화검영(梅花劍影) 군불위(君不爲)를 보란 듯이 때려눕힌 사람이 바로 저 서문영인 까닭이다.

"선사께서 말한 금군의 무장이 저 사람이오?"

공원선사가 고개를 끄덕였다.

"그렇습니다. 대림사의 손님이시기도 하지요."

"헐! 알겠소. 예정대로 우리 상청궁에서 배정 받은 방을 사용하기로 하겠소이다."

"……."

담운의 변화무쌍한 태도에 공원선사가 고개를 설레설레 저었다.

"그런데 두 분이 구면이신가 보군요?"

공원선사가 담운과 서문영을 번갈아 바라보았다. 공원선사는 서문영의 과거를 알지 못하는지라 담운의 입을 통해 더 많은 정보를 알아내고 싶었다.

담운이 조롱이 섞인 눈으로 서문영을 바라보았다.

"구면이라면 구면이지요. 빈도가 천의단과 함께 사천성에 있을 때 한 번 마주친 적이 있으니 말이외다."

"오! 그런 일이……."

"백옥(白玉)에서 신책군과 시비가 벌어져 비무를 할 일이 있었는데…… 내상(內傷)을 입은 군불위를 기습공격으로 때려눕힌 사람이 바로 저 신책군의 화장(火長) 서문영이었다오."

"……."

담운은 "내상"과 "화장"이라는 말에 특히 힘주어 말했다. 서문영이 비겁한 하급무관이라는 것을 널리 알리기 위해서다.

어느새 지객당의 마당은 호기심 많은 사람들로 가득했다. 그중 대부분은 십대문파의 사람들이다.

담운의 말에 분노한 몇 사람은 서문영을 향해 손가락질까지 하고 있었다.

공원선사가 당혹스러운 표정으로 서문영을 바라보았다. 사실 신책군은 세간에 그다지 좋게 알려지지 않았다. 그들도 금군이긴 하지만 진정한 의미에서의 무관은 아니었다. 신책군이란 대체로 출세를 해보고자 군문에 섞여 들어간 한물 간 집안의 자손들일 뿐이다.

"담운 장로의 말씀이 사실이오?"

신책군 화장이라는 것은 넘어갈 수 있지만, 내상을 입은 사

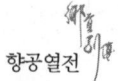
향공열전

람에게 기습공격까지 했다면 문제가 된다. 무림인들이 그토록 기피하는 야비한 관인(官人)의 표상이 되고 마는 것이다. 그런 사람을 소림사까지 데리고 온 자신도 무림인들의 손가락질을 받게 될 터였다.

"……."

그러나 다급한 공원선사의 물음에 서문영은 대답하지 않았다.

놀란 공원선사나 분노한 독고현과 달리 서문영의 표정은 담담하기만 했다. 마치 다른 사람의 이야기를 듣고 있는 것처럼 말이다.

전선(戰線)에서 생사의 고비를 헤아릴 수 없을 정도로 넘긴 그에게 당연한 것인지도 모른다. 자신에게 적의(敵意)를 가지고 있는 소인배의 말에 일희일비(一喜一悲) 할 정도의 관록이 아니었던 것이다.

서문영이 담운을 빤히 바라보며 물었다.

"나에 대해 그토록 잘 알고 있는 당신은 누구요?"

순간 담운의 곁에 서 있던 젊은 도사가 버럭 소리를 내질렀다.

"아무리 신책군이라고 해도 말을 가려서 하시오! 이분은 상청궁의 장로이신 담운 도사님이시오!"

서문영이 오연한 표정으로 중얼거렸다.

"아, 미안하게 됐습니다. 하도 경박스러운 말투에 그만 시정잡배인 줄로만 알았지 뭡니까?"

"뭐라!"

"감히!"

담운을 포함한 상청궁의 도사들은 파르르 떨었지만 차마 손을 쓰지는 못했다.

상대가 신책군의 무관이기 때문이다. 십대문파의 회합을 앞두고 금군과 시비를 일으킬 수는 없었다.

이를 갈아 부치던 담운이 스산한 음성으로 말했다.

"자네는 오늘 운이 좋은 줄 알게. 신책군이 아니었다면 사지(四肢) 중 하나가 잘렸을 테니까……."

서문영이 피식 웃으며 되물었다.

"누가 나의 사지를 자른다는 말이오?"

"그대는 우리 상청궁에 사람이 없다고 생각하는가!"

"그러니까 말해 보시오. 나의 사지를 자를 수 있는 사람이 누구요?"

계속된 물음에 누군가 소리쳤다.

"그렇게 알고 싶나! 당신의 사지쯤은 나라도 자를 수 있다! 당신이 신책군이라는 사실이 원망스러울 뿐이다!"

서문영이 소리친 젊은 도사를 향해 물었다.

"당신의 이름은?"

"흥! 못 알려줄 것도 없지. 나는 담 장로님의 제자인 청산(淸山)이다!"

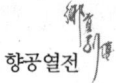

향공열전

"오호! 청산이라, 이름은 좋군. 그렇다면 내가 당신에게 한 가지 비밀을 알려 드리리다. 나는 신책군을 나왔소. 더 이상 신책군이 아니라는 말이지. 어떻소?"

"뭐가 어떻다는 말이냐?"

"방금 내가 신책군이라서 손을 쓸 수 없다고 하지 않았소? 나는 신책군이 아니니까, 이제 손을 쓸 수 있지 않느냐, 이 말이오."

청산이 어리벙벙한 표정으로 담운과 서문영을 번갈아 바라보았다.

담운이 냉랭한 눈으로 서문영을 쏘아보았다.

"그대의 입으로 황상(皇上)의 군대인 신책군을 나왔다고 했다. 만에 하나 그것이 거짓일 경우 황상을 능멸한 것이 된다. 알고는 있는가?"

"하하! 어째 도사라는 분이 황상을 입에 달고 사시오? 상청궁의 천신(天神)들 중에 황상이 계시기라도 한 거요?"

"이놈! 감히 우리 상청궁을 조롱하다니! 정녕 죽고 싶은 게로구나!"

담운의 입에서 욕설이 터져 나왔다. 이제는 더 이상 서문영이 신책군이든 말든 신경 쓰고 싶지 않았다. 설사 그가 아직 신책군이라 할지라도 말단인 화장이니 감군사에게 뇌물을 좀 쓰면 해결될 것이었다.

"청산아!"

"예!"

"무당을 능멸한 놈이다! 손에 사정을 두지 말도록 해라!"

"예!"

대답과 함께 청산이 걸어 나왔다.

담운의 말이 떨어지자 십대문파 사람들이 사방으로 흩어졌다. 싸우기에 적당한 공간을 만들어 주려는 것이다.

일촉즉발(一觸卽發)의 순간 서문영이 담운을 향해 물었다.

"담운 도사, 내가 내상을 입은 군불위를 기습공격했다는 말은 군불위가 한 소리요? 아니면 다른 사람이 한 소리요?"

"……."

순간 담운은 머뭇거렸다. 그렇게 말을 맞추게 한 사람이 자신이었기 때문이다.

"흥! 누가 했든 그것이 사실이라는 게 중요하다."

"오호! 당신은 그걸 직접 눈으로 본 것처럼 말하는구려?"

"그 자리에 있었으니 보지 못했다면 이상하지."

"당신이 내상과 기습공격을 보았다?"

"그래, 어쩔 테냐? 이제 와서 싸우려니 상청궁의 제자가 무서워진 게냐? 그렇다면 무릎을 꿇고 빌어라."

"……."

서문영이 야릇한 미소로 담운을 바라보았다. 담운의 태도를 보니 사정을 알 것도 같았다. 만약에 화산파에서 그 말을 했다면 담운이 당당하게 밝혔을 것이다.

하지만 담운은 자신의 눈으로 보았다고 말하면서도 누가 그런 소리를 했는지에 대해서는 함구했다.

"당신의 말을 들으니 화산파에서 그런 말을 한 것 같지는 않고……. 비무 결과가 마음에 들지 않은 누군가가 농간을 부린 것 같은데, 좋소. 그렇다면 진상을 밝혀야겠지. 이렇게 합시다. 내가 상청궁의 도사들을 모조리 제압하면 군불위와의 비무에 대해 더 이상 유언비어를 퍼트리지 않는 것으로. 어떻소?"

"미쳤군."

담운이 불쾌한 표정으로 청산에게 손짓을 보냈다. 말 같지도 않은 소리를 더 이상 듣고 싶지 않았던 것이다.

서문영이 청산에게 시선을 돌렸다.

"당신의 생각은 어떻소? 그렇게 하면 오해가 풀리지 않겠소?"

청산이 붉으락푸르락 한 얼굴로 소리쳤다.

"우선 나부터 제압하고 그런 헛소리를 해라! 능력도 안 되는 놈이 어디서……."

청산의 말이 채 끝나기도 전이다. 웃고 서 있던 서문영이 번개처럼 움직였다.

그리고 사람은 보이지 않는데 어디선가 낭랑한 외침이 들려왔다.

"이런 걸 기습공격이라고 하는 거요!"

청산의 머리 위로 박도(朴刀)가 떨어져 내렸다. 대경실색한 청산이 송문고검으로 박도를 막았다.

치익.

쇠를 담금질 하는 소리와 함께 송문고검이 두 쪽으로 갈라졌다.

청산이 허겁지겁 뒷걸음질을 쳤다. 얼마나 놀랐는지 두 팔까지 허우적거리면서 말이다.

쉬이익.

허공을 가르는 소리와 함께 박도가 청산의 어깨를 찍었다.

"아악!"

청산의 입에서 비명이 터져 나왔다. 섬뜩한 느낌에 자신의 어깨가 잘렸다고 착각한 것이다.

하지만 어깨에 닿은 것은 단지 박도의 등 부위였다. 어깨를 통해 밀려오는 미증유의 거력에 청산은 무릎을 꿇고 말았다.

털썩.

박도로 청산을 누르며 서문영이 담운에게 손짓했다.

"기습공격이 뭔지 가르쳐 주었으니 이번에는 내상이라는 걸 보여 드리다. 이번에는 당신이 체험해 보겠소? 아니면 상청궁의 다른 사람?"

담운은 이를 악물었지만 함부로 나서지 못했다. 서문영의 움직임은 거의 보이지도 않아서 무슨 수법으로 청산을 제압했는지도 모를 지경이었다. 자신이라고 해도 청산을 저런 식으로 무지막지하게 제압할 자신은 없었다.

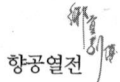
향공열전

'나의 아래가 아니다.'

돌이켜 보니 군불위가 당하던 날도 그랬던 것 같다. 압도적인 무위로 몰아쳐서는 눈 깜짝할 사이에 끝이 났었다.

상청궁의 도사들도 숨을 씩씩거릴 뿐 나서는 사람이 없었다. 그들도 서문영의 무위가 대단하다는 것을 피부로 느끼고 있었던 것이다.

"우리 무당산의 도사들을 핍박하다니, 제정신이 아닌 자로다!"

담운이 치를 떨며 소리치자 서문영이 답했다.

"정당한 비무를 두고 내상을 입은 사람에게 기습공격했다고 말하는 당신은 제정신인가? 내가 그 정도로밖에 안 보인 모양인데, 그 이상이라는 것을 가르쳐 드리리다. 시험해 볼 담력이 있다면 오시오."

"감히…… 감히……."

참다못한 담운의 손이 검 자루로 향할 때다.

한 사람의 승려가 바람처럼 달려와 서문영과 담운의 사이를 갈랐다. 산문을 지키고 있던 지객당의 책임자 무오대사였다.

"두 분 모두 잠시 멈추시지요."

그제야 담운의 손이 제자리로 돌아갔다.

하지만 서문영은 여전히 청산의 어깨를 박도로 누르고 있었다.

무오대사가 서문영에게 합장을 하며 말했다.

"무슨 연유인지는 모르겠으나 이곳은 소림사의 지객당입니다. 개인의 은원을 해결하는 장소가 아니니 그만 자중(自重)해 주시기를 바랍니다."

그제야 서문영이 박도를 거두어 들였다.

"본래 저에게 시비를 걸어온 사람들은 상청궁의 도사들입니다. 저는 그저 걸어온 싸움을 받아 준 것뿐이지요. 그들이 시비를 걸어오지 않는다면 싸울 일도 없습니다."

어깨를 찍어 누르던 압력이 사라지자 청산이 힘겹게 일어나 도사들 틈 속으로 파고들었다.

청산의 뒷모습을 무심히 바라보던 무오대사가 암암리에 장탄식을 터뜨렸다.

'하아! 십대문파의 정기가 쇠하기는 쇠했구나. 신책군의 하급무관에게 무당의 제자가 멸시를 받는 날이 올 줄이야……. 그나저나 이 일을 어떻게 처리하면 좋단 말인가!'

마음으로는 상청궁의 도사들을 돕고 싶었지만, 신책군의 무관에게 책임을 떠넘길 수도 없었다. 우선은 보고 있는 눈이 많은데다가, 당장 내일 감군사까지 오기로 되어 있기 때문이다.

과거에는 관부(官府)와 무림이 서로를 소 닭 보듯 했는지 몰라도, 지금은 관부의 지원이 절실했다. 관부에서 무인들의 회합을 반대하기라도 한다면, 사파를 견제하기도 전에 십대문파의 모임이 와해 될 것이었다.

무오대사가 원망스러운 눈으로 공원선사를 바라보았다. 공

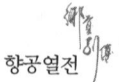
향공열전

원선사가 데리고 온 손님이 일을 복잡하게 만든 까닭이다.

무오대사와 눈이 마주친 공원선사가 뒤늦게 나섰다.

"서 소협, 아무래도 우리가 방을 비워주고 나가는 편이 낫겠습니다. 어차피 우리야 이곳에 머무르나 마을로 내려가나 같으니 말이오."

따지고 보면 방 때문에 벌어진 싸움은 아니지만 달리 주의를 돌릴 만한 게 없는지라 공원선사는 방 핑계를 댔다.

서문영 역시 갑자기 끼어든 소림사의 승려들이 부담스러운지라 말없이 고개를 끄덕였다.

서문영이 한발 물러서는 듯하자 무오대사의 표정이 조금 밝아졌다.

만약 서문영이 끝까지 상청궁의 도사들과 싸우겠다고 했다면 일은 감당할 수 없을 만큼 커졌을 것이었다. 그나마 이쯤에서 정리된 것 만해도 다행인 셈이다.

"잘 생각하셨습니다. 모두가 지객당에서 일처리를 잘못해서 벌어진 일이니……. 빈승이 두 분께 사죄를 드리겠습니다."

무오대사가 담운과 서문영에게 머리를 숙여 보였다.

상청궁의 장로 담운이 떨떠름한 표정으로 인사를 받았다. 지객당의 책임자인 무오대사가 저렇게까지 나오면 싸움은 끝난 것이나 다름없다.

상청궁의 도사들도 그렇지만 신책군 화장도 소림사의 권위를 거스를 수 없을 것이었다. 극도의 불쾌함과 더불어 묘한 안도감이 전신으로 밀려왔다.

대충 분위기가 수습되는 듯하자 공원선사가 무오대사에게 합장을 해보였다.

"그럼 소승은 이만 가보겠소이다."

"예, 멀리 배웅하지 못함을 양해해 주십시오."

무오대사가 마주 인사를 하자 공원선사는 서문영과 독고현을 다독이며 지객당을 떠나갔다.

멀어져 가는 서문영을 바라보던 담운이 분하다는 듯 중얼거렸다.

"으윽! 신책군만 아니었다면…… 호가호위(狐假虎威; 남의 권세를 빌어 위세를 부림)가 생활화 된 파렴치한 놈 같으니……."

상청궁의 장로인 목영도사(木映道士)가 다가와 담운의 어깨를 다독였다.

"참으시오. 거짓과 술수가 몸에 밴 자들이외다. 싸움을 걸기 위해 신책군을 나왔다는 거짓말까지 술술 하는 것을 보시오. 섣불리 그런 자를 건드렸다가는 금군과 단단히 틀어지게 될지도 모르오. 금군에 돌아가면 모든 잘못을 상청궁과 십대문파로 돌릴 테니 말이오. 오늘은 못 본 척하십시다. 똥이 무서워서 피하는 것은 아니지 않소."

"목 장로, 하지만 그는 우리 상청궁 전체를 모욕했소. 그런데 그냥 참고만 있으라는 말씀이시오?"

"오늘만 날이 아니지 않소. 살아가다 보면 반드시 호젓한 곳에서 조우(遭遇)할 날이 있을 것이오. 그때는 천하를 위해서라도……."

"……."

그제야 담운이 알았다는 듯 고개를 끄덕였다. 목영도사의 말속에 담긴 뜻은 "서문영의 처리는 은밀해야 한다"는 것이었다. 백번 타당한 말이다.

보는 사람이 없다면 신책군이 아니라 감군사라도 마음대로 할 수 있으니 말이다.

"호랑이가 없는 여우는 그저 여우에 불과하지 않겠소?"

계속된 목영도사의 말에 담운이 피식 웃어 보였다. 여우라는 말이 마음에 들었던 것이다. 덕분에 상대를 호랑이로 착각했던 기억을 떨쳐 버릴 수 있었다.

잠시 후 혜관이 무오대사에게 나아가 머리를 숙이며 말했다.

"사숙, 용서해 주십시오. 모두가 저의 미숙한 운영 때문에 생긴 일입니다."

"너의 부주의로 많은 사람들이 마음고생을 했다. 지금 당장 혜초(慧超)에게 지객당의 일을 맡기고, 참회동(懺悔洞)으로 가서 사흘간 면벽수행을 하도록 해라."

"예."

혜관이 합장을 해보인 후 어디론가 사라졌다.

우두커니 서 있던 무오대사는 담운과 상청궁의 도사들을 향해 합장해 보인 후 다시 산문으로 내려갔다.

지객당에서 벌어진 짧은 소란은 그렇게 일단락 지어졌다.

그날의 싸움을 목격한 십대문파 사람들의 입에서 한동안 신책군 화장 서문영의 이름이 오르내렸다.

몇몇 사람들은 서문영의 무공이 의외로 뛰어나다고 추켜세웠지만, 대부분은 서문영이 기습공격으로 청산도사를 제압했다고 비난했다.

하지만 대부분의 사람들이 공통적으로 느낀 것은 있었다. 서문영의 기도가 십대문파의 제자를 능가하는 것 같았다는 점이다.

*   *   *

등봉현으로 내려온 공원선사는 반야객점(般若客店)에 방을 얻었다. 십팔나한을 선발하는 행사 때문에 소림사 인근의 마을에서 빈방을 구하기란 하늘의 별 따기였지만, 반야객점의 주인은 공원선사를 보고는 두말 않고 아껴두었던 특실을 내주었다.

파격적인 대접은 그뿐이 아니다. 몸소 객실까지 안내한 주

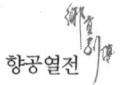
향공열전

인은 공원선사에게 바닥에 닿도록 머리를 조아려 보이고는 뒷걸음질 쳐 물러갔던 것이다.

"허허, 수십 년 탁발(托鉢)을 다녀 보았지만 이런 대접은 처음이구려."

공원선사가 멋쩍은 표정으로 서문영과 독고현을 바라보았다. 객점의 주인이 마치 자신을 생불(生佛) 대하듯 하니 몹시 어색했던 것이다.

"하하! 주인장의 안목이 뛰어난 덕분에 고생하지 않고 방을 얻게 되었으니 다행입니다."

서문영의 말에 공원선사는 손사래를 쳤다.

"어이쿠! 소승의 얼굴에 더 이상 금칠을 하지는 말아 주시오. 그나저나, 신책군을 떠났다는 말은 정말입니까?"

공원선사의 표정은 진지했다. 아까 소림사의 지객당에서 서문영이 했던 말이 영 마음에 걸렸던 것이다. 만약 서문영이 신책군을 떠났다면, 더 이상 금군이 아니니, 대림사에 거짓을 말한 것이 된다.

반대로 상청궁의 담운에게 거짓말을 한 것이라면 그것 역시 꺼림칙했다. 신뢰하기 어려운 사람을 가까이 두고 있는 셈인 까닭이다. 이래저래 공원선사로서는 부담스러운 상황이라고 할 수 있었다.

"예, 신책군을 떠난 것은 사실입니다."

"허면 금군이라는 것은?"

"그것 역시 사실입니다."

"빈승은 이해가 잘 가지 않소이다."

공원선사가 자세히 설명해 달라는 눈으로 서문영을 바라보았다.

"지방의 신책군으로 복무하다가 중앙의 금군으로 전출을 가게 되었습니다. 그러니 더 이상 신책군은 아니지요."

"오호! 그럼 정식으로 금군이 되신 것이구려?"

공원선사도 신책군과 금군의 차이 정도는 알고 있었다. 그래서 서문영이 신책군에 있다가 금군으로 자리를 옮겼다고 생각한 것이다.

"예, 그런 셈입니다."

서문영은 굳이 자신의 신분을 밝히지 않았다.

서문영의 입장에서 보면 감군총사니 어림친위군이니 하는 것들은 원해서 얻게 된 자리가 아니다. 순전히 권력자들의 변덕에 의해 떠맡게 된 직책들이었다.

어떤 의미에서는 타의(他意)에 강제되고 있는 인생의 한 그늘이기도 했다. 그런 만큼 남들 앞에 드러내고 싶은 마음도 없었다.

어쨌든 서문영의 그 한 마디로 공원선사의 표정은 단번에 밝아졌다. 서문영 때문에 소림사는 물론 상청궁의 도사들과도 사이가 틀어졌다.

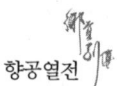
향공열전

수십 년의 강호활동으로 다져진 특별한 인간관계가 한순간에 사라져 버린 셈이다. 그런 서문영이 믿을 수 없는 사람이었다면 원통해서 피를 토하고 말았을 것이다.

"허허, 축하드리오. 아무쪼록 앞으로 큰일을 하시기를 빌겠소이다."

"아닙니다. 저는 그저 탈 없이 녹봉(祿俸)을 받는 것으로 만족하고 있습니다. 군문은 아무래도 체질에 맞지 않는 것 같아서요."

"……"

뜻밖의 말에 공원선사는 눈만 끔뻑였다. 금군의 무장이라는 사람의 입에서 저런 한심한 말이 나올 줄은 꿈에도 생각하지 못했던 것이다.

"호호! 공자님은 정말 군문과는 어울리지 않아요. 하루라도 빨리 금군을 떠나는 것이 서로를 위해 좋을 거예요. 그래도 나 정도 되니까 참아줬지, 다른 사람 같았으면 어림도 없었다고요. 아시겠어요?"

"헛! 독고 소저, 그 무슨 섭섭한 말씀을! 저를 좋게 본 사람들도 꽤 될 겁니다."

"어머! 양심에 손을 얹고 생각해 보세요. 좋게 본 사람이 많은지 나쁘게 본 사람이 많은지 말이에요."

"험! 험! 내가 그 사람들이 아닌데 어찌 속마음을 알 수 있겠습니까?"

"흥! 말로는 군문이 체질이 아니라고 하시면서 은근히 금군에서 인정받고 싶으셨나 봐요?"

"그런 게 아니라……."

"후후! 아니라면 다행이고요. 군문에 어울리지 않는 사람이라고 생각한 것은 공자님 자신만이 아니니까요. 제가 공자님을 좋아하게 된 것도 공자님이 군문에 어울리지 않았기 때문인 걸요."

"혹시 독고 소저의 착각이라고 생각해 본 적은 없습니까?"

서문영은 억울했다. 비록 군문을 싫어하지만 그간 무수히 많은 공을 세웠다. 한 마디로 객관적으로 자신은 능력 있는 신책군이라고 할 수 있었다.

그런데 다른 사람들이 자신을 군문에 어울리지 않는 사람으로 보고 있었다니! 감정은 상대적인 것이니 그럴 수 있겠다고 생각하면서도 마음 한구석에서는 여전히 인정하고 싶지 않았다.

그런 서문영의 갈등에 독고현이 쐐기를 박았다.

"이백오십 명의 감군사 중에서 공자님이 군문에 맞지 않는다고 말한 사람이 자그마치 이백오십 명이었어요. 이제 됐나요?"

"……."

서문영은 고개를 툭 떨구었다. 감군원에서 오래 지낸 독고현의 말이니 거의 사실일 것이다.

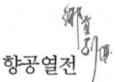
항공열전

의기소침해 있던 서문영이 한참 만에 물었다.

"그렇다면 소저가 볼 때 저는 어떤 사람입니까? 뭐가 잘 맞을까요? 경력을 살려 과거(科擧)를 다시 볼까요? 아니면 칼 한 자루를 들고 강호로?"

"음, 뭐가 어울리시려나……."

독고현이 고개를 갸웃거리며 서문영을 이리저리 뜯어보았다.

묵묵히 듣고 있던 공원선사가 기가 막힌 표정으로 두 사람을 바라보았다.

군문에 어울리네 아니네 하는 말들은 이해할 수 있다. 하지만 감군사 이백오십 명이 했다는 말은 좀 심했다.

무시무시한 감군사들이 고작 신책군 화장 하나를 두고 그런 의견들을 나누었을 리가 없지 않은가! 그것도 저 아름다운 아가씨 앞에서 말이다.

'피도 눈물도 없다는 감군사들이 그런 말을 했을 리가 없지. 그것도 한두 명이라면 모를까 이백오십 명이라니…….'

저 아가씨가 황족(皇族)이라고 해도 그런 일은 일어나기 힘들 것이었다.

'농담이겠지…….'

어디 그뿐이랴! 자신의 남은 인생의 목표를 타인에게 묻는다는 것 자체가 웃긴 일이었다. 결국 지금까지 진지하게 듣고 있던 자신이 실없는 짓을 한 셈이다.

'설마 금군이라는 말도 농담이었을까?'

또다시 가슴이 철렁 내려앉은 공원선사가 억지로 웃으며 한마디 던졌다.

"허허, 보아하니 지금까지도 어떻게 살 것인지를 정하지 못한 것 같은데…… 밤을 샌다고 답이 나오겠습니까? 그런데 소저, 빈승이 전부터 물어보고 싶었는데…… 소저는 금군의 무장인 서 소협을 왜 공자님이라고 부르시오?"

"서문영이 진짜 금군이냐?"는 질문을 다시 하기가 미안해서 말을 돌린 것이다. 독고현이 사용하는 호칭을 빌미로 최대한 자연스럽게 말이다.

"아, 그건 서 공자님이 자기 직위를 마음에 들어 하지 않는 것 같아서요. 사람들 앞에서 입만 열면 '소생(小生)은, 소생은' 하는데 좀 맞춰 줘야지 좋아하지 않겠어요?"

"아! 그렇게나 깊은 뜻이……."

공원선사가 고개를 끄덕였다. 이제야 흐릿하던 것들이 조금씩 분명해지는 느낌이 든다. 아닌 게 아니라 가만히 서문영의 말투를 되돌아보니 독고현의 말대로다. 처음부터 서문영은 자신이 군부(軍部)의 사람임을 내세우지 않았다.

'금군의 무장치고는 소박한 사람이로구나.'

그렇지 않고서야 '나는 새도 떨어뜨린다'는 금군의 무장이 저렇게 행동할 리가 없지 않은가?

공원선사는 이쯤에서 호기심을 접기로 했다. 결론적으로 서

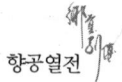
향공열전

문영은 군문의 부적응자다. 그 문제를 집요하게 파고드는 것은 대단히 큰 실례인 것이다.

'아쉽군……'

대림사 최고의 후원자를 발견했다고 믿고 있을 마타선사를 생각하니 실소가 흘러나왔다.

하지만 웃고만 있을 때가 아니다. 눈앞의 이 영양가 없는 군관(軍官) 하나 때문에 상청궁과 소림사의 눈밖에 나게 생겼다.

"하아!"

공원선사는 저도 모르게 땅이 꺼져라 탄식을 터뜨리고 말았다.

아무리 대림사가 무림과 관계없는 사찰이라 해도, 무당산 상청궁과 소림사를 등지고 살아갈 수는 없다. 당연히 방장인 마타선사든 누구든 소림사와 상청궁을 부지런히 드나들어야 할 것이다.

상대가 만족할 만한 선물을 들고 말이다. 문제는 대림사의 형편이 그다지 좋지 않다는 데 있다. 열성적인 신도(信徒)도 없고, 향화객도 소림사에 다 빼앗겨 먹고 살기도 빠듯했다.

"고민이 있으신가 봅니다?"

공원선사가 서문영을 지그시 바라보았다. 사고란 사고는 혼자서 다 치고 아무렇지도 않은 표정이다.

'대림사에 마(魔)가 낀 게야. 그렇지 않고서야 저런 재앙이 제 발로 찾아올 일이 없지……'

가만히 행색을 보니 재물이 넉넉해 보이지도 않는다. 대림사에 도움을 줄 만한 사람은 아니었다. 오히려 대림사가 공짜로 서문영의 복을 비는 법회(法會)를 열어 주어야 할 정도로 청승맞아 보였다.

'무공이 강한 것 외에는 자랑할 만한 게 없어 보이니 원…… 쯧!'

유구한 무림의 역사에서 '무공이 강하면서 실패한 인물'을 찾기란 어려운 일이 아니었다. 무공의 고수가 괜히 객사(客死)를 하거나, 은거(隱居)를 하는 것은 아니다.

많은 사람들이 세상을 요지경(瑤池鏡)이라고 할 때는 다 이유가 있는 법이다. 무공이 강하다는 것은 성공의 조건에 불과하다. 그것이 성공 자체는 아닌 것이다.

'벌써부터 소림사나 상청궁과 척을 지었으니…… 강호에서 성공하기는 틀린 게지…….'

공원선사가 별일 아니라는 듯 가볍게 고개를 저었다.

"아닐세, 신경 쓰지 말게."

사실 이 순간 공원선사가 하고 싶었던 말은 "군문도 안 맞고, 강호도 힘들고, 과거로도 재미를 못 본 모양인데, 자네 걱정이나 하게"였다.

제4장

단심맹(丹心盟)이 답이다

　십팔나한을 선발하는 행사는 비교적 차분하게 치러졌다. 소림사와 지객당 손님들의 관심이 온통 십대문파 회합에 쏠려 있었기 때문이다.

　이른 아침, 원로 무술사범인 공현선사(空玄禪師)가 대회의 시작을 알리자마자 백팔명의 무승들이 비호(飛虎)처럼 연무장 위로 뛰어 올랐다. 모두가 십팔나한을 꿈꾸며 수련해 온 무승들이다.

　십팔나한의 선발은 간단했다. 열여덟 명이 남을 때까지 비무를 계속 하는 것이다.

　공현선사가 지명할 때마다 두 명씩 비무를 벌여 나갔다.

사람들로 바글거리던 비무장은 시간이 흐를수록 조금씩 정리되었다. 그리고 마침내 해거름 무렵이 되자, 소림사의 연무장에는 열여덟 명의 무승이 남았다. 소림사의 현역 무승들 가운데 최고인 십팔나한이 탄생한 것이다.

 소림사의 방장인 공산선사가 연무장에 태산처럼 버티고 선 무승들을 일일이 호명(呼名)하며 그들의 노고를 치하하는 것으로 박진감 넘치던 비무는 끝이 났다.

 잠시 후 저녁 공양 시간을 알리는 종소리와 함께 사람들은 하나 둘 사라졌다.

 서늘한 바람이 텅 빈 연무장을 한 차례 휩쓸고 지나갔다.

 사람들이 내뿜던 열기는 흔적도 없이 사라져 버렸다.

 저녁 공양이 끝난 뒤 십대문파 사람들은 소림사 경내를 산책하며 담소를 나누었다. 대화의 주제는 자연히 내일 만들어질 십대문파 모임의 성격과 규모, 그리고 지도자의 선출에 관한 것이다. 십팔나한을 선발하는 비무와는 또 다른 열기로 소림사의 경내는 뜨겁게 달아올랐다.

 사람들로 북적대는 다른 곳과 달리 대웅전 앞마당은 한적했다. 경관이 나쁘거나 소림사에서 출입을 금지해서가 아니다.

 지금 대웅전 앞마당에는 몇몇 원로고수들이 웃으며 환담(歡談)을 나누고 있었다. 그들은 보통의 제자들이 감히 가까이하기 어려운 십대문파의 실세들이기도 했다.

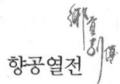
향공열전

원로고수들은 웃으며 지인들의 안부를 묻고 있는 것처럼 보였다. 그러나 실상 주고받는 말들은 전혀 그렇지 않았다.

"무당산의 오대도관은 우리 상청궁을 중심으로 뭉치기로 했습니다."

상청궁의 장로 담운의 말에 화산파의 장로이자 천의단의 단주인 절영운검(絕影運劍) 상무극(常無極)이 되물었다.

"본래 무당산의 오대도관은 상청궁을 중심으로 움직이지 않았소?"

"그렇습니다. 예부터 오대도관은 동문이라고 할 만큼 가까운 관계였습니다."

"그런데 담 장로께서 새삼스럽게 언급을 하신 이유가 있소?"

"아시다시피 오대도관이 긴밀한 관계를 유지하고 있었지만 독립된 운영을 해왔었습니다. 그러나 앞으로는 달라질 것입니다."

"달라진다는 말씀은?"

"허허, 우리 상청궁에서 오대도관을 치리(治理)하게 되었다는 것을 이 자리를 빌려 알려 드립니다."

"헛! 정말 통합을 하게 된 것입니까?"

소림사 나한당(羅漢堂)의 수좌(首座)인 공지대사(空知大師)가 깜짝 놀란 눈으로 담운을 바라보았다. 무당산 오대도관의 통합은 그만큼이나 충격적인 일이었다. 오대도관으로 나뉘어져 있는 지금도 무당산 도사들의 힘은 막강했다.

'허! 상청궁만 해도 곤륜파와 어깨를 나란히 하거늘……'

다섯 개의 도관이 통합되었다면 거의 소림사에 버금가는 힘을 가지게 된 것이다. 아니 어쩌면 소림사보다 더 커졌을지도 모를 일이었다.

"늦었지만 축하드립니다. 무림을 위해 잘 된 일이라고 생각합니다."

공지대사가 웃으며 인사를 건넸다.

"허허, 담 장로께서 그토록 공을 들이시더니…… 기어이 통합을 이루어냈구려. 축하드리오. 사파의 준동을 생각하면 참으로 잘된 일이외다."

절영운검 상무극도 담운에게 목례를 해보였다.

"감사합니다. 감사합니다."

담운이 공지대사와 상무극에게 일일이 고개를 숙이며 화답했다.

"그런 이유로 앞으로는 '무당산의 도사'라거나 '오대도관의 이름' 대신에 무당파라는 이름을 사용하게 될 것입니다."

공지대사와 상무극이 고개를 끄덕였다.

전부터 사람들은 무당산의 도사들을 "무당의 도사"라거나, 각각 출신 별로 "상청궁·옥허궁·자소궁·남암궁·태허궁의 도사"라는 식으로 불러왔다.

십대문파의 제자들 사이에서 간혹 무당파라는 이름을 사용

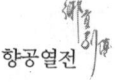
향공열전

하기도 했지만 공인된 것은 아니었다. 무당산 오대도관이 각자 독립된 운영을 해왔기 때문이다.

그러나 이제부터는 정식으로 무당파라는 이름을 사용하게 된 것이다.

잠시 후 공지대사가 뒤늦게 생각났다는 듯 물었다.

"아! 그러고 보니 태허궁의 도기(道紀; 우두머리)이신 천도상인(天道上人)께서 평소 오대도관의 통합을 반대하신 것으로 알고 있는데…… 이번에 용단을 내리셨나 보군요?"

담운의 얼굴로 언뜻 당황한 기색이 스치고 지나갔다.

"천도상인께서는 와병(臥病) 중이십니다. 태허궁은 현재 천도상인의 사형이신 일월선인(日月仙人)께서 맡아 보고 계십니다."

"허면 이번 결정은 일월선인이 내린 것이군요?"

공지대사의 물음에 담운이 어색하게 웃으며 고개를 끄덕였다.

"그렇습니다."

이번에는 상무극이 물었다.

"그런데 도기이신 천도상인의 병세는 좀 어떻습니까?"

"의원들은…… 회복하기 어려울 거라고 하더군요."

"……"

한순간 공지대사와 상무극은 할 말을 잃고 말았다. 담운의 면전에서 "쾌차하시길 바란다"고 인사를 하기가 어색했던 것이다.

"그런데 어쩌시다가 병이……. 지난해에 뵈었을 때만 해도 정정하셨는데……."

상무극이 얼른 말을 돌렸다.

"부끄럽게도 주화입마인지 노환(老患)인지 잘 모르고 있는 형편입니다."

"아!"

상무극이 안타까운 눈으로 담운을 바라보고 있을 때다.

"그건 그렇고…… 담 장로께서 무당파의 일을 우리에게 미리 알려 주신 것은 어떤 뜻이 계셔서 입니까?"

공지대사의 물음에 담운이 머뭇거렸다.

하지만 담운의 망설임은 오래가지 않았다. 어차피 상무극과 공지대사를 따로 부른 것은 두 사람의 협조를 구하기 위해서였다. 갑작스럽게 나온 천도상인에 관한 이야기로 기분이 조금 떨떠름했지만, 그렇다고 시기를 놓칠 수는 없었다.

"내일 회의에서 무당파는 십대문파의 무림맹 건립을 제안할 계획입니다."

"……."

공지대사와 상무극이 놀란 눈으로 담운을 바라보았다.

정파의 무림지사들이 참가하지 않는 십대문파의 무림맹을 설립하자니? 하자면 못할 것도 없겠지만, 득보다 실이 많을 것이었다.

향공열전

강호 경험이 풍부한 상무극이 대번에 반대를 했다.

 "담 장로, 십대문파가 홀로 무림맹을 세운다면 강호동도들의 비웃음을 사고 말 것이오."

 "빈승(貧僧)도 상 장로님의 말씀에 동의합니다. 강호동도들의 참여를 이끌어 내야지, 그들과 따로 행동할 수는 없습니다."

 하지만 담운은 주장을 굽히지 않았다.

 "어차피 황실에서 정파 무관이 모두 모이는 대규모 집회를 허락할 리가 없습니다. 이번 십대문파 집회도 감군원의 고위 내관(內官)과 연이 닿지 않았다면 꿈도 꾸지 못했을 것이라고 들었습니다. 현실적으로 정파 전체가 참여하는 무림맹은 애초에 불가능하지 않습니까?"

 "그야 그렇지만…… 우리가 따로 무림맹을 만든다면 강호의 군소방파들이 곱지 않은 눈으로 바라볼 것이 분명하오. 그렇지 않아도 군소방파들과 십대문파 사이에 알력이 남아 있는데…… 무림맹까지 단독으로 만든다는 건……. 비난을 자초하는 결과를 가져올 것이외다."

 상무극이 고개를 저었다. 아무리 생각해도 그건 지나친 감이 있었다. 십대문파에서 '천의단'이나 '오악검파'라는 이름으로 모이는 것도 그런 이유에서다. 대규모 조직은 군소방파들의 신경을 자극할 수 있기 때문이다.

 "지금은 군소방파의 눈치를 살피고 있을 때가 아닙니다. 사파가 천명회(天命會)라는 이름으로 뭉쳤습니다. 천의단이나 오악검파 만으로 천명회를 당해낼 수 있으리라고 생각하십니까?"

담운이 뜨거운 눈으로 공지대사와 상무극을 바라보았다.

공지대사와 상무극은 선뜻 대답하지 못했다. 그들도 '이대로는 안 된다' 정도의 생각은 하고 있었다.

문제는 '시간과 공을 들여서라도 정파 전체의 힘으로 해결하는가?', 혹은 '정파가 모두 모이기 어려우니 십대문파가 단독으로 처리하는가?' 였다.

"끙! 관부에서는 왜 천명회 같은 조직을 내버려 두고 있답니까?"

공지대사가 불만 가득한 음성으로 중얼거렸다. 비록 관(官)과 무림이 '강물과 우물물처럼 서로에게 관여하지 않는다'고는 하지만, 이럴 때만은 관부의 수수방관이 못마땅하기만 했다.

"지방군을 움직일 여력이 없기 때문이 아니겠습니까? 지금은 토번과 제나라의 도발을 견제하기도 벅찰 지경일 겁니다. 하지만 국경이 어느 정도 안정되면…… 황실에서도 불법으로 무장한 천명회를 가만히 내버려 두지는 않을 겁니다."

상무극의 말에 담운이 답답하다는 듯 말했다.

"국경이 안정되는 그날까지 천명회가 남아 있겠습니까? 그때쯤이면 단물을 다 빨아 먹고 해산한 뒤일지도 모릅니다. 황

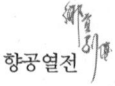
향공열전

실에서 적극적으로 개입하지 않는 것도 그런 이유일 테지요. 가만히 내버려 두어도 자연히 사라질 조직이니 그냥 내버려 두고 있는 겁니다. 우리 정파의 무관들과 달리 그들에게는 끝까지 지켜야 할 역사니 기반이니 하는 것이 없으니까요."

공지대사와 상무극이 묵묵히 고개를 끄덕였다.

확실히 정파의 무관들은 유구한 역사와 전통을 자랑한다. 체면과 명예를 중시하는 터라 한 번 모이면 쉽게 해체하지도 않는다. 설사 해체한다고 해도 지역에 기반이 그대로 남아 있어, 훗날 관부의 책임 추궁을 면할 길이 없다.

뭐든 합법적으로 하지 않으면 안 되는 이유가 거기에 있었다. 십대문파가 대규모 회합을 앞두고 먼저 관부의 승인을 얻은 것처럼 말이다.

반면 사파는 제멋대로 조직하고 제멋대로 해체한다. 어디 그뿐이랴! 일단 해체를 결심하면 조직의 기반을 버리고 사람들의 시야에서 완전히 사라져 버린다. 사파가 관부의 눈치를 살피지 않고 불법적인 단체를 구성하는 것도 바로 그런 특성 때문이다.

"칠대마인이 천명회를 이용해 강호를 제패한 뒤에는 늦습니다. 그때는 이미 칠대마인이 목표를 달성한 후일 테니까 말입니다. 그때 가서 그들의 욕심이 과해지면 황실과 무림 모두가 위태로워질 수도 있습니다. 천명회 따위에 무림의 운명을 맡길 수는 없지 않겠습니까? 그렇다면 천명회가 세를 확장하기 전에 박살을 내야 합니다."

"……"

"그러기 위해서라도 십대문파는 내일 무림맹을 설립해야 합니다."

"일리 있는 말씀이오만…… 휴우!"

"허어! 어찌해야 하나……."

담운의 열변(熱辯)에 공지대사와 상무극이 장탄식을 터뜨렸다.

공지대사와 상무극의 마음이 흔들리는 듯하자 담운은 쉬지 않고 몰아쳤다.

"십대문파의 위상은 과거와 달라졌습니다. 무당파는 어제 신책군의 화장에 불과한 한 사내에게 큰 모욕을 당해야 했습니다. 그자는 오래전 화산파 군불위와 시비를 일으키고, 이어진 비무에서 비겁한 수를 사용해 승리를 도적질해 간 사람이기도 합니다. 과거 같으면 강호에서 매장 당했을 사람이…… 이제는 감히 소림사의 지객당까지 찾아와 무당파에게 시비를 거는 형편입니다. 십대문파의 체면도, 강호의 도의(道義)도 모두 땅바닥에 떨어진 것입니다."

"저런!"

"쯧!"

공지대사와 상무극이 복잡한 표정으로 주변을 둘러보았다.

다소 감정이 실린 이야기인지라 듣는 사람이 없는지 살피고

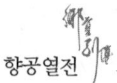
향공열전

있는 것이다.

다행히 주변은 텅 비어 있었다. 십대문파 제자들이 알아서 멀리 돌아가 주고 있는 것이 분명했다.

고개를 설레설레 젓던 공지대사가 상무극에게 물었다.

"정말 그런 일이 있었습니까?"

"……."

잠시 망설이던 상무극은 묵묵히 고개를 끄덕였다. 전후 사정을 떼어내면 담운의 말이 완전히 틀린 것도 아니기 때문이다.

"그 사람의 이름은 무엇입니까? 그렇게 후안무치(厚顔無恥)한 사람인 줄 알았다면…… 숭산에 오르지도 못하게 했을 것입니다."

공지대사의 물음에 담운이 대신 답했다.

"신책군 화장 서문영이라고 하는 자입니다. 무당파에서는 내일의 행사를 위해서 그의 행패를 모른 척 눈감아 주었습니다."

"잘하셨습니다. 지금 같은 시기에 그런 자를 상대해 봤자 득이 될 것이 없습니다. 두 분은 서문영에 대해 더 이상 신경 쓰지 마십시오. 이독제독(以毒制毒; 악한 것으로 악한 것을 제압함)이라고 하지 않습니까? 내일 감군사가 오기로 되어 있으니…… 그자의 처분을 부탁해 보겠습니다."

감군사에게 맡기겠다고 하자 담운의 표정이 대번에 밝아졌다.

"허허, 그렇게 해주신다면 감사할 따름이지요. 어쨌든 빈도(貧道)는 이번 기회에 십대문파의 권위를 바로 세웠으면 합니다. 무림맹으로 말이지요."

담운이 상무극을 힐끔 바라보았다. 지금이야말로 상무극의 지지가 필요한 때였다.

상무극이 그런 담운의 뜻을 짐작하고는 미미하게 고개를 끄덕여 보였다. 이왕 이렇게 된 거 무당파와 힘을 합쳐 일을 도모하는 편이 유리하다고 생각한 것이다.

"하아! 담 장로의 말씀을 듣고 있으니 뭔가 후련해지는 느낌입니다. 솔직히 십대문파가 그 이름에 비해 대접을 받지 못하고 있는 것은 사실이지요. 게다가 천의단이나 오악검파의 규모로는 칠대마인이 만든 천명회를 상대할 수도 없고요. 썩 내키지는 않지만…… 현실적으로 십대문파의 무림맹이 최선의 해결책 같습니다."

"흐음!"

공지대사의 입에서 무거운 침음성이 흘러나왔다.

십대문파의 무림맹을 만들자니 군소방파가 마음에 걸리고, 그렇다고 마냥 손 놓고 지켜볼 수도 없는 상황이었다.

공지대사가 망설이자 담운이 머리를 숙이며 부탁했다.

"대사님, 지금은 '내가 아니면 누가 지옥에 가랴!' 는 심정으로…… 무림맹을 만들어야 할 때입니다. 물론 처음에는 무림

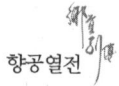

의 동도들도 우리를 비난하겠지요. 하지만 결국은 우리가 왜 그렇게 하지 않으면 안 됐는지 이해해 줄 것입니다. 아니, '칠대마인의 천명회가 해체되는 날까지만 무림맹을 유지하겠다'고 선언하면 비난할 사람이 없을지도 모릅니다."

굳어 있던 공지대사의 표정이 부드럽게 풀렸다. 그것은 "천명회가 해체되는 날까지만 무림맹을 유지하자"는 말 때문이다. 한시적으로 무림맹을 유지하겠다고 한다면 강호의 동도들이 느끼는 거부감도 거의 사라질 것이었다.

"소승(小僧)도…… 현실적으로 십대문파의 무림맹이 최선이라고 생각합니다. 소림사의 방장과 여러 원로들을 설득해 보겠습니다."

"빈도 역시 화산파의 장문인과 장로들을 설득해 무림맹의 설립에 차질이 없도록 하겠소이다."

"감사합니다. 십대문파의 무림맹이 결성되면 칠대마인과 천명회는 아침 이슬처럼 흔적도 없이 사라지게 될 것입니다."

"그런데 초대 맹주에 대해서는 어떤 고견들을 가지고 계신지요?"

공지대사가 조심스럽게 두 사람을 바라보았다. 십대문파의 맹주는 곧 정파의 지도자라고 해도 과언이 아니다.

정파 최고의 지도자를 누구로 세울 것이냐에 따라 내일 회합의 성패(成敗)가 갈릴 수도 있으니 미리 정해 놓아야 하는 것이다.

공지대사의 말에 담운과 상무극이 잠시 침묵했다.

소림사와 무당파, 화산파가 뜻을 모았으니, 내일은 십대문파의 무림맹이 만들어질 것이다. 그렇다면 남은 문제는 누가 맹주가 되느냐다.

이 자리에 있는 세 문파가 뜻을 모은다면, 원하는 사람을 맹주로 만들 수도 있다. 그러니 문파의 앞날을 위해서라도 신중하게 발언해야 하는 것이다.

"무당파의 청암진인(靑巖眞人)께서 맡으시는 것은 어떻겠습니까?"

공지대사의 말에 담운이 화들짝 놀라 되물었다.

"대사님, 그래도 괜찮겠습니까?"

"방장이신 공산선사께서는 강호의 일에 나서는 것을 좋아하지 않으십니다. 이번에도 소승이 두 분을 만나러 간다고 하자 거듭 당부를 하셨습니다. '도울 일은 돕되 소림사가 앞으로 나서는 일은 없어야 한다'고 말입니다."

공지대사가 말과 함께 상무극을 바라보았다. 화산파는 어떻게 할 생각이냐를 묻고 있는 것이다.

상무극이 담담한 음성으로 말했다.

"태허자(太虛子; 화산파 장문인)께서는 평소 '일할 수 있는 자에게 일을 맡기라'고 말씀해 오셨습니다. 그러니 누가 뭐라고 해도 맹주직을 받아들이지 않으실 것입니다. 저도…… 청암진인의 춘추(春秋; 어른의 나이)가 십대문파를 이끌어 가기에 적

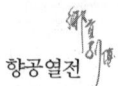
향공열전

당하다고 생각합니다."

"아아! 그랬군요!"

공지대사가 다소 과장된 몸짓으로 동감을 표시했다.

사실 무당파 상청궁의 도기인 청암진인의 나이는 일흔이지만, 여든이 넘은 소림사의 공산선사나 화산파의 태허자에 비하면 상대적으로 젊은 편이었다.

"알겠습니다. 소림사와 화산파의 뜻이 그러시다니 장문인께 잘 말씀드려 보겠습니다."

"아무쪼록 좋은 결과가 있기를 바랍니다."

"잘 하실 거라고 생각합니다."

공지대사와 상무극이 담운에게 축하의 인사를 건넸다.

잠시 후 세 사람은 간단한 목례와 함께 흩어졌다. 이제부터 자신들의 문파로 돌아가 회의의 결과를 알려주고, 반대하는 사람을 설득해야 하기 때문이다.

* * *

다음날 아침, 지객당의 가장 큰 방에 열 명의 고수가 모였다. 그들은 십대문파의 수장이자 정파 최고의 배분을 가진 사람들이었다.

소림사 주지(住持)인 공산선사의 진행으로 시작된 십대문파 회의는 점심 공양이 시작될 무렵에 끝났다.

심각한 안건에 비하면 신속한 결말이라고 할 수 있었다.

회의가 시작되자마자 무당파의 청암진인이 십대문파의 무림맹 설립을 제안했다.

청암진인으로서는 상당한 고심 끝에 한 제안이었으나 구대문파 장문인들은 선선히 받아들였다. 전날 담운이 소림사와 화산파의 원로를 설득하기 위해 애를 쓴 게 무색할 정도로 말이다.

심지어 공동파의 장문인 도선진인(道宣眞人)은 한술 더 떴다. 그는 십대문파 중 어느 한 곳에 문제가 발생하면 무림맹이 자동으로 개입해야 한다고 했다.

강력하다 못해 다소 무모하기까지 한 도선진인의 의견은 만장일치(滿場一致)로 통과되었다.

십대문파 장문인들은 회의시간 내내 이구동성(異口同聲)으로 "높은 명성과 달리 실질적인 이득이 거의 없었다"고 한탄했다. 대부분의 문파가 십대문파라는 이유로 양보하고, 자기 몫까지 사양한 경우가 많았던 것은 과장이 아니었다. 그런 이유로 군소방파에게 존경을 받기도 했지만, 오늘 만큼은 그동안 입었던 손해를 집중 논의하는 분위기였다.

장고(長考) 끝에 십대문파 장문인들은 맹의 이름을 단심맹(丹心盟)으로 정했다.

곧이어 초대 맹주로 무당파의 청암진인이 선출되었다.

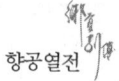
향공열전

소림사와 화산파의 적극적인 지지가 다른 칠대문파 장문인들의 마음을 움직인 것이다.

무당산의 오대도관이 통합된 것도 큰 힘이 되었다. 현실적으로 소림사와 화산파를 제외하고 무당파를 견제할 만한 문파가 없었던 것이다.

청암진인이 선출되자 공산선사는 뒤로 물러났다.

맹주가 된 청암진인은 가장 먼저 십대문파 장문인들을 태상(太上)에 임명했다. 태상에게는 맹주를 선출하거나 탄핵하는 권한이 주어졌다.

아홉 명의 태상들은 천명회의 움직임에 효과적으로 대응하기 위해 대부분의 권한을 맹주와 총관에게 넘기기로 했다.

뒤이어 청암진인은 무당파 장로인 담운을 단심맹의 총관(總觀)에 임명하고, 단심맹의 대소사(大小事)를 관리하게 했다. 그 덕분에 담운은 천의단의 부단주에서 일약 단심맹의 이인자가 되고 말았다.

말이 이인자지 단심맹은 담운의 손에 들어간 셈이나 마찬가지였다. 맹주인 청암진인의 나이가 일흔인지라, 실질적인 운영에 무리가 따랐기 때문이다.

끝으로 청암진인은 천의단(天義團)을 천의대(天義隊)로 확장시키고, 천지인(天地人) 삼단(三團)을 그 아래에 두었다. 태상들의 요청에 따라 천의대는 십대문파 분쟁지역에 무조건 투입하기로 했다. 도선진인의 건의가 천의대의 행동지침이 된 셈이다.

 과거의 오악검파는 추혼대(追魂隊)로 이름을 바꾸었다. 추혼대에는 무림공적이자 천명회의 배후로 알려진 칠대마인을 추살하는 임무가 맡겨졌다.

 뎅. 뎅. 뎅—

 멀리서 점심 공양을 알리는 종소리가 나자 청암진인이 물었다.

 "일단 점심 공양을 마치고 계속했으면 하는데…… 여러 태상님들의 의견은 어떻습니까?"

 "좋수다. 중요한 문제는 얼추 끝난 것 같은데, 먹고 합시다."

 말과 함께 개방의 방주인 무적취개(無敵取丐)가 자리에서 벌떡 일어섰다.

 "그럽시다."

 "그럴까요?"

 몇몇 장문인들이 엉거주춤한 자세로 자리에서 일어날 때였다.

 공산선사가 낮게 가라앉은 음성으로 말했다.

 "여러 태상님들, 우리가 한 가지 빠트린 것이 있습니다."

 "……."

 무적취개와 장문인들이 도로 주저앉았다. 공산선사의 말에

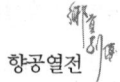
향공열전

는 묘한 힘이 담겨 있어 일단 귀를 기울이지 않을 수가 없었던 것이다.

"선사님, 우리가 빠뜨린 것이 무엇입니까?"

청암진인의 물음에 공산선사가 희미하게 웃으며 답했다.

"맹주님, 노납이 가만히 생각해 보니…… 감군사께서 참석하지 않은 상태에서 우리가 너무 앞서 나갔다는 생각이 듭니다. 감군사가 단심맹을 인정하지 않으면 모든 것이 수포로 돌아갈 수도 있습니다. 그러니 남은 회의는 감군사를 모시고 하는 것이 어떤가 싶습니다."

"아!"

"그, 그렇군!"

"그러고 보니 감군사가 빠졌구먼……."

태상들이 좌우를 둘러보며 탄식을 터뜨렸다. 만에 하나라도 감군사가 딴죽을 걸면 아침나절의 회의는 없던 것이 되고 만다.

모처럼 한마음 한뜻으로 참가했던 회의가 아까운 게 아니다. 그 회의를 통해 잠깐이나마 꿈꾸었던 단심맹의 미래를 잃을지도 모른다는 것이 안타까웠다.

곰곰이 생각하던 청암진인이 다시 물었다.

"선사님, 감군사는 언제쯤 오기로 했습니까?"

"본래 감군사가 오기로 약속한 시간은 정오(正午)입니다."

"정오라면 벌써 지나지 않았습니까?"

"감군사는 시간 약속을 잘 지키지 않기로 유명하지요. 부지불식간(不知不識間)에 들이닥쳐 돌아가는 상황을 감찰하는 게 몸에 밴 사람들이라서……."

"허어! 그렇다면 언제 올지도 모르는 감군사를 기다리고 있어야 한다는 뜻이군요?"

"그런 셈입니다. 그러니 공양을 마친 후에 바로 회의를 하기보다는…… 감군사가 오기까지 기다리는 편이 나을 것입니다. 최악의 경우…… 회의를 처음부터 다시 할 수도 있다는 것을 염두에 두어야 하고요."

"처음부터 다시 한다는 것은 어디부터를 말씀하시는 것인지요?"

"그런 상황이 벌어지지 않기를 바라지만…… 만에 하나 그들이 원한다면 맹주님을 선출한 부분부터 다시 해야 할 것입니다."

"헐! 그냥 감군사에게 회의의 내용을 설명하면 안 되는 것입니까?"

"일찍이 감군사의 비위를 건드렸다가 잘된 역사를 보지 못했습니다. 감군사는 모두가 내관(內官)인지라, 그 성정(性情)이 남달라서…… 일단 수틀렸다 하면 대화가 통하지 않습니다. 그러니 처음부터 그냥 시키는 대로 하는 것이 이로울 것입니다."

"허어!"

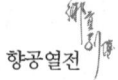
향공열전

"감군사가 내관이었군요."

"내관이라면 내시?"

"쳇! 십대문파가 내시들에게 휘둘려야 하다니……."

"어쩌겠소. 많은 수가 모이려면 감군사의 감찰을 받아야 하는 게 현실이니……."

태상들은 투덜거리면서도 대체로 공산선사의 의견에 수긍하는 편이었다. 그들 역시 한 문파의 수장으로 평소 감군사의 위세를 충분히 경험한 탓이다.

청암진인은 태상들의 의견이 모아지자 담담하게 말했다.

"여러 태상님들은 점심 공양을 마치는 대로 다시 모여 주시기 바랍니다. 감군사가 올 때까지 기다렸다가, 회의를 속행하도록 하겠습니다."

"그러십시다."

"알겠습니다."

태상들이 하나 둘 자리에서 일어섰다.

공산선사는 자리에서 일어나자마자 청암진인에게 다가갔다.

"맹주님, 한 가지 부탁드릴 말씀이 있습니다."

"허허, 부탁이라니요. 선사님, 말씀만 해주십시오. 할 수 있는 일이라면 무엇이든지 하겠습니다."

청암진인은 공산선사의 도움으로 맹주가 되었다고 생각해서 최대한 공손히 답했다.

"다름이 아니라…… 태상들이 모였을 때 소승에게 잠시 시간을 내어 주십사 하는 것입니다."

"시간을요?"

그냥 발언하면 되지 무슨 시간을 내어 달라는 것일까? 청암진인이 의아한 눈으로 공산선사를 바라보았다.

공산선사가 품안에서 비단에 둘둘 만 작은 물건을 꺼냈다.

"실은 이 물건에 대해 알고 싶은 게 있어서 그런 것입니다."

공산선사가 비단을 풀러 공원선사에게 받은 단검을 보여 주었다.

"허! 마물(魔物)이로다……."

청암진인은 한눈에 단검에 깃든 마기를 알아차렸다.

"그렇습니다. 보통 물건이 아닌지라…… 경험이 많은 태상들에게 자문을 구하고 싶은 것입니다."

"알겠습니다. 시간을 내어 드리도록 하지요."

청암진인이 호기심 어린 눈으로 단검을 다시 보았다.

손잡이에 박힌 보석에서 요기(妖氣)가 줄기줄기 뻗어 나왔다. 마치 내가 누군지 알아 달라고 버둥거리는 것 같았다.

* * *

공원선사와 서문영, 독고현이 반야객점을 나선 것은 점심시간이 지나서였다.

일찍 가봐야 좋을 일이 없다고 생각한 공원선사는 느긋하기만 했다. 어차피 단검과 배첩에 얽힌 사연만 알아내면 되기 때문이다.

"허허, 이제 완연한 봄이로구나!"

공원선사는 기분이 좋은지 얼굴에서 미소가 떠나지 않았다.

그런 공원선사와 달리 서문영의 얼굴은 어둡고 칙칙했다. 이틀 전 벌어졌던 담운과의 시비로 소림사에 가는 게 영 내키지 않았던 것이다.

"선사님, 무슨 좋은 일이라도 있습니까?"

"살아 있다는 게 좋은 일 아닌가!"

"쩝! 좋기만 하겠습니까?"

"좋다마다. 죽은 사람은 절대 알지 못할 걸세."

"하지만 선사님, 죽은 사람이 더 행복할 수도 있지 않습니까?"

"죽은 사람이 왜 더 행복하다고 생각하는가?"

"죽어 버리면 신경 쓸 일이 없으니 좋겠지요."

"허허, 죽으면 신경 쓸 일이 없다고 누가 그러던가?"

"그야……."

서문영은 말을 잇지 못했다. 죽었다가 살아온 사람이 없으니 죽음 이후의 일을 모른다. 그러니 신경 쓸 일이 있는지 없는지 장담할 수도 없었다.

묵묵히 걷고 있는 서문영에게 공원선사가 말했다.

"소협은 어차피(於此彼)라는 말을 아는가? '이렇게 하든지 저렇게 하든지'라는 뜻의 말이지. 인생은 고해(苦海)라네. 하지만 눈만 돌리면 피안(彼岸)의 세계라고도 하지. 그런데 대체 어디까지가 고해고 어디서부터가 피안이라는 말인가?"

"예?"

서문영이 공원선사를 힐끔 바라보았다.

"모두 자기 마음에 달려 있다는 말일세. 예컨대 득도(得道)를 위해서라면 집착을 버려야 마땅하겠지만, 득도에 전념하는 것도 사실은 집착이라네. 결과가 좋으니까 그냥 넘어가 주는 게지. 모든 일에, 심지어 득도와 해탈(解脫)에서조차도 유일한 해답이 없다네. 이렇게 하든지 저렇게 하든지 내키는 대로 해보는 게지. 산다는 건 그렇게 '어차피'의 연속인 게야."

"도통 알 수 없다는 그런 말씀인가요?"

"그렇지. 공부를 많이 했다고 하더니 금세 알아듣는구먼. 한치 앞의 삶도 모르는 사람이 죽음에 대해 어찌 알겠는가? 득도가 별건가? 세상일을 자기 마음 편한 대로 받아들이면 그게 득도인 게야. 어차피 이리 가나 저리 가나 모르기는 마찬가지이니까."

"……"

서문영은 고개를 주억거렸다. '어차피'라는 말이 참 무책임하게 들리면서도 그것이 마음에 와 닿았다.

문득 초혼요마의 말이 떠올랐다.

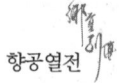
향공열전

"그 늙은 도사가 말했어요. 마음이 편해지는 일을 하는 게 바로 양생(養生)이라고. 난 그게 무슨 말인지 정확히는 몰랐지만, 한 가지 득이 된 건 있어요. 마음이 가벼워졌거든요. 인간 같지 않은 것들을 도축하는 게 마음이 편했다고나 할까?"

'마음이 편해지는 일이라.'

어쩌면 공원선사가 설파하는 '어차피'와 노도사가 말했다는 '양생'은 같은 길 위에 서 있는 것인지도 모른다.

생각에 잠긴 서문영에게 공원선사가 물었다.

"이제 살아 있는 게 좋은 거라는 빈승의 말에 동의하는가?"

서문영이 피식 웃으며 답했다.

"예."

어차피 자신이 삶과 죽음에 대해 모른다는 사실에는 변함이 없다. 그런데 모르는 일을 애써 우울한 방향으로 고집할 이유가 없지 않은가! 자학(自虐)이 생활화 된 사람이 아닌 다음에는 말이다.

"어차피 좋은 게 좋은 거니까요."

서문영의 말에 공원선사가 기분 좋은 웃음을 터뜨렸다.

"허허허! 이제 보니 소협은 일문십지(一聞十知; 하나를 들으면 열을 안다)의 재주를 가지고 있구먼!"

"어이쿠! 과찬이십니다."

두 사람이 가벼운 농담을 주고받을 때다. 독고현이 살짝 긴

장한 표정으로 중얼거렸다.

"저 혼자만의 느낌인가요? 오늘은 지난번과 좀 다른 것 같은데요."

그제야 서문영이 고개를 돌려 사방을 둘러보았다. 멀리 소림사의 산문이 보였다. 여기까지는 지난번과 같았다. 하지만 독고현의 말대로 뭔가 느낌이 달랐다.

"으음! 이제 보니 산문(山門)을 지키는 승려들이 더 늘어났군요. 십대문파의 회합이라서 더 조심하는 것 같습니다."

"그렇네요. 아무도 들여보내지 않는 것 같아요."

독고현의 말대로 일반인들은 물론 어중간한 무림인들까지 산문을 넘지 못하고 내려오고 있었다. 소림사까지 찾아갈 정도의 무림인이면 평소 교분이 있었을 텐데 말이다.

아니나 다를까? 돌아 내려오는 무림인들의 얼굴에는 불만이 가득했다.

독고현이 공원선사를 힐끔 바라보았다. 어제는 십팔나한의 선출행사가 열리는 줄 알면서도 가지 않았다. 상청궁의 담운과 서문영이 또다시 충돌할까봐 애써 참은 것이었다.

그런데 오늘의 분위기를 보니 산문부터 팽팽한 긴장이 넘실거리고 있다. 과연 소림사로 들어갈 수나 있을지 걱정스러웠다.

"선사님, 우리는 소림사에 들어가지 않아도 되니까…… 혼자 가셔서 일을 보고 나오시는 게……"

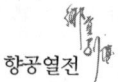
향공열전

공원선사가 빙그레 웃으며 말했다.

"우리는 방장의 허락을 받았으니 어려움이 없을 것이오. 십팔나한을 선발하는 행사를 놓쳤으니, 십대문파의 회합이라도 구경해 두시구려. 평생에 좋은 기념이 될 것이오. 십대문파가 한자리에 모이는 일은 정말 보기 드문 일이라오."

"아? 예."

독고현이 암암리에 한숨을 내쉬었다. 십대문파의 회합이 평생에 보기 드문 광경임은 틀림없겠지만 왠지 불안했다. 내공을 잃은 뒤라서 그런지 작은 일에도 신경이 곤두섰다.

보통 때라면 담운과 같이 몰염치한 사람은 안중에 두지도 않았을 것이다. 하지만 지금은 다르다. 자꾸만 신경이 쓰였다.

"독고 소저, 무슨 걱정이라도 있습니까?"

서문영의 말에 독고현이 웃으며 고개를 저었다.

"아니요. 십대문파만 모이는 분위기 같아서…… 별로 내키지가 않네요."

"하하, 마음을 편하게 먹으세요. 구경하는 사람은 우리들이지 그들이 아니니까요. 불편하면 그냥 나오면 되지 않겠습니까?"

독고현은 가벼운 한숨과 함께 고개를 흔들었다. 한편으로는 일을 크게 벌려놓고 천하태평일 수 있는 서문영의 대담함이 부러웠다.

내공을 잃지 않았다면 아마 자신도 별반 다르지 않았을 것이다. 제대로 힘을 쓸 수 없다는 것 하나가 이토록 사람을 소심하게 만들다니!

"가요!"

독고현의 걸음에 힘이 들어갔다.

제5장
법륜(法輪)과 열반(涅槃)

  독고현이 서너 걸음 앞서고, 그 뒤를 공원선사와 서문영이 편안하게 뒤따르고 있을 때다.

  서문영의 시선이 산문 앞쪽에 있는 한 무리의 사람들에게로 향했다. 일꾼들로 보이는 사람들 가운데서 낯익은 얼굴들을 발견한 까닭이다.

  '헉! 형님?'

  수레를 끌고 가는 사람은 구룡채(九龍寨)의 채주 호채림(鎬埰臨)이었다. 그러고 보니 뒤에서 밀고 있는 사람은 부채주 왕거륜(王居倫)이 아닌가! 두 사람 모두 일꾼 전형의 남루한 옷을 걸쳤지만 서문영의 예리한 눈은 속일 수 없었다.

서문영은 짐짓 모른 척 일꾼들 곁을 스치고 지나갔다. 십대문파의 회합이라고 하니 염탐이라도 나온 모양이다.

'쯧쯧! 안면이 있는 무림인들도 못 들어가는데…… 들어갈 수 있을까?'

게다가 한눈에 보아도 기골(氣骨)이 장대한 게 보통 체격이 아니다. 조금만 관심을 가지고 살핀다면 수상하다는 것을 눈치챌 수 있을 것이었다.

'좀 부실한 사람을 골라서 보냈어야지…… 쯧쯧!'

한순간 '소면시마(笑面屍魔)가 차도살인(借刀殺人)을 하려고 저 둘을 보낸 게 아닐까?' 하는 생각이 들 정도였다.

'아무쪼록 몸조심 하십쇼!'

서문영은 마음으로 두 사람을 응원했다. 무림은 정사대전(正邪大戰)이 임박한 분위기였지만 서문영에게는 아직 남의 일이었던 것이다.

공원선사와 서문영이 수레 옆을 스치고 지나갈 때다.

공교롭게 뒤를 살피던 호채림과 애써 외면하고 지나가려던 서문영의 시선이 마주치고 말았다.

"……."

호채림이 놀란 눈으로 서문영을 바라보았다.

전장(戰場)에서 갈고 닦인 서문영이 자연스럽게 정면으로 시선을 돌렸다.

호채림은 서문영을 보며 붕어처럼 몇 번 입을 뻐끔거리다가

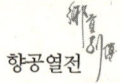
향공열전

는 뒤늦게 수레로 시선을 떨구었다. 자신이 선 곳이 적진 한복판임을 깨달은 것이다.

서문영과 호채림의 동작은 한순간에 벌어진 것이어서 주변 사람들은 이상한 점을 알아차리지 못했다. 멀리서부터 서문영을 유심히 관찰하고 있던 단 한사람을 제외하고 말이다.

'음? 저 잡부(雜夫)와 서문영이 아는 사이인가?'

만약 잡부가 서문영과 아무런 관계가 없었다면, 그저 체격이 좋은 사람이라고 생각했을지도 모른다. 하지만 지금 지객당의 수좌인 무오대사의 신경은 날카롭게 곤두서 있는 상태였다.

그도 그럴 것이 단심맹의 총관인 담운이 "신책군 화장 서문영을 걸러내라"고 명한 상태였기 때문이다.

촌각의 순간, 무오대사는 모종의 결정을 내렸다. 수레가 다가오자 무승들이 재빨리 앞을 막아섰다.

수레의 주변에 서 있는 일꾼들 중 몇은 안면이 있지만, 처음 보는 사람도 있었다. 한 마디로 조사를 좀 해봐야 하는 상태인 것이다.

무승들이 눈을 빛내며 낯선 사내들에게로 다가갔다.

그때였다. 뒤쪽에서 지켜보고 있던 무오대사가 담담한 음성으로 말했다.

"그쪽은 됐다. 일꾼들을 그냥 보내 주도록 해라."

"……."

잠시 머뭇거리던 무승들이 신속히 길을 터주었다.

수레 하나와 잡부 일곱 명이 채소와 나뭇짐을 짊어지고 산문을 넘어갔다.

한 무리의 사람들이 빠져 나가자 산문 앞은 약간 한산해졌다.

무오대사를 발견한 공원선사가 성큼성큼 다가가 먼저 합장을 해보였다.

"무오대사님, 오늘도 수고가 많으십니다."

"공원선사님, 어서 오십시오. 그렇지 않아도 방장께서 기다리고 계십니다."

"아! 그렇습니까?"

공원선사는 결과에 대해서는 묻지 않았다.

단검과 배첩을 넘긴 순간부터는 소림사의 것이다. 소림사의 비밀스러운 물건에 관해서 먼저 묻는 것은 예의가 아니었다.

공원선사가 희미하게 웃어 보였다. 방장이 기다리고 있다고 하니 들어가라는 말이다. 산문을 통과할 자격을 인정 받은 셈이다.

공원선사가 앞장서 걸어 들어갔다. 몇 걸음 걷던 공원선사가 걸음을 멈추었다. 뒤쪽에서 잡음이 들려온 까닭이다.

공원선사의 얼굴이 가볍게 찡그려졌다.

무승들이 서문영과 독고현의 앞을 막아서 가지 못하게 하고

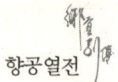
향공열전

있었던 것이다.

공원선사가 서둘러 무오대사에게 걸어갔다.

"대사님, 방장께서 그분들의 동행을 허락하셨습니다."

공원선사의 말에 무오대사가 담담한 표정으로 답했다.

"선사님, 방장께서 이분들의 동행을 허락하신 것은 어제까지입니다. 오늘은 십대문파의 큰 행사가 있는 날이라, 외인의 출입을 금하고 있습니다."

"하지만 그는 금군이기도 하니……."

공원선사의 말이 채 끝나기도 전에 무오대사가 말을 잘랐다.

"그가 금군이라면 더더욱 들어가서는 안 됩니다. 조금 전에 감군사께서 올라가셨습니다. 감군사께서는 무림의 행사에 관부가 관여하는 것을 엄히 금한다고 하셨습니다. 자신을 위해서라도 저 소협은 안으로 들어가지 않는 것이 나을 것입니다."

무오대사의 차가운 시선이 서문영에게로 향했다. 이쯤에서 물러나는 것이 좋을 것이라는 무언의 압력이었다.

서문영의 얼굴에 미소가 감돌았다.

감군사가 누군지 몰라도 바른 소리를 했다는 마음에 웃고만 것이다. 세속의 권력과 무림의 권력이 손을 잡으면 끝이 추악할 것이라는 게 요즘 서문영의 생각이었다. 다행히 감군사의 정신이 올바른 것 같으니 십대문파의 회합에 대해 신경 쓸 일은 없을 것 같았다.

"그럼, 우리는 올라가지 않겠습니다. 선사님, 천천히 볼일 보시고 내려오십시오. 설마하니 대림사에도 감군사가 가지는 않겠지요?"

서문영의 농담에 공원선사가 복잡한 표정으로 고개를 끄덕였다.

"미안하게 됐구려. 빈승의 일은 오래 걸리지 않을 게요. 쩝!"

공원선사는 '대림사가 힘이 없으니 손님들까지 정당한 대접을 받지 못한다'는 생각에 민망해 했다.

'만약 저 두 사람이 처음부터 소림사로 찾아갔더라면, 지금쯤 감군사와 마주 앉아 웃고 있었을 텐데……'

담운 때문에 일이 꼬였다는 것을 알지 못한 공원선사로서는 당연한 생각인지도 몰랐다.

공원선사는 서문영과 독고현에게 합장을 해보인 후 종종 걸음으로 산을 올랐다. 서문영과 독고현이 기다리고 있으니 서둘러 일을 마쳐야 했던 것이다.

멀어져가는 공원선사를 바라보고 있던 독고현이 갑자기 무오대사에게 물었다.

"그런데 소림사로 올라간 감군사의 이름은 뭐지요?"

"소저께서 알아야 할 이유가 있습니까?"

무오대사의 대답은 호의적이지 않았다. 며칠 전 지객당에서의 사고로 서문영에 대한 부정적인 인식이 박혀 있는 탓이다.

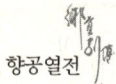
향공열전

독고현이 고운 아미를 찡그리며 말했다.

"관인(官人)의 이름을 백성의 한 사람인 제가 알면 안 되는 이유라도 있나요?"

"······."

독고현의 말에 무오대사는 일순 할 말을 잃었다. 본래 정상적인 무림인은 관부보다는 백성의 편이라야 한다. 관인을 보호하기 위해 입을 다문다는 것은 아무래도 꺼림칙한 일이었다. 게다가 십대문파의 행사는 이미 널리 알려진 상태고, 나쁜 일을 도모하는 것도 아니지 않은가!

"이승천(李昇天)이라 들었소."

무오대사가 마지못해 짤막하게 답했다.

"아, 이승천······."

독고현이 입술을 삐죽이며 돌아섰다. 이제 보니 하남성 감군사가 소림사로 온 모양이다.

서문영도 이승천이라는 이름이 낯설지 않았다.

'독고가에서 두들겨 팬 사람이 이승천이라고 했는데······ 그가 온 모양이로군.'

소림사로 올라가지 않기를 잘했다는 생각이 든다. 여기서 예고 없이 이승천과 만나면 이승천이 몸 둘 바를 모를 것이었다.

돌아서는 서문영을 향해 무오대사가 한 마디를 가볍게 던졌다.

"잘 생각하셨소. 이 대인은 감군사 중에서도 고위직에 있는 인물이라…… 금군들도 감히 얼굴을 마주하지 못한다고 하더이다."

"……"

서문영이 먼 하늘을 보며 피식 웃고 말았다. 명성이 자자한 고승(高僧)도 결국은 사람이라는 생각이 들었던 것이다. 오히려 욱하고 욕지기가 치밀어 오른 사람은 독고현이다.

"흥! 금군이 이승천의 얼굴을 보지 않으려고 하는 건 그가 남색가(男色家)이기 때문이에요! 뭘 제대로 알고나 이야기하세요! 공자님, 가요!"

독고현이 서문영의 팔을 잡고 한쪽으로 물러났다.

무오대사의 얼굴이 딱딱하게 굳어갔다.

산문을 지키고 있던 무승들은 터져 나오려는 웃음을 참으며 무오대사의 눈치를 살폈다. 무오대사는 평소에는 인자하지만 한 번 흥분을 하면 좀처럼 가라앉지 못하는 성격이었다.

오죽하면 육십을 바라보는 나이에도 열혈무오라고까지 불리울까!

씩씩거리며 주먹을 쥐락펴락하던 무오대사가 무승 하나를 불렀다. 그리고 무승의 귀에 한참 동안 뭐라고 속삭였다.

잠시 후 무승이 바람처럼 소림사로 달려 올라갔다.

아무도 바란 사람은 없겠지만, 피의 수레바퀴는 엉뚱한 곳에서 천천히 구르기 시작했다.

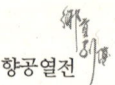
향공열전

* * *

　공원선사가 안내되어 간 곳은 의사청으로 사용되고 있는 지객당의 가장 큰 객실이었다.

　객실 안으로 들어서던 공원선사는 움찔 놀라 몸이 굳고 말았다.

　평생 얼굴 한 번 보기 어렵다는 십대문파 장문인들이 둥그렇게 앉아 있었던 것이다.

　열 명의 절대고수 앞에 서게 된 공원선사는 절로 몸을 움츠리고 말았다. 수행의 깊이를 떠나서 열 명의 절대자가 내뿜는 기도는 그야말로 엄청난 것이었다.

　소림사의 방장인 공산선사가 공원선사의 긴장을 풀어주기 위해 웃으며 나섰다.

　"허허, 선사님 어서 오십시오. 여러 태상(太上)들께서 좀 더 자세한 설명을 듣고 싶다고 하셔서 이리로 모신 것입니다."

　"태상이시라면?"

　공원선사의 물음에 공산선사가 장문인들을 가리켜보였다.

　"십대문파는 오늘 단심맹(丹心盟)을 창설하였습니다. 여기 계시는 장문인들께서 단심맹의 태상님들이시지요."

　"아아! 정말 잘됐습니다. 실로 어려운 결단들을 내리셨군요."

　공원선사는 순수한 마음으로 단심맹의 설립을 축하했다.

"감사합니다. 곧 아시겠지만 무당파의 청암진인께서 맹주님으로 선출되셨습니다."

"아, 예, 감축(感祝)드립니다."

공원선사가 청암진인에게 합장을 해보였다.

맹주인 청암진인이 부드러운 미소와 함께 고개를 숙여 화답했다.

간단한 소개가 끝나자 공산선사가 다시 말했다.

"다행히 태상님들 중에 대림사에서 가져온 단검과 서찰의 내력을 알아보는 분이 계셨습니다."

"아! 그렇습니까? 대체 무엇이었습니까?"

"아무래도 곤륜파의 장문인께서 직접 설명하시는 것이 나을 듯하군요."

공산선사가 곤륜파의 장문인에게 시선을 돌렸다.

곤륜파 장문인 천기자(天機子)가 고개를 끄덕여 보인 후 단도직입(單刀直入)적으로 말했다.

"단검의 이름은 마검(魔劍) 적혈비(赤血匕)라고 하는 것이외다. 삼백 년 전 무림공적이었던 마제(魔帝) 화운비(華運悲)의 신물이기도 하오."

"아!"

공원선사가 너무도 예상 밖의 말에 벌린 입을 다물지 못했다.

지금 곤륜파의 장문인은 마제 화운비를 간단히 무림공적이

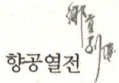

향공열전

라 했지만, 정사파의 인물들은 그를 천하제일인이라 부르기를 주저하지 않았다.

"삼백 년 전의 마검 적혈비를 빈도(貧道)가 알아볼 수 있었던 것은…… 그것이 본래 우리 곤륜파의 성물(聖物)이었기 때문이라오."

"허어!"

공원선사가 놀라거나 말거나 천기자의 입에서 쉬지 않고 전대비사(前代秘史)가 흘러나왔다.

"곤륜파의 보물 중 하나인 용린(龍鱗)이 마제의 손에 넘어간 뒤로 저렇게 변하고 말았소. 용린이 마검으로 변한 뒤에 곤륜파가 힘을 잃었다고…… 전해져 내려오고 있소. 정확히는 마제에게 곤륜파가 유린당한 뒤로 정기가 쇠했다는 것이 맞겠지만 말이오."

천기자는 다소 자조적인 음성으로 말을 맺었다.

천기자의 말에 누구도 동정의 말을 건네지 않았다. 삼백 년 전에 마제에게 당한 문파는 곤륜파만이 아니었던 것이다.

잠시 침묵하던 천기자가 물었다.

"그런데 마검 적룡비가 왜 대림사로 간 것이오?"

몰라서 묻는 것이 아니다. 도무지 이해할 수가 없어서, 알려지지 않은 뭔가가 있는가 싶어서 물어보는 것이었다.

공원선사는 지극히 당연하다는 투로 답했다.

"소림사로 갈 것들이 왕왕 대림사로 오기도 한답니다. 이름도 비슷하고 같은 지역인지라……."

"아!"

천기자는 더 묻지 않았다.

공원선사의 표정을 보니 달리 생각할 이유가 없었다. 소림사로 보내졌어야 할 마검이 대림사로 잘못 배달된 것이다. 이제 남은 것은 '누가, 왜, 마검을 소림사로 보냈는가?' 하는 점이다.

"참! 삼십 년 전부터 배첩이 왔다고 했소?"

천기자의 물음에 공원선사가 고개를 끄덕였다.

"그렇습니다. 십 년에 한 번 꼴로 왔습니다. 그러다가 이번에는 저 단검도 함께……."

"잘 알겠소이다. 물론 배첩에 적힌 글귀는 지난 삼십 년간 같은 것이었겠고?"

"예, 맞습니다."

두 사람의 대화가 끝나자 공산선사가 궁금하다는 듯 천기자에게 물었다.

"장문인, 단검과 배첩의 의미가 무엇인지 짐작이 가십니까?"

천기자가 배첩을 다시 읽었다.

　　　법륜(法輪)의 주인이 있는가?

누군지 몰라도 마검 적룡비를 보내면서 '법륜의 주인이 있

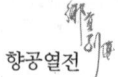

느냐?'고 묻는다. 백번 생각해도 서로 연관이 없는 이야기였다.

"일단 마검 적룡비와 법륜의 주인이 관계가 있다는 것은 분명합니다. 마제의 전인(傳人)인지, 마제의 원수인지는 모르겠지만…… 어떻게든 마제와 관계가 있는 사람일 것입니다."

누군가 공산선사에게 물었다.

"선사, 법륜이 무엇이라고 생각하시오?"

"처음에는 불법(佛法)일지도 모른다는 생각을 했는데…… 용린에 대한 이야기를 들으니 그런 것 같지는 않군요."

"허어! 용린과 법륜이라……."

그 뒤로 대화는 같은 자리를 빙빙 맴돌았다.

태상들이 한참 이런저런 이야기를 나누고 있을 때다.

문밖에서 조심스러운 음성이 들려왔다.

"방장 스님, 감군사 어른께서 회의를 시작하자고 하십니다."

"알겠다. 감군사께 우리가 건너가겠다고 전하거라."

"예."

곧이어 발걸음이 멀어져갔다.

공산선사가 어색한 표정으로 청암진인을 바라보았다.

"허허, 이제야 회의를 하자고 하는군요. 감군사가 변덕을 부리기 전에 모두 가봐야 할 것 같습니다."

"그러십시다. 내관들의 비위를 맞추는 게 이렇게도 어려울 줄이야. 쯧!"

혀를 차던 청암진인이 자리에서 일어섰다.

반 시진 전에 도착해 놓고 태평스럽게 차를 마시던 감군사가 돌연 회의를 하자고 하니 은근히 짜증이 났던 것이다. 하지만 아무리 불쾌해도 가지 않을 수가 없다. 안타깝게도 단심맹의 흥망(興亡)은 감군사의 말 한 마디에 달려 있다고 해도 과언이 아니었다.

개방의 방주 무적취개도 심사가 뒤틀린 듯 툴툴거렸다.

"제길! 이럴 때는 칠대마인들의 무대보가 부럽소이다. 적어도 그들은 관부의 눈치를 보지 않을 게 아니오?"

천기자가 허탈한 미소로 말을 받았다.

"대신에 그들은 늘 관부의 추격을 받질 않소. 좋게 생각하십시다."

"끙! 이거야 원. 이제 와서 벼슬을 할 수 도 없고! 무인의 피가 끓는구려! 더럽다, 더러워! 에잇, 커어억!"

"험!"

무적취개가 가래침을 끌어 올리자 공산선사의 눈에서 광망이 번득였다. 지객당 안에서 추잡한 짓을 용납하지 않는다는 무언의 경고다.

꿀꺽.

무적취개는 차마 뱉지 못하고 그대로 삼켜 버렸다.

그리고 쫓겨가 듯 밖으로 튀어 나갔다.

잠시 후 공산선사가 공원선사에게 자애로운 미소로 말했다.

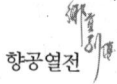
향공열전

"선사, 감군사와의 회의로 마중하지 못함을 이해해 주십시오."

"허허, 아무쪼록 좋은 결과가 있기를 바랍니다."

"……."

눈웃음을 지으며 나가던 공산선사가 문득 걸음을 멈추고 몸을 돌려세웠다.

"그런데, 선사와 동행한 금군 말입니다."

"예."

"본사에서 소란을 조금 피운 것 같더군요."

"그건, 실은……."

공원선사는 객점에서 들었던 '서문영과 군불위의 비무'와, '갑작스러운 담운의 시비'에 대해 설명을 하려고 했다.

하지만 공산선사는 들으려 하지 않았다. 시간에 쫓기기도 했지만, 공원선사의 말보다는 단심맹 총관인 담운의 의견이 더 앞섰던 까닭이다.

"시간이 없으니 제 말을 들어주십시오. 그가 대림사의 손님이라고 들었습니다."

"……."

공원선사는 입을 다물었다. 공산선사가 하려는 말의 의미를 정확하게 파악하기 위해서다.

"단심맹은 내력이 불분명한 금군보다는 단심맹의 총관인 담운 장로의 말을 더 신뢰하고 있습니다."

"……."

공원선사는 담운이 단심맹의 총관이라는 말에 아득한 심정을 맛보아야 했다.

머뭇거리던 공원선사가 조심스럽게 물었다.

"소림사도 그렇습니까?"

"예, 소림사도 담운 장로를 믿고 있습니다."

"그렇군요. 잘 알겠습니다."

"그리고…… 그의 문제에 관한 대림사의 입장도 분명했으면 합니다."

"대림사의 입장이라니요?"

"단심맹은 그를 권력에 기생하는 무뢰한(無賴漢)으로 결론을 내렸습니다. 만약 그가 무림인이었다면 하오문이나 녹림의 도적으로 대우했을 것입니다. 금군이라는 이유 하나로 그는 특사(特赦; 특별사면)를 입은 셈이지요. 그를 벌하지는 않겠지만, 강호의 동도들이 가까이 하는 것을 원하지도 않습니다."

"한 사람의 말만 믿고 그런 결정을 내리시다니…… 가혹하다고 생각하지는 않으십니까?"

"선사, 무당파와 화산파의 사람들이 그에 대해 하는 말입니다. 담운 총관 한 사람의 말이었다면 이런 말을 하지도 않았을 것입니다."

"……."

공원선사는 공산선사의 말이 이해가 되지 않았다.

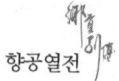
향공열전

지난 며칠간 지켜본 서문영은 그렇게 막돼먹은 인간이 아니었다. 때때로 지나친 감이 있다 싶을 정도로 막나가는 경향은 있지만, 그것은 상대가 도발을 해올 때의 일이다.

자신이 아는 한 서문영은 단 한 번도 먼저 시비를 걸거나, 가만히 있는 상대를 핍박한 적이 없었다.

"하지만……."

공원선사의 말이 길어질 듯하자 공산선사가 단호하게 말했다.

"단심맹, 아니 소림사와의 관계를 생각하세요. 그를 가까이 하면 우리와 멀어지게 될 것입니다. 대림사를 위해 현명한 행동을 하시리라 믿겠습니다. 그럼 이만."

공산선사가 급히 방문을 나섰다.

저만치 앞서간 태상들을 따라가려는 것이다.

홀로 남겨진 공원선사의 입에서 나지막한 소리가 흘러나왔다.

"나무관세음보살…… 나무관세음보살……."

괴로울 때 그의 이름을 정성으로 외면 부르는 이의 음성을 듣고 구제해 준다고 하는 염불이다.

공원선사의 괴로운 심정만큼이나 염불소리는 무거웠다.

중생을 구제하기 위해 부처의 자리를 버리고 보살이 된 관세음보살처럼, 자신도 중생을 위해 모든 것을 버릴 수 있을까?

그 혼란의 와중에 공원선사는 자신과 대림사에 몰아쳐오는 암울한 미래를 엿볼 수 있었다. 어차피(於此彼)라는 한 마디 말로 달관하기를 강요하기에는 너무 미안한.

"나무관세음보살……"

탄식과도 같은 염불이 입술을 비집고 나왔다.

이 지상에 오직 한 사람이라도 불행과 고뇌 속에 빠져 있는 한, 나는 결코 열반의 문에 들지 않으리라.

그 한 사람을 외면하지 않으리라.

순간 머릿속의 피가 모조리 뒷덜미를 타고 빠져 나가는 듯한 착각이 들었다.

곧이어 공원선사는 눈앞에서 순백(純白)의 빛이 폭죽처럼 터져 오르는 것을 바라보았다.

몸이 주체할 수 없을 만큼 떨렸다. 그것은 그토록 사모하던 열반(涅槃)의 빛이었다. 무림인으로서가 아니라 한 사람의 승려로 그 자신이 얻기를 바라던 모든 것.

그제야 공원선사는 자신이 바로 나무관세음보살이며, 나무관세음보살이 되어야 함을 알았다.

묵묵히 누군가의 소리를 들어주는, 깨어 있는 자가 되어야 함을 말이다.

*　　　*　　　*

"네가 누구인지 다시 말해 보아라."

집법당(執法堂)의 수좌인 무제선사(無制禪師)가 건장한 체격의 중년인을 내려다보았다.

터지고 찢어져 만신창이가 된 중년인이 벌레처럼 꿈틀거렸다.

"나, 나는…… 구룡채의…… 채주요."

"구룡채라면 녹림의 도적이 아니냐? 이름이 무엇이냐?"

"호…… 채…… 림……."

무제선사의 곁에 서 있던 담운이 장부를 뒤적였다.

잠시 후 담운의 눈에서 빛이 번득였다.

과연! 녹림백팔채의 이름 중에서 구룡채와 호채림이라는 이름을 찾은 것이다.

호채림이 입으로 피를 게워내며 중얼거렸다.

"쿨럭! 이제 내가…… 자백했으니…… 저 사람을…… 살려주시오."

담운이 크고 분명한 소리로 물었다.

"그렇다면 저자의 이름은 무엇이냐?"

"나의 수하인…… 왕거륜(王居倫)이오."

담운은 호채림의 옆에 왕거륜의 이름을 적어 넣었다. 그리고 다시 물었다.

"너희가 소림사로 온 목적은 무엇이냐?"

"으음, 십대문파가 모여서…… 무엇을 하고 있는지…… 알아오라는…… 명을 받았소."

이미 체념한 듯 호채림의 답에는 망설임이 없었다.
"너희에게 그런 명을 내린 자가 누구냐?"
"소면시마(笑面屍魔; 칠대마인의 일인)요…… 쿨럭!"
호채림이 다시 한 번 붉은 피를 토해냈다.

가까이 서 있던 담운이 핏물을 피해 뒤로 물러났다. 그렇다고 해서 취조를 멈춘 것은 아니다.
"좋다. 다음 질문이다. 너는 산문에서 한 사람을 아는 척했다. 그 사람은 누구냐?"
"……."

호채림은 아무런 말도 하지 않았다. 죽으면 죽었지 무림과 아무 관계도 없는 서문영을 끌어들일 수는 없었다. 지금 이 자리에서 자신과 서문영의 관계가 알려지면 서문영은 무림의 공적이 될지도 몰랐.

먼 훗날 다른 장소에서 자연스럽게 알려지게 만들어야 한다. 정파와 사파가 아무리 원수처럼 지낸다고 해도 교분을 나누는 사람들이 전혀 없는 것은 아니기 때문이다.

하지만 염탐을 하러온 소림사에서, 산문 앞에서 만난 서문영을 자신의 의동생이라고 밝힐 수는 없었다.

그러나 그런 호채림의 태도는 담운과 무제선사의 눈에 예사롭게 보이지 않았다.
"아무래도 그자와 보통 관계가 아닌 듯하구려."
무제선사의 말에 담운이 탄식을 터뜨렸다.

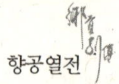
향공열전

"하아! 칠대마인이 관부에까지 손을 뻗친 듯합니다."

무제선사 역시 호채림이 숨겨주려고 하는 인물이 누군지 알고 있었다. 무오대사가 제자를 통해 알려온 첩보에 의하면, 그는 신책군 화장 서문영이다.

"그러게 말이오. 무오대사가 수상하니 은밀히 지켜보다가 잡아들이라고 하지 않았다면 큰일이 날 뻔했소이다. 천명회의 간세(奸細; 첩자)라니······."

"온갖 불법을 자행하는 자들이니 관부에 끄나풀을 두는 것이 당연하겠지요. 우리야 합법적으로 감군사를 모셨지만······ 칠대마인들이 관부에 협조를 구할 수는 없지 않았겠습니까?"

"허어! 나라가 어찌되려고! 금군에 칠대마인과 내통하는 자가 있다니······ 쯧쯧!"

무제선사는 서문영을 칠대마인에게 회유된 신책군으로 확신하고 있었다.

평소 서문영에게 이를 갈던 담운으로서는 하늘이 주신 이 기회를 놓치고 싶지 않았다.

잠시 생각하던 담운이 살기 가득한 눈으로 왕거륜에게 다가갔다.

왕거륜은 이미 칠공으로 피를 쏟아내며 정신을 잃고 있었다.

"······."

호채림이 불안한 눈으로 뻗어 있는 왕거륜과 포식자(捕食者)

같은 담운을 번갈아 바라보았다.

담운이 돌연 고색창연한 검을 뽑아 들었다.

채앵.

"본래 나는 이런 것을 싫어하지만, 시국이 시국이니 만큼 어쩔 수가 없다. 나의 손이 잔인하다고 원망하지 말고, 모든 것을 털어놓는 것이 좋을 것이다."

"대, 대체…… 무슨 짓을……."

"산문 앞에서 너와 은밀히 신호를 주고받은 이가 누구냐? 그의 이름을 밝혀라. 답하지 않을 때마다 이자의 사지 중 하나를 자르겠다."

"그런 적 없소……."

스윽.

왕거륜의 몸이 한 차례 꿈틀거렸다.

거의 동시에 왕거륜의 팔 하나가 땅바닥에서 펄떡였다.

"으으…… 잔혹하구나!"

호채림이 부들부들 떨며 왕거륜과 담운을 번갈아 바라보았다.

"다시 묻겠다. 그의 이름이 무엇이냐?"

"모른다……."

스윽.

왕거륜의 남은 팔 하나가 땅바닥에서 꿈틀거렸다.

왕거륜이 죽을까봐 염려스러웠던지 집법당의 무승 하나가

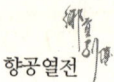

급히 뛰어들어 지혈을 했다.

경련을 일으키던 왕거륜의 몸이 잦아들었다.

"이번에는 다리다. 그의 이름이 무엇이냐?"

"모른다고 하지 않느냐! 차라리 나를 죽여라!"

"……."

담운의 검이 허공으로 올라갔다.

무제선사는 차마 보지 못하겠다는 듯 시선을 슬쩍 돌렸다.

담운이 막 검을 내리치려는 순간이다.

"그만! 그만! 말하겠소! 말할 테니…… 제발…… 그만하시오!"

담운이 피식 웃으며 다시 물었다.

"그의 이름이 무엇이냐?"

"서문영…… 이오."

"그와 너는 무슨 관계냐?"

"그는…… 그는…… 나의 의동생이오. 그뿐이오……."

호채림의 눈에서 굵은 눈물이 흘러내렸다. 왕거륜을 살리기 위해 서문영을 사지로 밀어 넣었다는 자책에서다.

마음 같아서는 혀라도 깨물고 죽고 싶었지만, 그럴 정도의 용기는 없었다. 호채림은 비겁한 자신을 저주하며 울어야 했다.

"서문영도 이번 일에 투입 되었느냐?"

"아니오. 그와는…… 산문 앞에서…… 우연히 만났을 뿐이오."

"물론 너의 입장에서는 그렇게 대답해야겠지. 그 정도면 충분하다."

"크윽, 정말…… 그는 아무런 관계도 없소……."

호채림이 붉게 충혈된 눈으로 담운을 바라보았다.

하지만 호채림의 그런 모습은 여러 사람에게 혐오감만 심어 주었을 뿐이다.

담운이 혀를 차며 중얼거렸다.

"쯧! 저 흉악한 마두 같으니……. 바로 그런 눈으로 살인과 약탈과 방화를 일삼아 왔겠지? 너희들의 좋은 시절은 다 간줄 알아라. 서문영, 호채림, 왕거륜, 너희의 인생은 끝났다."

"크흑!"

호채림이 피를 토하며 엎어졌다.

담운이 무제선사를 향해 시선을 돌렸다.

"선사, 소림사에서 벌어진 일인데…… 소림사에서 마무리를 하시겠습니까? 아니면 빈도(貧道)가 추혼대(追魂隊)를 소집할까요?"

잠시 망설이던 무제선사가 결연한 음성으로 답했다.

"인면수심(人面獸心)의 도적이 잠입하여 소림사의 정기(精氣)를 더럽혔는데, 어찌 남에게 그 처리를 부탁할 수 있겠소이까? 소림사의 십팔나한에게 맡겨 주시면 감사하겠소이다."

"소림사의 십팔나한이라면 추혼대를 대신하기에 충분하지

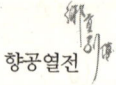
향공열전

요. 그럼 믿고 맡기겠습니다."

"감사하오. 그런데, 신책군도 금군인데 감군사께 허락을 받아야 하지 않겠소이까?"

"감군사께서 마침 하산(下山)을 하신 터라 당장 허락을 득하기는 어려울 듯합니다. 먼저 여우같은 서문영을 잡아 이번 사태의 전모(全貌)를 밝혀야 합니다. 감군사께는 서문영에 대한 조사를 끝낸 후에 기별을 넣어도 늦지 않을 거라고 생각합니다. 선조치후보고(先調治後報告)는 군문에서도 익히 사용하는 방법이니까요."

"과연, 그렇겠구려. 잘 알았소이다."

무제선사가 무승들을 이끌고 장내를 떠나갔다.

담운이 남아 있던 단심맹 직속의 제자들을 시켜 호채림과 왕거륜을 임시뇌옥으로 옮겼다.

제6장

어차피(於此彼: 이러나 저러나)

 감군사 이승천의 하산은 요란했다. 오십여 명의 호군(護軍)이 이승천의 앞뒤에서 이승천을 철통같이 호위했다. 그 기세 등등한 호군의 뒤편으로 단심맹의 원로고수 백여 명이 우르르 몰려나와 마중을 하는데, 그 모습이 애처로울 지경이었다.

 산문 앞에 앉아 있던 서문영은 번잡스러움을 피하기 위해 소나무 숲으로 몸을 피해 버렸다.

 감군원과는 더 이상 얽혀들고 싶지 않았던 것이다. 아직도 남아 있는 군역의 기간과 다달이 나오는 녹봉(祿俸)이 아니었다면 감군총사도 사양했을 것이다.

 "공자님, 저런 걸 두고 호가호위(狐假虎威)라고 하는 거죠?"

"글쎄요. 그래도 저 정도 되는 사람이면 자기 자신이 호랑이도 되고 여우도 되는 거니까요."

"어머, 고작 이승천을 높이 평가하시는 거예요?"

"그래도 이승천은 열 명밖에 없는 감군밀사(監軍密使)잖아요. 신선 같은 십대문파 사람들도 무서워하잖아요. 쯧쯧! 신선도 고관(高官)에게는 안 되나 봐요? 전에는 진짜 십대문파 사람들이 무섭고도 존경스러웠는데……."

"이제는요?"

독고현이 웃는 눈으로 서문영을 바라보았다.

아무리 봐도 신기한 사람이다. 십대문파 출신이 아닌데 무공이 높고, 아무런 연줄이 없는데 복마전이라는 황실에서 승승장구(乘勝長驅)하고 있다.

하는 짓을 봐서는 당장 폭삭 망해도 할 말이 없을 사람인데, 결과는 언제나 그 반대다.

"이제는 그냥 평범한 사람들로 보이죠."

"훗! 진짜 평범한 사람들이 들으면 피를 토할지도 몰라요."

"쩝! 다른 사람들을 약 올리기 위해서 한 말은 아닙니다."

"그러시겠죠. 후후!"

독고현은 뭐가 그리 좋은지 쉬지 않고 웃었다.

"좋은 일이 있습니까?"

참다못해 서문영이 물었다.

"어머? 살아 있는 게 좋은 거라면서요."

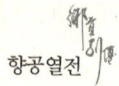
향공열전

"……."

서문영은 여자들과 말씨름을 하지 말라는 성현들의 가르침을 떠올렸다. 그분들도 주변에 말 잘하는 미모의 여자들이 넘쳐났던 것일까?

그렇게 서문영이 잡생각에 잠긴 동안 산문 앞은 다시 한산해졌다.

이승천 일행도 사라지고, 마중 나왔던 십대문과 원로들도 산으로 올라갔던 것이다.

마치 피라미들처럼, 흩어졌던 사람들이 하나 둘씩 산문 앞으로 모여 들었다. 그들 역시 높으신 분들을 피해 자리를 떠났던 모양이다.

대충 자리를 잡고 앉으려는데 산문 아래로 공원선사의 모습이 보였다.

"여기요!"

독고현이 반가운 얼굴로 손을 흔들었다. 이제 공원선사가 내려왔으니 대림사로 돌아갈 일만 남은 셈이다. 독고현은 그토록 오고 싶었던 소림사지만 왠지 불편했다.

정확히 말해서는 무승들이 산문 입구를 막아설 때부터 느낌이 좋지 않았다.

내려오고 있는 공원선사의 발걸음 역시 무엇인가에 쫓기는 듯했다.

"선사님, 어서 가요."

독고현의 재촉에 공원선사가 웃으며 고개를 끄덕였다. 공산선사에게 경고를 받은 뒤로 공원선사 역시 지체할 생각이 없었던 것이다.

"가십시다."

공원선사가 바람처럼 앞으로 스치고 지나갔다.

서문영은 독고현과 공원선사가 지나치게 서두른다고 생각하면서도 불평 없이 뒤를 따라 붙었다.

지금까지 내색은 하지 않았지만 서문영 역시 소림사에 있는 것이 부담스러웠던 것이다.

공원선사와 서문영, 독고현은 입을 꾹 다물고 부지런히 걸었다.

숨이 턱에 찰 때까지 걸은 뒤에야 공원선사는 잠시 멈춰 섰다. 내공을 잃은 독고현을 배려하기 위함이다.

아니나 다를까? 독고현은 온몸이 땀으로 범벅이 되어 있었다.

독고현이 가쁘게 숨을 몰아쉬고 있을 때다.

멀리서 인기척 소리가 들려왔다.

서문영과 공원선사의 눈이 허공에서 마주쳤다.

순간 공원선사가 다급한 음성으로 말했다.

"소협, 조금이라도 더 대림사에 가까이 가야 하네."

"소림사에서 무슨 일이 있었습니까?"

공원선사가 다시 뛰듯이 걷기 시작했다.

"십대문파가 드디어 단심맹이라는 단체를 만들었다네. 단심맹의 맹주는 상청궁의 도기인 청암진인이라 하더군."

"헉, 헉……."

독고현이 금세 뒤로 쳐졌다.

서문영이 비틀거리는 독고현의 손을 잡았다. 그리고 손바닥으로 내력을 불어넣었다.

하얗게 질려 있던 독고현의 얼굴에 화색이 돌았다.

"단심맹의 총관이 담운인데, 그가 자네를 노리고 있네."

"담운 때문에 이렇게 달아나는 건가요?"

서문영이 볼 맨 소리로 물었다.

상대가 담운 한 사람이라면 상대할 자신이 있었기 때문이다.

"내막은 모르겠지만…… 무당파와 화산파가 손을 잡았네. 소림사도 그들을 지지하고 있고……. 그 바람에 지금 자네의 상대는 담운이 아니라 단심맹 전체가 되었다네."

"상관없습니다. 그까짓 단심맹은!"

이 순간 서문영은 산문에서 굽실거리던 십대문파 원로들의 모습을 떠올리고 있었다.

고작 이승천에게 그런 모습을 보이는 십대문파라면 두렵지 않았다.

"헉! 헉! 공자님, 좀 참으세요. 보통 때는 얌전하신 분이 한 번 화가 나면 물불을 안 가리신 다니까…… 하아! 하아!"

독고현이 연신 숨을 몰아쉬면서도 걱정스러운 듯 한 마디 던졌다.

"허허! 소협, 나에게 뭐가 어울리냐고 물었었지?"

뜬금없는 공원선사의 물음에 서문영이 눈을 끔뻑일 때다.

"며칠 전에 독고 소저에게 과거를 봐야 하나, 무림으로 뛰어 들어야 하나 물은 적이 있지 않은가?"

"아, 예."

"내가 볼 때 자네는 천생 무림인이야. 아니지! 무림인도 자네처럼 매사에 불꽃을 튀기지는 않아. 자네는 너무 싸우려고 들어. 어쩌면 너무 오래 참으며 살아서 마음에 병이 들었는지도 모르지. 그 성질부터 고치고 무엇을 할까 고민하는 게 순서일세."

"……."

뜻밖의 충고에 서문영이 멍한 얼굴을 지어 보였다. 향공과 성가장 글 선생으로 우아하게 보낸 세월이 칼질한 시간보다 월등히 많았다.

그런데 너무 싸우려고 든다니? 매사에 불꽃을 튀긴다니? 남이 그렇게 말할 정도로 자신이 변했나 생각하니, 속이 좀 답답했다.

"소저, 내가 좀 과격한가요?"

"헉! 헉! 모르셨어요?"

"……."

향공열전

서문영은 묵묵히 걸음을 옮겼다. 곁에 있는 두 사람 모두가 그렇게 보았다면 사실일 것이다.

변명의 여지가 없다. 언제나 책을 가까이 하던 부드러운 향공 서문영은 어디론가 가 버린 것이다. 지금 남아 있는 자신은 누구란 말인가?

"멈추시오!"

바람을 가르는 파공성과 함께 공원선사의 앞으로 다섯 명의 무승이 떨어져 내렸다.

공원선사와 서문영, 그리고 독고현이 차례로 멈추었다.

"무슨 일로 그러시오?"

공원선사가 못마땅한 표정으로 눈앞의 무승을 바라보았다. 소림사에서 경고를 받았지만 이 정도로 무례하게 막 나올 줄은 몰랐던 것이다.

뒤이어 십여 명의 무승이 달려와 퇴로를 완전히 막아섰다.

공원선사의 앞을 막아선 무승이 합장을 하며 말했다.

"선사님, 소승은 십팔나한의 수좌(首座)인 원각(元覺)입니다."

"빈승은 대림사의 공원이오. 십팔나한이 우리의 앞을 막아선 이유가 무엇이오?"

공원선사는 아무리 생각해도 이해할 수가 없었다. 소림사 십팔나한이라면 그야말로 전설적인 무승들이다.

칠대마인 정도 되는 마두를 상대하러 다녀야 할 고수들이 왜 자신의 앞을 막아선단 말인가? 상대는 고작해야 대림사의 무승과 금군무장인데 말이다.

원각이 정중하게 요청했다.

"공원선사님, 우리 십팔나한은 칠대마인의 간세인 무림공적 서문영을 잡아가려고 왔습니다. 부디 서문영을 넘겨주시기 바랍니다."

"그 무슨 해괴한 소리요? 갑자기 무림공적이라니?"

공원선사가 기가 막히다는 표정으로 원각을 바라보았다. 아무리 담운의 입김에 좌우되는 소림사라고 해도 너무한다는 생각에서다.

원각은 눈 하나 깜빡이지 않고 당당하게 답했다.

"조금 전 구룡채의 채주와 부채주가 소림사를 염탐하러 왔다가 잡혔습니다. 구룡채의 도적은 소면시마의 명으로 정탐을 하러 왔다고 자백했습니다."

"그게 대체 서 소협과 무슨 관계가 있다고 그러시는 것이오?"

원각이 돌연 서문영을 향해 물었다.

"신책군 화장 서문영! 너는 설마 구룡채의 도적 호채림을 모른다고 잡아떼지는 않겠지? 우리는 이미 네가 산문에서 호채림과 신호를 주고받는 것을 확인했다."

"헛!"

공원선사가 대경실색한 눈으로 서문영을 바라보았다. 아무

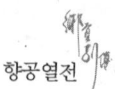
향공열전

래도 자신이 소림사로 오른 동안에 무슨 일이 일어났던 모양이다.

잠시 생각하던 서문영이 담담하게 답했다.

"호채림은 나의 의형이오. 녹림의 사람과 의형제를 맺으면 무림공적이 되는 법이라도 있는 거요?"

"공자님, 대체 언제……."

독고현이 황당한 눈으로 서문영을 바라보았다. 확실히 이 대단한 남자는 갈피를 잡을 수 없게 만드는데 귀재다. 내관들을 통솔하는 감군총사이자 어림친위군의 부대장인 그가 의형제를 맺은 사람이 하필 녹림의 도적일 줄이야!

서문영이 최대한 사실을 간추려 털어 놓았다.

"신책군으로 복무하다가 부상을 입고 죽어갈 때, 구룡채에서 치료를 받은 적이 있습니다. 그때 채주인 호채림과 마음이 통해 의형제를 맺었었지요."

"아!"

독고현은 서문영의 상황을 충분히 짐작할 수 있었다. 그건 서문영이 속한 신책군 용무대가 어떤 길을 걸어 왔는지 알기에 가능한 일이기도 했다.

하지만 십팔나한에게 그런 소리는 개가 풀을 뜯어 먹는 소리에 지나지 않았다.

"서문영! 실로 구차한 변명이로구나! 네가 무슨 말을 해도 도적과 내통하여 단심맹을 염탐했다는 사실에는 변함이 없다!

순순히 소림사로 갈 테냐! 아니면 사지를 결박해서 끌고 갈까! 선택해라!"

원각의 말에 서문영이 웃으며 답했다.

"하하하! 개 눈에는 똥만 보인다더니, 당신이 그 꼴이구려! 내가 단심맹 따위를 염탐해서 무엇에 쓴다고 염탐을 했다고 하는 거요? 당신들 무림인의 눈으로 매사를 결론 내리지 마시오! 나에게는 칠대마인이든 십대문파든 별 의미 없으니까!"

"과연 무림공적다운 말이로구나!"

원각이 그럴 줄 알았다는 듯 호통을 친 후에 공원선사에게 말했다.

"선사님, 이제 아셨겠지요? 저자는 기본적인 옳고 그름도 모르는 무도(無道)한 자입니다. 대림사를 위해서라도 물러나 주시기 바랍니다."

공원선사는 대답 대신 서문영에게 물었다.

"자네는 자네의 말에 한 치의 거짓도 없다고 맹세할 수 있는가?"

"그럼요. 거짓말 할 가치도 없는 일인 걸요."

서문영의 대답에 공원선사가 박장대소를 터뜨렸다.

"허허헛! 내 평생에 자네처럼 대담한 사람은 본 적이 없네. 이보게, 십팔나한이라면 칠대마인도 꼬리를 말고 달아났을 걸세. 대체 무엇을 믿고 그렇게 담대한가?"

"저는 저를 믿고 있습니다. 거짓과 위선과 불의에 굴복하지

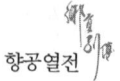
향공열전

않는 저를 말입니다."

서문영이 타는 듯한 눈으로 십팔나한을 쏘아보았다.

무엇 때문에 자신을 무림공적으로 몰아가는지 몰라도, 십팔나한쯤 되는 위치라면 저렇게 부화뇌동(附和雷同)해서는 안 되는 것이다.

원각이 그런 서문영을 향해 냉소를 날렸다.

"흥! 말 잘했다. 도적의 두목과 호형호제(呼兄呼弟)하는 것이 거짓이요, 위선이요, 불의가 아니면 뭐냐! 너는 너의 의형이 저지른 무수히 많은 죄에 대해 함께 책임을 져야 할 것이다!"

"나의 의형이 저지른 죄는 그가 치룰 것이다! 그대는 그대의 형제가 먹은 음식으로 그대의 배도 불릴 수 있는가! 나는 나와 더불어 함께 살아가는 동안에 그가 또다시 죄를 짓지 않게 하면 될 뿐이다! 바로 그런 것이 나의 책임이다!"

"말만 번지르르하고 책임은 지지 않는 후안무치한 자 같으니! 죄를 짓지 않게 한 것이 소림사의 염탐이라는 말이냐!"

"이보시오! 내가 의형의 뱃속에 든 회충이 아닌데 그의 생각을 어찌 모두 알 수 있겠소? 그가 훔치고 빼앗은 것이 있다면 돌려주게 할 수 있소! 선량한 백성의 생명을 앗았다면 데리고 가서 목숨으로 사죄하게 해줄 수도 있소! 그러나 그 염탐이니 뭐니 하는 말로 나를 핍박하지는 마시오! 거듭 말하지만 나는 당신들을 염탐할 이유도, 필요도 없으니까! 만약 의형이 염탐을 하다가 걸렸다면, 그 죄를 그에게 물으면 될 일……."

원각은 더 들을 필요 없다는 듯 혀를 차며 말을 끊었다.

"쯧쯧! 안 됐다만 이미 너의 의형은 너와 공모를 했다고 다 토설(吐說)을 했다. 남은 변명이 있거든 소림사로 가서 늘어놓거라."

서문영의 음성이 갑자기 가라앉았다.

"당신은 지금 의형이 나와 공모한 것을 자백했다고 말했소?"

"그렇다. 그게 아니라면 왜 십팔나한이 너를 잡으러 달려왔겠느냐?"

"당신의 말이 사실이라면 거짓 자백을 받아내려고 그를 고문했겠구려. 그는 당신들의 마음에 들지 않는 진실을 말하려고 했을 테니까."

"……."

원각은 너무나 당당한 서문영의 모습에 일순 마음이 흔들렸다.

저 서문영이라는 무관은 자신이 잡혀가게 된 것보다 고문으로 거짓 자백을 받았다는 사실에 더 분노한 것 같았다.

'혹시 정말 무관한 사람인가?'

서문영의 기백으로 보아 죄가 없어 보였다. 적지 않은 강호의 경험이 서문영을 믿어야 한다고 말하고 있었다.

하지만 원각은 고개를 설레설레 저었다.

'총관과 집법당의 수좌인 무제선사가 그를 간세로 인정했

다. 단심맹의 총관과 소림사 집법당의 수좌를 믿지 못하고서야 어찌 십팔나한이라고 할까!'

"사악한 마두를 상대함에 있어 약간의 고문은 필요악(必要惡)이다. 모두가 꺼려하지만, 누군가 했어야 할 일에 불과하다. 너희 사특(邪慝)한 자들은 도무지 진실을 말하지 않으니까 말이다."

서문영이 두 손을 활짝 벌리며 말했다.

"당신은 지금 약간의 고문이 필요악이라고 했소? 좋군, 아주 좋아! 보시오! 나는 마음을 정했소. 당신들의 능력이 된다면 나를 끌고 가보시오. 폭력으로 진실을 강요하는 자들에게는, 그 진실의 끝을 보여줄 준비가 되어 있으니까."

"……."

원각이 공원선사에게 시선을 돌렸다. 공원선사만큼은 다치게 하고 싶지 않았다. 대림사와 소림사의 관계를 위해서라도 말이다.

"선사님, 저 가증스러운 자의 궤변에 귀를 기울이시면 안 됩니다. 선사님과 대림사를 위해 현명한 결정을 내려 주십시오."

"……."

원각은 당연히 공원선사가 비켜 줄 것으로 생각했다.

공원선사의 무공이 뛰어나다고 하지만 십팔나한에 비교할 정도는 아니다.

게다가 대림사와 소림사의 관계 또한 쉽게 다룰 수 있는 것

어차피(於此彼: 이러나저러나)

이 아니었다.

"빈승은 양쪽의 말을 다 들었소. 원각스님이 담원 장로와 소림사 승려들의 말을 믿듯이, 나 또한 서 소협의 말을 믿고 있소. 원각스님은 이 자리에서 내가 '서 소협의 말이 사실이니 물러나 달라'고 하면 물러나 줄 수 있겠소?"

"……."

원각이 고개를 가로저었다.

"빈승 또한 마찬가지라오. 마음으로는 서 소협의 말을 믿으면서, 소림사와 십팔나한이 두려워서 그를 저 버릴 수는 없지 않겠소?"

"하아! 선사님, 이렇게까지 하고 싶지 않았는데…… 어쩔 수가 없게 됐습니다. 십팔나한에게 내려진 첫 임무라서…… 반드시 그를 포박하여 소림사로 데리고 가야겠습니다."

서문영의 무공을 견식한 적이 있는 공원선사가 어두운 표정으로 말했다.

"생각보다 쉽지 않다는 것을 곧 알게 될 것이오."

공원선사는 이번 일로 서문영이나 십팔나한 어느 쪽도 다치지 않기를 바랐다. 하지만, 싸움이 격해지면 어떻게 될지 모르는 일이었다.

원각이 두 명의 나한(羅漢)에게 전음을 보냈다.

『두 분은 공원선사를 제압하시오!』

『알겠습니다.』

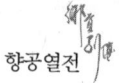
향공열전

『예.』

원각은 그 뒤로도 수차례에 걸려 사방으로 전음을 날렸다.

십팔나한이 모두 원각의 지시에 복명(復命)했을 때다. 원각의 손이 가볍게 허공으로 들어올려졌다.

싸움에 필요한 모든 준비를 마친 것이다.

"시작하시오!"

마침내 원각의 명이 떨어졌다.

가장 먼저 두 사람의 나한이 공원선사의 좌우로 쏘아갔다.

두 나한의 손에서 무지막지한 바람이 일어났다. 소림사의 기본무공으로 알려진 나한권(羅漢拳)이지만 그 위력은 끔찍할 정도였다.

쩡!

도보비각(跳步飛脚)의 한 걸음에 지면이 들썩거렸다.

공원선사는 중심을 잡지 못 하고 휘청거렸다.

그러나 공원선사도 강호에 협명이 자자한 고수다. 흔들리는 상체에도 불구하고 한 손은 어느새 오른편에 서 있는 나한의 견정혈(肩井穴; 어깨의 혈도)을 찍어가고 있었다.

나한의 주먹이 함께 죽자는 듯 공원선사의 손끝을 향해 길게 뻗었다.

궁보충권(弓步沖拳)이다.

공원선사의 손끝이 영활하게 움직이며 나한의 주먹을 밀어냈다.

아니 밀어내는가 싶더니 어느 틈에 곡지혈(曲池穴)을 움켜잡고 있었다.

"헛!"

곡지혈을 잡힌 나한의 신형이 멈칫거릴 때다.

기회를 엿보던 나한 하나가 득달같이 달려들어 공원선사에게 두 손을 휘저었다.

얼핏 보면 마구잡이로 휘젓는 것 같았지만 어느새 공원선사의 상체는 손바닥으로 가득 차 버렸다.

"아! 천수여래장(千手如來掌)!"

공원선사의 입에서 장탄식이 흘러나왔다.

장로들도 익히기를 꺼린다는 천수여래장이 나한의 손에서 나올 줄이야!

퍼퍼퍽.

공원선사는 자신의 절기를 펼쳐 보지도 못하고 천수여래장에 흠씬 두들겨 맞고 말았다.

미친 듯 물러나는 공원선사에게 두 명의 나한이 그림자처럼 따라붙었다.

공원선사가 마치 물속에 빠진 사람처럼 두 손을 허우적거렸다. 두 나한의 공세를 막아내는 모습이 그토록 위태롭게 보였다.

두 나한의 손에서 나한권과 금강권(金剛拳), 복호권(伏虎拳)이 쉴 틈 없이 교차했다.

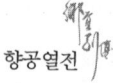
향공열전

당하는 공원선사의 입장에서는 거의 천수여래장에 버금가는 절기로 비춰졌다.

퍼펙.

미처 눈이 따라가지 못해 공원선사는 몇 대를 더 맞고 말았다.

공원선사의 입꼬리에서 검붉은 핏물이 배어 나왔다.

그러나 공원선사는 멈추지 않았다.

공원선사가 멈추지 않자 나한들의 움직임은 더욱 과격해졌다. 고작 대림사의 무승 하나가 십팔나한 둘을 상대한다는 게 자존심이 상했던 것이다.

한순간 나한 하나의 눈이 표독스럽게 변했다.

곧이어 말아 쥔 주먹에 은은한 금광이 맺혔다. 혈기가 치밀어 올라 무상반야공(無相般若功)의 공능을 주먹에 담아 버린 것이다.

감정조절의 미숙이 낳은 최악의 결과이기도 했다.

금강석도 부순다는 주먹이 공원선사의 가슴을 후려쳤다.

빠각.

기괴한 소리에 두 명의 나한이 후다닥 떨어졌다.

그것은 열여섯 명의 나한들에게 둘러싸여 치열한 공방(攻防)을 전개하던 서문영의 귀에까지 들릴 정도로 이질적인 소리였다.

한순간 십팔나한과 서문영의 움직임이 멈추어졌다.
서문영이 놀란 눈으로 공원선사를 바라보았다.
퍼엉!
믿을 수 없게도 공원선사의 가슴에 주먹만 한 구멍이 뚫리고 있었다.
촤아아—
붉은 핏줄기가 뚫린 구멍에서 솟아나와 사방을 적셨다.
한 사람의 몸에서 나온 것이라고 믿기 어려울 만큼 많은 양의 피가 대지를 축축하게 적셨다.
"이제 보니 미친 중놈들이었구나!"
분노한 서문영이 박도(朴刀)를 뽑아 들었다.
지금까지는 그래도 십팔나한이라는 생각에 심하게 손을 쓰지는 않았다. 소림사를 대표하는 것이 십팔나한이었기 때문이다.
하지만 눈앞에서 공원선사가 살수에 당하자 미칠 것만 같았다.
서문영의 박도가 순백(純白)의 광망(光芒)으로 물들어갔다.
우우웅.
곧이어 박도의 끝에서 광망이 일 장(一丈)이나 뻗어 나갔다.
생전 처음 보는 기사에 십팔나한은 혼비백산하여 분분이 흩어졌다. 자신들의 선장(禪杖)으로는 도저히 감당할 자신이 없었던 것이다.

향공열전

"목숨은 목숨으로 갚아라!"

서문영이 막 검을 휘두르려는 순간이다.

"멈추게!"

다 죽어가던 공원선사가 버럭 소리를 내질렀다.

서문영은 빛나는 박도를 움켜쥐고 공원선사에게로 달려갔다.

"선사님!"

공원선사가 힘없는 목소리로 중얼거렸다.

"나 때문에…… 그들을 죽여서는 안 되네."

"하지만…… 선사님……."

"대림사와 소림사는 형제라네……. 골육상쟁(骨肉相爭)은 피해야 하지 않겠나……."

"하지만……."

서문영은 "그들이 이미 당신에게 살수를 썼는데 무슨 속편한 소리를 하십니까?"라는 말이 목구멍까지 치밀어 올랐지만 참았다. 왠지 모르지만 참아야 한다고 생각했다.

"마지막 부탁이 있네……."

"예……."

서문영은 속으로 '만약에 십팔나한을 용서하라는 얘기면 듣지 않겠다'고 다짐했다.

"대림사에 가서…… 나의 일을 마무리 해주게."

공원선사가 마무리해야 할 일이란 마검 적혈비에 관한 비화

(秘話)를 전하는 것이리라.

대림사와 관계없는 이야기일 텐데도 공원선사는 그 일이 못내 마음에 걸린 모양이다.

서문영은 공원선사의 유언이라 생각하고 고개를 끄덕였다. 어차피 당장 갈 곳이 정해진 것도 아니다.

게다가 십팔나한에게 공원선사의 유해를 맡기고 싶지도 않았다. 그들은 대림사에다가 그럴듯한 거짓말만 늘어놓을 게 분명했다.

"알겠습니다. 그렇게 하겠습니다."

서문영이 비통에 잠긴 표정으로 죽어가는 공원선사를 바라보았다.

싸움의 한복판에서 멀리 떨어져 있던 독고현도 부리나케 달려왔다.

"선, 선사님!"

뒤늦게 다가온 독고현이 공원선사의 가슴을 막아 보려고 애썼다. 하지만 사람의 힘으로 수습할 수 있는 상처가 아니었다.

설사 전설의 화타(華佗)나 편작(扁鵲)이 곁에 있었다고 해도 고개를 저었을 정도로 공원선사의 상처는 처참하기만 했다.

공원선사의 숨결이 가늘어졌다.

"자네…… 너무 우울해하지 마시게……. 내 말을 들으면 소협은…… 크게 웃고 말 게야……."

"……."

향공열전

서문영이 공원선사의 입을 바라보았다. 입술이 뭐라고 움직이는 것 같은데 잘 들리지 않았다.

서문영은 황급히 귀를 가져다 댔다.

"어차피(於此彼), 사람은 죽기 마련이라네……."

"……."

서문영은 잠시 멍해졌다.

다시 정신을 차렸을 때, 공원선사의 숨은 끊어져 있었다.

"하하하……."

서문영의 입에서 허탈한 웃음이 흘러나왔다.

"아……."

독고현도 갑작스러운 공원선사의 죽음이 실감나지 않는 듯 벌린 입을 다물지 못했다.

우두커니 앉아 있던 서문영이 자리에서 천천히 일어섰다.

멀리 십팔나한들이 엉거주춤 서 있는 모습이 보였다. 그들도 자신들이 저지른 짓의 중대함을 뒤늦게 깨달은 모양이었다.

서문영이 박도를 움켜쥐고 몇 걸음 떼어 놓았다.

박도에 빛이 넘실거렸다.

서문영은 십팔나한들을 보며 끊임없이 갈등했다.

'공원선사님의 원수를 갚아야 한다!'

'공원선사님이 원치 않으니 살려 두어야 한다!'

서문영은 두 눈으로 시퍼런 흉광을 내뿜으며 십팔나한을 노려보았다. 너무 화가 치밀어 오르니 머리가 터져 나갈 것만 같았다.

서문영의 전신에서 아지랑이 같은 기운이 일어났다. 그것은 믿을 수 없게도 유형화된 살기(殺氣)였다.

살기는 안개처럼 일렁이며 십팔나한에게로 몰아쳐갔다.

"헉! 뭐, 뭐지?"

"원각 사형! 어, 어떻게 해야 합니까?"

공원선사의 죽음으로 공황에 빠진 십팔나한은 밀려오는 살기 앞에서 우왕좌왕하고 있었다.

원각이 선장을 '쿵!' 소리가 나도록 땅에 박으며 소리쳤다.

"살(殺)의 기운이다! 신공(神功)으로 자신을 보호해라!"

원각은 두 손으로 선장을 움켜쥐고 무상반야공(無相般若功)의 구결을 읊조렸다.

곧이어 십팔나한에게 서문영의 살기가 파도처럼 밀려들었다.

…….

풀썩.

십팔나한 중 공력이 약한 원술(元述)이 제자리에 주저앉아 버렸다.

곧이어 원망(元望)과 원명(元銘)이 코피를 쏟으며 뒤로 넘어갔다.

콰당.

쿵.

'이건 대체 무슨 수법인 거냐!'

원각은 살기와 함께 밀려드는 원념(怨念)에 미칠 것만 같았다.

그냥 원념이 아니다. 내력이라도 담겨 있는지 외면할 수도, 무시할 수도 없는 그야말로 가위눌림과도 같은 정신의 공격이었다.

순간 원각의 온몸에 오소소 소름이 돋았다.

이러다가 미쳐 버릴 수도 있겠다는 생각이 든 까닭이다.

원념의 공세에 질린 원각이 모든 것을 포기하고 의식의 끈을 놓아 버리기 직전이다.

돌연 마음을 담담하게 하는 무상(無常)함의 기운이 위로하듯 몰려왔다. 그것은 끔찍한 원념을 뿜어내고 있는 사람의 기운이라고 믿기 어려울 정도로 정제된 서기(瑞氣)였다.

원각은 부지불식간에 흐려지는 정신을 붙잡을 수 있었다.

원각과 나한들이 겨우 안도의 숨을 내쉴 즈음이다.

기다렸다는 듯 또다시 소름끼치는 원념이 밀려왔다.

"크으윽!"

"으윽!"

"윽! 견디어라!"

원각이 이를 갈며 소리쳤다.

그 뒤로도 원념과 무상함은 번갈아 십팔나한의 숨통을 조였다가 풀어 주기를 반복했다.

얼마나 시간이 지났을까?

원각이 붉게 충혈된 눈으로 서문영을 응시했다.

'고작 호가호위(狐假虎威)하는 신책군의 화장이라고 들었거늘……'

저 정도라면 방장인 공산선사라고 해도 승리를 자신하기 어려운 상대가 아닌가!

처음부터 상대에게 나한진(羅漢陣)을 펼쳤다면, 이렇게 일방적으로 당하지는 않았을 것이다. 하지만 자만심은 십팔나한의 최대 무기를 스스로 봉인하고 말았다.

살기가 담긴 심공(心功)을 심공으로 맞서려고 한 것도 실수다.

'내 잘못이다. 밀려오는 살기에 대항하기보다는 피하게 했어야 한다.'

무림의 종주인 소림의 무상신공을 믿고 정면으로 받아내려고 한 것이 결정적인 패착(敗着)이었다.

그러나 언제나 그렇듯 후회는 빨라도 늦다.

대림사의 공원선사와는 처음부터 손을 섞지 말았어야 했다.

누가 살수를 썼는지 몰라도 이제 와서 그를 탓할 마음은 없

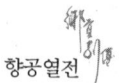

었다. 살심에 휘둘린 것은 그만의 문제가 아니었다.

'크윽! 무술을 익히던 중 활성화된 혈기(血氣)에 불법(佛法)이 눌린 것이다.'

기운이 센 무공은 종종 혈기를 들끓게 만든다. 불문의 무공이라고 예외는 아니다.

강한 힘을 어떻게 사용하는가의 문제가 아니다. 수행이 부족한 인간은 때때로, 그것이 아무리 고상한 힘이라고 해도, 강한 힘 자체에 취한다. 마치 공원선사를 때려죽인 나한처럼 말이다.

주루룩.

코피가 터져 턱을 타고 흘러내렸다.

'끝인가······.'

체념을 할 무렵 다시 무상함이 밀려왔다.

마치 석양(夕陽)이 질 무렵 고된 수행을 마치고 땀을 식히며 듣는 저녁 공양의 종소리처럼 말이다.

원각이 증오와 두려움이 뒤섞인 눈으로 서문영을 바라보았다.

그나마 십팔나한이 간당간당 버틸 수 있는 것은 원념과 함께 무상함이 밀물과 썰물처럼 교차하고 있기 때문이다.

만약 저 끔찍한 원념만 집요하게 밀려왔다면, 벌써 머리가 터지거나 돌아 버렸을 것이다. 하지만 상대는 극한으로 몰아 죽일 생각이 없는 것 같았다.

어차피(於此彼: 이러나저러나) 189

꼭 숨이 깔딱거릴 때까지 몰리면, 무상함이 위로하듯 밀려든다.

그것도 계속 반복되자 조롱당하는 기분이 들었지만, 지금으로써는 그 놀림거리가 십팔나한의 명줄을 잡아 주고 있었다.

'저 위선자들에게 복수를!'
'아니야, 선사님이 원치 않아.'

서문영은 아직도 복수와 관용의 사이에서 헤어 나오지 못했다.

이번에는 원중(元仲)과 원형(元形)이 밀려오는 공포를 견디지 못하고 정신을 놓고 말았다.

털썩.

철푸덕.

또다시 사형제들이 넘어가는 소리에 원각은 번쩍 정신이 들었다.

'으윽! 계속 이러다가는 모두 죽고 만다.'

밀려오는 원념을 견디지 못한 원각의 목에 핏대가 섰다. 억지로 견디고 있자니 이번에는 목울대로 핏물이 솟구쳐 올랐다.

극심한 내상을 입고 만 것이다.

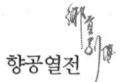
향공열전

원각이 삶을 포기할 즈음, 다시 마음을 편안하게 하는 무상함이 밀려들었다.

꿀꺽.

치밀어 오르는 핏덩이를 억지로 삼킨 원각이 쥐어짜듯 외쳤다.

"더 이상 장난 하지 말고…… 죽이려면 그냥 죽여라……."

"……."

원각의 처절한 바람이 통한 것일까?

서문영의 눈에 가득하던 광망이 천천히 사그라졌다.

자신의 일로 십팔나한을 죽이지 말라던 공원선사의 유훈(遺訓)을 따르기로 결심한 것이다.

다행히 삼단전의 공력이 어느 정도 소진되자 더 이상 살심은 치밀어 오르지 않았다.

'하아! 선사님의 몸이 식기도 전에 유훈을 저 버려서는 안 될 말이지.'

서문영이 박도를 다시 갈무리 했다.

"당신들 오늘 운 좋은 줄 알아. 앞으로 대림사의 산문을 넘으면 죽음이야."

"……."

원각은 화가 치밀어 올랐지만 아무런 답을 할 수가 없었다. 최후의 기력을 짜낸 탓에 입을 열 힘도 없었던 것이다.

서문영이 공원선사의 시체를 안아 들었다.

몇 걸음 내딛던 서문영은 그래도 화가 덜 가라앉았는지 걸음을 멈추고 뒤를 돌아보았다.

온전한 정신으로 버티고 서 있던 몇몇 나한의 몸이 움찔하고 흔들렸다.

서문영의 눈이 순수한 분노로 다시 차올랐다.

그 사람 좋던 공원선사가 한순간에 시체로 변해 버렸다는 사실이 납득이 가지 않았다. 그것도 자비를 앞세우는 불문(佛門)의 고수에게 맞아 죽다니!

굳이 자신의 편을 들어주지 않고 한 걸음 비켜섰더라도 멀쩡했을 사람이었다. 전쟁터도 아닌데, 단지 한 걸음의 차이로 생사(生死)가 갈리다니?

'그렇게 좋은 분을 왜! 왜! 왜!'

울화가 치밀어 오르자 두 손바닥 끝으로 기운이 뻗쳤다. 미친 듯이 박도를 휘둘러야 분이 풀릴 것 같았다. 하지만 그건 단지 뜨거운 마음뿐이다.

두 손으로 안고 있는 선사의 시체를 차가운 바닥에 내려놓고 싶지 않았다. 서문영은 이대로 대림사까지 갈 생각이었다.

찌이이잉.

쇠를 긁는 듯, 소름 끼치는 검명(劍鳴)과 함께 십팔나한의 앞에 한 자루 박도가 나타났다.

아직 정신을 놓지 않고 있던 세 사람의 나한은 드디어 자신들이 환각(幻覺)에 빠졌다고 생각했다. 박도 하나가 허공에 둥

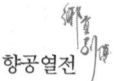
향공열전

둥 떠 있었기 때문이다.

원각이 힘겹게 눈을 깜빡이며 중얼거렸다.

'이제는 헛것이 보이는 거야. 헛것이……'

그렇지 않고서야 어찌 박도가 저 혼자서 지랄발광을 할 수가 있단 말인가?

아닌 게 아니라 박도는 마치 신들린 무당의 손에라도 잡혀 있는 것처럼 미친 듯이 대지(大地)를 긁어대고 있었다.

콰콰콰콱.

콰과콱.

대지가 종횡(縱橫)으로 갈라지고 터져 나갔다.

한참 만에 박도는 말 잘 듣는 짐승처럼 얌전히 서문영의 손아귀로 빨려 들어갔다.

장승처럼 우뚝 서서 씩씩 거리던 서문영은 그래도 마음이 풀리지 않는지 "이놈들! 너희가 무슨 중이냐!"를 연발했다.

"공자님, 이제 그만 가요."

독고현이 서문영의 옷깃을 잡고 흔들었다.

그제야 서문영은 주춤주춤 걸음을 떼기 시작했다.

서문영이 시야에서 완전히 사라지자 끝까지 악으로 버티고 있던 원각과 원덕(元德), 원공(元功)이 모로 쓰러졌다.

정신을 잃기 직전까지 원각의 고민은 한 가지였다.

서문영이 왜 저렇게 광분하는가?

물론 공원선사의 죽음은 미안한 일이다. 하지만 입장을 바꾸어 십팔나한이 죽었다고 해도 자신은 저렇게 미쳐 날뛰지 않았을 것이다. 검진강호(劍塵江湖)에 두 발을 디디고 사는 한, 언젠가는 죽기 마련이다. 선사든, 대사든, 도사든, 선인이든 말이다.

그 답을 알든 모르든, 십팔나한에게 있어 대림사는 '결코 넘어서는 안 되는 금단(禁斷)의 지역'으로 각인되고 있었다.

*　　　*　　　*

서문영이 공원선사의 시체를 안고 대림사의 산문을 넘은 날, 대림사는 비탄에 잠겨야 했다.

대림사 최고의 무승이자 선승(禪僧)인 공원선사의 갑작스러운 죽음은 대림사를 충격으로 몰아넣었다. 더구나 이웃이자 형제인 소림사 십팔나한의 손에 그런 일을 당했다니!

"공원선사의 유해(遺骸)를 모시고 와주셔서…… 감사드립니다."

마타선사의 목소리는 약간 갈라져 있었다. 공원선사를 위해 쉬지 않고 독송(讀誦)을 한 까닭이다.

"아닙니다. 오히려 저 때문에……. 면목이 없습니다."

서문영은 진심으로 사죄했다. 입이 열 개라고 해도 할 말이 없었다. 의형인 호채림은 자신이 행한 일 때문에 고초를 겪고

향공열전

있으니 안타까워도 그러려니 하고 있다. 전쟁 중의 포로가 무슨 일을 당하는지 알기에 화는 났지만 미칠 듯 분노하지는 않았다.

하지만 공원선사는 순전히 자신에 대한 믿음 때문에 죽임을 당했다. 죽어 마땅한 죄가 있는 사람이었다면 이렇게 원통하지 않았을 것이다.

의인(義人) 하나의 죽음이 이토록 고통스러울 줄 과거에는 미처 알지 못했다.

"그런데 공원선사께서 소협에게 일을 마무리 해달라고 했다면서요?"

"예……."

마타선사가 잠시 생각에 잠겼다. 서문영이 대림사로 시신을 가지고 온 것과, 공원선사가 자신의 일을 부탁한 것은 분명한 차이가 있었다.

죽음이 임박한 시점에서 공원선사는 대체 무슨 생각을 한 것일까?

마검이니 배첩이니 하는 것들이 대림사와 무슨 관계가 있다고.

아무리 생각해도 알 수가 없다.

마타선사가 머리를 설레설레 흔들며 말했다.

"소협께서 원하시는 날까지 본사에 머무르셔도 좋습니다."

"단심맹에서 가만히 있지 않을 텐데…… 괜히 저 때문에 곤란해지는 것은 아닌가요?"

서문영이 주저하자 마타선사가 웃으며 답했다.

"대림사는 강호의 문파가 아닌 일반의 사찰(寺刹)입니다. 단심맹이 십대문파의 모임이라면, 사찰에 해를 가하지는 않을 것입니다. 국법(國法)이 중한데, 누가 감히 천년고찰에 행패를 부리겠습니까?"

"……."

국법이 중하다는 마타선사의 말에 서문영은 자신의 처지가 한심하다고 생각했다. 감군총사이자 어림친위군의 부대장인 자신이 고작 무림세력 따위의 위협을 걱정하다니?

하지만 스스로 관부의 일에 관여하지 말자고 작정한 이상, 관부의 힘을 빌리고 싶지 않았다. 아쉽다고 도움을 받으면 그것이 빚이 되어 언젠가 자신의 목을 졸라올 것이었다.

"그런데, 소협은 괜찮으시겠습니까?"

도리어 마타선사가 걱정스러운 듯 물어왔다.

"예?"

"금군이시라니 부대의 복귀도 그렇고, 단심맹에게 무림공적이라는 소리까지 들었으니……."

한 마디로 앞으로 어떻게 살아갈지 생각해 두었느냐는 질문이다.

만약 무관(武官)으로 살 것이라면 굳이 대림사에 남아 있을 이유가 없다. 물론 무림을 종횡하겠다고 결정해도 마찬가지지만 말이다.

"이번 일로 깨달은 바가 있습니다."

"어떤?"

"소생이 관직(官職)에 맞지 않는다는 것이지요."

"왜 그런 생각을 하셨소?"

"권력이 자신과 주변 사람을 몰염치한 사람으로 만드는 것을 보았습니다. 기회가 되는 대로 금군에서 나올 생각입니다."

서문영은 감군사 이승천과 그의 뒤를 졸졸 따라나오던 무림 명숙들을 떠올렸다.

원하든 원하지 않든 바로 그런 게 권력이 가지는 힘이었다. 만약 그런 일들이 자신의 주변에서 재현된다면 스스로에게 저주를 퍼부을지도 몰랐다.

"훌륭한 생각이오만, 금군을 나오면 달리 하실 일은 있습니까?"

"예, 강소성의 성가장(成家莊)에 가서 마음이 잡힐 때까지 글 선생 노릇을 더 해볼까 합니다."

"호오! 글 선생이요?"

"예, 본래 소생이 향시(鄕試) 출신이라 그런지…… 글이 편해서요."

"성가장은 무관(武官)입니까?"

"예."

"무관에 정착하신다면 단심맹에서 가만히 있겠습니까?"

"성가장은 변방이라 십대문파의 관심을 끌지 않을 거라고 생각합니다. 칠대마인이 만든 천명회 때문에 저에게까지 신경 쓸 여력이 없을 겁니다."

"그럴 수도 있겠군요. 그런데 집안에서 허락하겠습니까?"

금군의 무관이라면 무가(武家)로 이름을 드높일 수 있는 기회를 잡은 셈인데, 집안의 어른들이 가만히 내버려 두겠냐는 뜻이다.

"어차피 내다 버린 자식인 셈 치실 겁니다. 워낙 실망을 많이 시켜서요."

"저런! 쯧쯧!"

혀를 차던 마타선사가 빙긋이 웃으며 말했다.

"어쨌든 마음을 정하셨다니 축하드립니다. 아무쪼록 대성(大成)하시기를 바랍니다."

"하하, 고작 글 선생으로 무슨 대성을 한다고요."

"소협께서 무림에 뜻을 두셨다는 것이 중요한 일이지요."

"그렇게 거창하지 않습니다."

"빈승은 공원선사의 눈이 틀리지 않을 거라고 믿고 있습니다. 소협은 언젠가 큰일을 하실 것입니다. 암요! 그래야 하구 말구요!"

마타선사의 기대 어린 말에 서문영은 감동을 받았다.

공원선사에 이어 마타선사까지, 대림사의 고승들은 자신을 믿어주고 있었다. 단심맹의 공적(公敵)은 물론, 금군을 그만

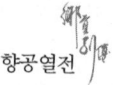
향공열전

두겠다는 소리를 듣고도 말이다.

"소생 대림사에 큰 은혜를 입었습니다."

남들은 모르지만, 대림사의 무공까지 익히고 있으니 보통의 은혜가 아니다.

마타선사가 흐뭇한 표정으로 고개를 끄덕였다. 그는 공원선사가 남긴 유일한 사람이었다.

"공원선사를 소림사로 보낼 때 이런 일이 생길 줄은 짐작도 하지 못했습니다. 대림사로서는 한 사람을 잃고 한 사람을 얻은 셈입니다. 아무쪼록 소협께서는 공원선사의 몫까지 열심히 살아 주시기 바랍니다. 공원선사도 그걸 바라고 있을 것입니다."

"예……."

* * *

숭산의 초입에 열여덟 명의 승려가 둥그렇게 모여 앉았다. 하나같이 강철로 만든 선장을 움켜쥐고, 머리를 다 가릴 정도의 거대한 삿갓을 쓰고 있다.

소림사가 자랑하는 십팔나한이었다. 십팔나한의 전신에서 뿜어져 나오는 숨 막히는 기운에 사방 십여 장은 쥐죽은 듯 고요했다.

"우리는 상대를 얕보는 마음으로 기량을 다 발휘하지도 못했고, 원치 않는 살수까지 썼소. 이대로라면 소림사에 큰 누를

끼치게 될 것이오."

원각의 말에 아무도 입을 열지 못했다.

대림사의 공원선사를 죽인 일은 입이 열 개라도 할 말이 없었다. 공원선사는 불문(佛門)의 고수이자 강호의 명숙(名宿)인 까닭이다.

"이번 잘못은 어느 한 사람의 것이 아닌 우리 모두의 탓이오. 소림사와 십팔나한을 위해 소승은 지금부터 묵언수행(默言修行)에 들 것이오."

"……."

잠시 웅성거리던 십팔나한들이 한 사람씩 동참을 선언했다.

"소승도 묵언수행을 하겠습니다."

"소승도……."

소림사로 돌아가 할 말이 없다는 결정적인 이유도 있었지만, 십팔나한들은 무공일변도로 달려온 자신들의 삶을 돌아보고 싶어 했다.

그러다 보니 십팔나한 모두가 묵언수행을 선언한 셈이 되고 말았다.

원각은 내심 다행이라는 생각을 했다.

이제는 공원선사와 서문영에 대해서 구구절절한 변명을 늘어놓지 않아도 된다. 그야말로 일석이조(一石二鳥)인 셈이다.

원각이 자리에서 일어섰다.

열일곱 명의 무승도 차례로 일어섰다. 그때부터 십팔나한은

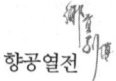
향공열전

일체의 소리를 내지 않았다.

 십팔나한은 산문을 지나자 곧바로 선방(禪房)으로 향했다. 그리고 손바닥만 한 목판에 묵언(默言)이라 적고, 줄을 이용해 목에 걸었다.

 소식을 듣고 달려온 무제선사가 결과를 물어도 묵묵부답(默默不答)으로 일관했다.

 "아니, 이 사람들아! 결과 정도는 가르쳐 주고 수행을 해야지 될 게 아닌가!"

 하지만 십팔나한은 눈을 지그시 감고 대꾸하지 않았다.

 총관인 담운이 달려와 은근히 단심맹의 이름으로 압력을 가해도, 누구 하나 눈을 뜨지 않았다.

 참다못한 담운은 방장인 공산선사까지 불러들였다.

 결국 공산선사까지 선방으로 달려왔다.

 하지만 공산선사의 앞에서도 원각은 가슴에 달린 목판을 두드려 보일 뿐이었다.

 원각은 속으로 수없이 "유구무언(有口無言)입니다"라고 외쳤다.

 공원선사의 죽음은 언젠가 소림사까지 전해질 것이다. 하지만 그 죽음에 대해서도 정말 할 말이 없었다. 서문영의 생포에 대해서는 더더욱.

 어쩌면 묵언수행이야말로 십팔나한을 위한 것인지도 모른다는 생각이 든다.

십팔나한이 되기 위해 긴 세월 뼈를 깎는 고통을 견디어냈는데, 하루 만에 입조차 열지 못할 죄인이 되었다고 생각하니 신세가 처량했다.

 원각의 감겨진 눈에서 눈물이 주루룩 흘러내렸다.

 공산선사는 십팔나한에게 말 못할 사정이 생겼음을 직감하고 더 이상 채근하지 않았다.

 "십팔나한이 묵언수행 중이다. 소림사의 제자들은 그들의 묵언수행에 방해가 되지 않도록 각별히 조심하도록 해라."

 오히려 공산선사는 십팔나한의 침묵에 힘을 실어 주었다.

 사람들은 더 이상 십팔나한에게 다가가지 않았다. 방장의 지시를 거역하면서까지 십팔나한에게 달라붙을 사람은 소림사에 없었다.

 무제선사와 담운도 묻고 싶은 게 많았지만 묵묵히 돌아섰다.

 새로 선출된 십팔나한의 첫 번째 임무는 한바탕 소란을 끝으로 유야무야 끝이 났다.

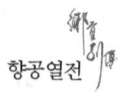
향공열전

제7장
칠보절명산(七步節命酸)

 단심맹의 총관 담운은 십팔나한의 묵언수행을 순수한 눈으로 바라보지 않았다. 특수한 임무를 수행하던 사람들이 돌연 묵언수행이라니?

 바보가 아닌 다음에야 순순히 납득할 리가 없지 않은가? 담운은 십팔나한과 서문영 일행 사이에 뭔가 사단이 벌어졌다는 것을 직감했다.

 그날 저녁, 담운은 무당파에서 의욕이 넘치는 제자 다섯을 따로 불러 모았다.

 "십팔나한은 분명히 임무에 실패를 했을 것이다. 그들이 묵언수행을 하는 것은 자신들의 치부를 가리기 위해서다. 나는 십팔나한이 감추고 싶어 하는 게 뭔지에 대해서는 관심이 없다. 무림의 일이라는 게 남의 비밀을 많이 알면 좋을 게 없는 법이니까. 내가 알고 싶은 것은 무림공적 서문영이 어떻게 되었는가 하는 것이다."

담운의 말에 눈치 빠른 청수도사(淸秀道士)가 나섰다.

"사숙님, 저희들을 부른 것은 그자에 대한 조사 때문입니까?"

"단지 그것만이 아니다. 서문영은 단심맹의 공적이기 이전에 우리 무당파의 죄인이다. 다른 사람이 아닌 우리 무당파의 손으로 그자를 잡아야 한다."

"하지만 십팔나한이 실패를 했는데…… 과연 저희들만으로 그자를 잡을 수가 있겠습니까?"

청수도사가 좌우에 함께한 사람들을 힐끔 둘러보았다. 자신을 포함해 도사가 둘에, 속가제자가 세 명. 과연 이 정도의 인원으로 해낼 수 있을까 하는 의심이 든다.

"흥! 아무리 고수라고 해도…… 한 손이 열 손을 당해내지 못하며, 등 뒤에서 날아오는 화살은 보지 못하는 법이다. 너희는 사악한 자들을 상대할 때 우직하게 속이 뻔히 들여다보이는 방법을 사용할 필요가 없다. 사람마다 그에 걸맞은 대접을 해야 한다. 살아 있는 지혜란…… 바로 그런 것이다."

이번에는 청해도사(淸海道士)가 조심스럽게 물었다.

"사람마다 걸맞은 방법이라면…… 악인에게는 사악한 방법을 써야 한다는 말씀이십니까?"

"그것도 방법의 하나라고 할 수 있다. 강호의 협객이 마두에게 먼저 당하고 마는 것은, 지나치게 정직한 방법으로, 그들을 상대하기 때문이다. 우리는 악(惡)을 제거하는 그 자체에 만족해야 한다. 악을 제거하는데 정직함, 우아함, 존경스러움 따위는 아무런 의미가 없다."

"……"

"열 번 존경을 받다가도, 단 한 번의 암수에 걸려 목숨을 잃고 만다면…… 그 무슨 의미가 있겠느냐? 중요한 것은 '언제나 협객은 살아야 하고 악인은 종말을 맞이해야 한다'는 점이다. 그것이 최고의 선이다. 너희는 내가 하고자 하는 말을 알아들었느냐?"

"예!"

"알겠습니다!"

힘찬 대답 뒤에 청수도사가 확인하듯 다시 물었다.

"사숙님, 그러니까…… 서문영을 제거하기 위해서…… 가능한 모든 수단을 다 사용하라는 것이지요?"

"불가(佛家)에 '내가 아니면 누가 지옥에 가랴?'는 말이 전해져 오고 있다. 너희도 악인을 상대함에 항상 그 말을 마음에 새기고 있어야 할 것이다. 비겁하다고, 혹은 마음에 거리낌이 있다고, 주저하다가는 도리어 너희가 죽임을 당하게 될 것이다. 잊지 말아라. 너희의 사명은 악의 제거에 있지, 정직한 방법을 고집하다가 살해당하는 것에 있지 않음을!"

"아!"

"놈을 사로잡기 어려우면, 목이라도 베어 와야 할 것이다."

"알겠습니다!"

청수도사가 결연한 음성으로 답했다.

정당한 비무가 아니라면 서문영을 제압할 자신이 있었다. 도사가 되기 전, 한때지만 하오문(下午門)을 전전하던 자신이 아니던가!

생각에 잠긴 청수도사의 귀로 담운의 음성이 들려왔다.

"무당파의 이름에 누가 되지 않도록, 이 일은 은밀하고도 신속하게 처리해야 할 것이다."

"……."

청수도사와 네 명의 무당파 제자들은 묵묵히 고개를 끄덕였다. 담운의 "은밀하게 처리하라"는 말에 왠지 비밀스럽게 변해 버린 분위기였다.

* * *

청수도사와 네 명의 무당파 고수들은 즉시 소림사를 떠났다. 다섯 명의 무당파 제자는 곧 대림사에 도착했다. 하지만 누구도 선뜻 대림사로 들어갈 수는 없었다.

사람이 많지 않은 대림사에서 괜히 서문영의 눈에 뜨일까봐

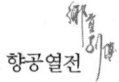
향공열전

불안했던 것이다.

다섯 명은 대림사의 산문이 내려다보이는 잡목(雜木)에 숨어 머리를 맞댔다.

"사형, 좋은 방법이라도 있소?"

청해도사의 물음에 청수도사가 머리를 벅벅 긁으며 답했다.

"쩝! 나라고 뾰족한 수가 있겠느냐?"

담운에게 충성을 맹세한 속가제자 허임생(墟賃生)이 불안한 음성으로 말했다.

"며칠 전에 서문영에게 청산 대사형이 된통 당했다고 하던데…… 보통의 방법으로는 안 될 겁니다."

또 다른 속가제자 공천(孔泉)이 거들었다.

"이번에 무당파가 얽히게 된 것도 실은 화산파의 군불위가 된통 당한 것 때문이라고 들었습니다."

청수도사가 길게 한숨을 내쉬었다.

"나도 알고 있다. 서문영의 무공은 십대문파 장로님들에 육박하고 있으니…… 정면으로는 승산이 없을 것이다."

속가제자 금산인(金山人)이 은근한 음성으로 말했다.

"청수 사형, 좋은 수가 있다면 빨리 꺼내놔 보시오. 우리밖에 없는데 눈치 살필 일이 뭐요?"

청수도사가 사형제들과 눈을 맞추며 속삭였다.

"지금부터 하는 말은 우리끼리의 이야기이니 평생의 비밀로 해야 할 것이다. 그다지 좋은 이야기가 아니니까 비밀을 지킬 자신이 없으면 미리 말해라. 그럼 이야기를 꺼내지도 않을 터이니."

"알겠소. 우리끼리 못할 말이 뭐요?"

"우리가 남이오? 말씀하시오."

"거참, 뻔히 아는 처지에 눈치를 보기는······."

사형제들이 재촉하자 청수도사가 마지못한 얼굴로 입을 열었다.

"독(毒)이다. 절독을 쓰면 서문영이 아니라 칠대마인이라도 잡을 수 있다."

"그런 독을 구할 데가 있소?"

청해도사가 고개를 갸웃거렸다. 독이 좋다는 것을 모르는 사람은 없다. 그럼에도 잘 사용되지 않는 것은 구할 곳을 모르기 때문이다.

"등봉현에 독을 거래하는 곳이 한 군데 있다."

"정말이오?"

"허, 그곳이 어디오?"

청수도사는 장소를 묻는 사형제들의 말에 고개를 저었다.

"그곳이 어디인지는 말해 줄 수가 없다. 그곳의 위치가 알려지게 되면 나는 독살을 당하고 말 것이다."

"······."

"독은 내가 구해 올 수 있다. 그러니 너희는 함께할 것인지만 말해라. 서문영을 독으로 상대하는 데 동의하느냐?"

향공열전

"그, 그럽시다."

"좋소. 장로님께서 허락하신 일인데 망설일 게 뭐요?"

사형제들이 모두 동의하자 청수도사가 자리에서 일어섰다.

"허임생과 공천은 여기에 남아서 대림사를 감시해라. 나머지는 나와 함께 등봉현으로 간다."

"그럽시다."

사형제들이 우르르 일어섰다.

"흠! 독이라……. 쓰고 남은 것을 조금이라도 얻을 수 있소?"

갑작스러운 금산인의 말에 청수가 황당한 표정으로 물었다.

"어디에 쓰게?"

"그냥, 예비용으로……."

"됐다. 나는 독을 가지고 다니는 놈은 곁에 두지 않는다."

"그러게, 독을 가지고 다니는 사람과 불안해서 어떻게 다니라고……."

"독은 안 돼!"

사형제들의 반대에 금산인이 두 손을 들었다.

"허! 거참 겁들은 많아서. 알겠수. 내가 포기하리다."

"겁이 아니라, 독이 싫은 거라고."

"같은 소리 아니오?"

"아니, 그게 어찌 같은 말인가?"

"그만 합시다."

잠시 후 옥신각신하던 세 사람이 급히 자리를 떴다. 독을 구하기 위해 등봉현으로 떠난 것이다.
 주변을 살피던 허임생과 공천은 더 은밀한 곳으로 자리를 옮겨갔다.

　　　　　　＊　　　＊　　　＊

 "결국 무림을 택하신 건가요?"
 지객원의 툇마루에 앉아 차를 마시던 독고현이 서문영을 힐끔 바라보았다.
 서문영이 군문에 맞지 않는다는 생각은 했다. 하지만 고위 관직을 버리겠다는 말을 직접 들으니 아깝다는 생각이 들었다.
 "당장 무림이라기보다는…… 그 중간이라고 생각하면 될 겁니다. 성가장의 글 선생으로 돌아가려고 하니까."
 "피이! 공자님은 강서성에 검공(劍公)으로 알려져 있는데 사람들이 가만히 내버려 두겠어요? 성가장주처럼 낭인들에게 밤낮으로 괴롭힘을 받게 될 거예요."
 "하하, 낭인들 정도는 어렵지 않습니다. 오히려 심심풀이로 딱이지요. 중요한 건 제가 성가장의 글 선생이라는 사실입니다. 전쟁터에 나가거나 정사대전에 휘말릴 일도 없고, 내관들의 눈치를 살피지 않아도 좋고. 저는 그 정도가 딱 적당하다고 생각합니다. 사람이 너무 많은 걸 바라면 안 돼요."
 "뭐 욕심 없이 살기로 마음먹었으면 적당하기는 하겠지요.

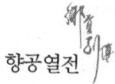
향공열전

그런데 저는 어떻게 하면 좋죠?"

"소저요? 왜요?"

"저도 성가장으로 갈 수 있나요?"

"……."

잠시 침묵하던 서문영이 고개를 끄덕였다. 지난 번 독고현을 안고 눈길을 달릴 때 나름대로 작정한 것이 있다. 독고현이 관직과 집을 버리고 천하를 떠돌아다니게 된 것은 자신 때문이었다. 서문영은 독고현에 대해 적지 않은 책임감을 느끼고 있었다.

서문영이 동행을 허락하자 독고현의 얼굴이 밝아졌다.

독고현은 바보가 아니다. 서문영이 성가장까지 자신을 데리고 가겠다는 것은 자신을 책임지겠다는 말과 같았다.

"고마워요."

"……."

딱히 할 말이 없던 서문영은 멋쩍게 웃기만 했다. 독고현을 성가장으로 데리고 간 뒤의 일은 아직 생각하지 않았다. 그건 그때 가서 생각해도 될 일이었다.

"저어, 제가 오라버니라고 불러도 돼요?"

갑작스러운 독고현의 물음에 서문영은 잠시 머뭇거렸다. 하지만 이내 웃으며 고개를 끄덕였다.

"그럼, 내가 오라버니지 동생이냐?"

"네에, 오라버니. 후훗!"

지금까지 다소 애매하던 두 사람의 관계가 분명해지자 분위기는 금세 화기애애(和氣靄靄)해졌다.

서문영은 독고현에게 성시를 준비하러 강남에 갔다가 성가장과 인연을 맺었다는 것과 유마경을 얻게 된 경위를 들려주었다.

유마경이 아니었다면 신책군에서 생존하지 못했을 거라는 서문영의 말에 독고현은 벌린 입을 다물지 못했다.

"오라버니의 무공이 그처럼 강한 것도 유마경 때문이었군요?"

"그런 셈이지."

"유마경을 만든 사람은 대체 누구예요? 그 정도의 고수라면 강호에 이름이 널리 알려졌을 텐데요."

"강호에는 이름이 알려지지 않았지만, 누군지 짐작이 가는 분은 있어."

"누구요?"

"왠지 구마선사일 거라는 생각이 들어."

"구마선사요?"

독고현이 고개를 갸웃거렸다. 구마선사라는 이름을 단 한 번도 들어본 적이 없었기 때문이다.

서문영은 대림사의 전설적인 고승인 구마선사에 대해 들려주었다. 물론 대림사에 와서야 알게 된 이야기이지만 말이다.

그제야 독고현도 수긍이 간다는 듯 고개를 끄덕였다.

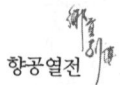
향공열전

"그 유마경의 출처가 대림사라면 확실히 구마선사가 만든 것일 수 있겠네요. 대림사의 학승들이 구마선사를 천하제일인으로 믿었다니……."

독고현이 확신에 찬 음성으로 말했다.

"오라버니, 그건 틀림없이 구마선사의 무공이에요. 세상에! 대림사에 천하를 굽어볼 정도의 고수가 있었다니……."

"나도 그렇게 생각하지만 아직 확실한 건 아니니까."

"그걸 알 수 있는 방법이 있어요."

"응? 어떻게?"

"장경각에서 구마선사의 필적을 찾으면 되잖아요. 오라버니는 알아볼 수 있지 않나요?"

"아! 그런 방법이 있었군!"

"당장 장경각으로 가요!"

"지금?"

"네에, 구마선사의 무공이라면 오라버니는 대림사의 사람이나 마찬가지잖아요. 그럼 나중에라도 대림사를 위해 무언가 해줄 일이 있을 거예요."

"그런가? 그럴 수도 있겠구나."

서문영의 얼굴이 조금 밝아졌다. 그렇지 않아도 공원선사와 마타선사에게 은혜를 입었다고 생각하고 있었다. 하지만 관직에 남을 것도 아니고, 재물이 넉넉한 것도 아닌지라, 딱히 해줄 수 있는 게 없었다. 하지만 자신이 대림사의 무공을 얻은 것이라면 이야기가 달라진다. 대림사의 제자라는 이름으로 많은 일을 할 수 있을 것이었다.
서문영은 독고현과 함께 장경각으로 갔다.

"운학(雲鶴) 노스님? 안에 계신가요?"
한참 만에 장경각의 문이 털컹 소리와 함께 열렸다.
"누구냐?"
쪼글쪼글한 운학의 얼굴이 문틈으로 조금 비집고 나왔다.
서문영이 웃으며 인사를 했다.
"접니다. 서문영이요. 며칠 만에 다시 뵙네요."
운학이 머리를 갸웃거리며 중얼거렸다.
"서문영이 누구야? 그런데 왜 나를 찾지? 바쁘니까 가봐."
운학은 일방적으로 말을 하고는 다시 문을 닫아 버렸다.
서문영이 황당한 표정으로 굳게 닫힌 문을 바라보았다.
지난번에는 그렇게 살갑게 맞이하더니 지금은 처음 보는 사람처럼 말하고 있었다.
'어째 증상이 점점 더 심해지시는 것 같은데······.'
서문영이 독고현을 향해 어색한 미소를 지어 보였다.
"원래, 정신세계가 조금 남다른 분이시라 그래. 조금 지나면 익숙해질 거야."
"조금 남다른 게 아니신 것 같은데요."
"괜찮아, 괜찮아."

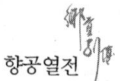
향공열전

서문영은 독고현을 안심시킨 뒤에 다시 돌아섰다. 장경각까지 와서 되돌아갈 수는 없지 않은가!

"운학 노스님! 저 서문영입니다!"

잠시 후 다시 문이 열렸다.

서문영이 급히 뭐라고 말을 꺼내기도 전이다. 운학이 못마땅한 표정으로 소리쳤다.

"이보게, 공양을 가지러 갔으면서 빈손으로 오면 어떻게 하는가? 자네가 말없이 사라져서 나는 쫄쫄 굶고 있었다고."

"네? 아! 네. 금방 가지고 오겠습니다."

덜컹.

문이 다시 닫혔다.

서문영이 독고현에게 말했다.

"봤지? 누이는 가서 좀 쉬고 있어. 나는 공양을 얻어다가 장경각에 들어갈 테니까."

"알았어요. 구마선사의 필적을 꼭 확인하세요."

"그래, 금방 갈게. 내가 눈썰미는 좋으니까 오래 걸리지 않을 거야."

말을 마치고도 독고현은 쉽게 떠나가지 않았다.

"왜?"

독고현이 불안한 눈으로 서문영을 바라보았다.

"그냥, 느낌이 좋지 않아서요. 다시 못 볼 것 같은 생각이 들어서……."

"그게 무슨 소리야? 설마 대림사에 단심맹의 사람들이 와서 난동을 부릴까봐 그래? 걱정하지 마. 여기는 그냥 일반의 사찰이라, 무림인들이 찾아와서 해코지를 하지 않는다고 하시더라고. 방장 스님의 말씀이니까 틀림없어."

"그렇다면 다행이지만……. 하여튼 빨리 오세요."

"이봐, 나하고 같이 있으면 오히려 위험하다고. 소림사나 단심맹 사람들이 누이에 대해서는 별말 없었잖아. 혼자 있는 게 더 안전하다니까."

"그럼, 저는 지객원에서 기다리고 있을게요."

"그래, 신책군과 절충부를 호령하던 여장부(女丈夫)가 왜 이렇게 약한 척을 하는 거야?"

"흥! 어서 다녀오기나 해요!"

독고현이 냉소를 치며 돌아섰다.

서문영은 그런 독고현을 웃으며 바라보다가 주방이 있는 곳으로 급히 달려갔다.

우두커니 서 있던 독고현의 입에서 한숨이 흘러나왔다.

무공을 잃어서 일까? 언제부터인가 자신이 할 수 있는 일이 없었다. 근거 없는 불안은 무기력함 때문에 찾아온 것인지도 모른다.

소림사에 갈 때만 해도 막연한 기대를 가지고 있었다. 하지만 소림사의 도움을 받기는커녕 원수가 되어 버리고 말았다. 막막한 기분이 든다.

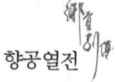
향공열전

'언제쯤에나 내공을 회복할 수 있을까?'

독고현은 지객원이 있는 곳으로 타박타박 걸어가기 시작했다.

마음으로는 계속 "침착해라. 서두르지 않아도 된다"라고 중얼거리면서 말이다.

*   *   *

청수도사는 변복(變服)을 하고는 홀로 등봉현 외곽에 자리한 홍루(紅樓)로 숨어들었다. 오래전의 기억이지만 다시 찾아가는 길은 그렇게 어렵지 않았다.

이층의 복도 몇 개를 돌아 마침내 다다른 곳은 '매방(賣房)'이라는 글이 적힌 작은 쪽방 앞이었다.

청수도사의 얼굴에 가벼운 긴장이 스치고 지나갔다.

얼마나 오래 됐는지 매방이라는 글자의 거의 지워져 흐릿했지만, 분명히 이곳이 확실했다.

똑똑.

청수도사는 가볍게 문을 두드린 후 대답을 기다리지도 않고 밀고 들어갔다.

문을 다시 닫은 청수도사의 앞으로 사십대의 장한이 나타났다.

"무얼 사러 오셨수?"

"노야(老爺)를 뵈러 왔소."

"아, 노야가 한둘이오? 어느 노야를 찾으슈?"

퉁명스러운 말과 달리 장한은 상대의 이모저모를 뜯어보고 있었다.

"고(孤) 노야."

"그런데 당신은 누구의 소개로 왔수?"

"관(棺) 노야."

상대를 살피던 장한의 눈에 이채가 감돌았다.

관 노야는 십 년 전에나 사용하던 암호문이다. 어디 가서 무얼 하다가 왔는지 몰라도, 적어도 눈앞의 이 사내는 지난 십 년 동안 하오문에서 떠나 있었던 게 틀림없다.

대충 나이를 계산해 보니 이십대에 하오문을 떠났던 모양이다. 바뀐 암호를 모른다고 그를 내칠 생각은 없었다. 하오문의 사람들은 눈앞의 사내처럼 다시 고향으로 돌아온다.

떨쳐 버릴 수 없는 비겁함이야말로 하오문에 몸담았던 사람들의 변하지 않는 생활 방식이니까 말이다.

"따라오슈."

장한이 방 안에 숨겨져 있는 작은 문을 열고 안으로 들어갔다.

문은 홍루의 다른 복도로 연결되어 있었다.

장한은 청수도사를 데리고 이리저리 돌아다녔다. 마치 홍루 전체를 구경시켜 주기라도 하듯이 말이다.

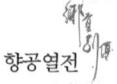
향공열전

한참 만에 장한이 멈춰선 곳은 매방 만큼이나 낡고 오래된 방문 앞에서다. 검은색으로 덧칠해진 방문에는 아무런 이름도 쓰여 있지 않았다.

"여기요. 알고 있겠지만 장난칠 생각은 마시오."

장한은 미련 없이 몸을 돌려 사라졌다.

청수도사는 장한이 사라지자 서둘러 방문을 열고 안으로 들어갔다. 장한이 사라졌다는 것은 그보다 더 은밀하고 흉악한 사람이 자신을 감시하고 있다는 의미였기 때문이다.

"헐헐, 무슨 독을 구하느냐? 고독(蠱毒)? 무형지독(無形之毒)?"

방으로 들어가자마자 다짜고짜 묻는 노인에게 청수가 되물었다.

"그런 독이 있습니까?"

"미친놈아, 당연히 없지. 시간 없으니까 무슨 독을 구하는 건지나 말해 봐라."

"젠장, 시간이 없다면서 웬 잡소리요? 어떤 독이 있소?"

"그놈 성질 한 번 깐깐하네. 그렇담 귓구멍 열고 잘 들어라. 마비산(痲痹酸), 산공분(散功粉), 사독(蛇毒), 전갈독(全蠍毒), 시독(屍毒), 잡독(雜毒)······."

설명이 늘어지자 청수가 급히 끼어들었다.

"그중에 무림고수에게 잘 통하는 독이 있소?"

"무림고수?"

"그렇소."

"어느 정도 고수?"

"십대문파 장로 정도?"

다 죽어가던 노인의 눈에서 흉광이 번득였다.

"이놈 봐라. 그런 독을 구해다가 누굴 잡게?"

"알 거 없소."

"네놈 스승이 누군지나 말해 봐라. 말하지 않으면 독을 팔지 않겠다."

"하악철노(下顎鐵老)요."

"혹시 십 년 전에 녹림의 도적에게 오체분시(五體分屍) 당했다는 그 사람이냐?"

"그렇소."

"오호! 하악철노에게 제자 둘이 있었다는데…… 너는?"

"둘째요."

"스승이 붙잡히자 뒤도 안 돌아보고 내뺐다는 놈이 네놈이었구나."

"좋은 말로 후일을 도모했다고 합시다."

"하악철노의 제자에게 뭔들 팔지 못하겠느냐? 그런데 그렇게 지독한 것으로 누굴 잡으려고?"

"알 거 없다고 하지 않았소."

"네놈이 괜한 짓을 해서 홍루가 위태로워질까 봐 그런다. 십대문파 장로에게 독을 썼다가 들키는 날에는 네놈뿐 아니라

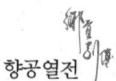

향공열전

홍루도 살아남기 힘들다."

"걱정 마시오. 십대문파 장로는 아니니까. 내가 상대하려는 자는 낭인에 불과하오."

"흐흐, 그렇다면 팔아야지. 암, 그런데 너는 하독술(下毒術)을 배웠느냐?"

"그런 걸 배워야 하오?"

노인이 기가 막히다는 표정으로 청수도사를 바라보았다.

"아니 이놈아, 미혼분이나 사독 같은 것이야 대충 아무나 뿌리면 그만이지만…… 절독(絶毒) 중의 절독인 칠보절명산(七步絶命酸)을 잘못 다루다가는 네놈이 먼저 죽고 만다. 기본적인 하독술도 모르는 놈이 칠보절명산이라니? 지나가던 개가 다 웃겠다."

"나에게 팔 것이 칠보절명산이오?"

"그 정도 독이 아니면 내공의 고수는 잡을 수가 없다."

"그럼 그거 주시오."

"쯧쯧!"

한심하다는 듯 고개를 젓던 노인이 선심 쓰듯 말했다.

"정 칠보절명산이 필요하다면 내가 하독술을 가르쳐 줄 수도 있다. 너는 나에게 하독술을 배워 볼 생각이 있느냐?"

"지금 나에게 당신의 제자가 되라는 소리요?"

노인이 냉소를 치며 답했다.

"흥! 어디서 협객들 흉내를 내려고 드느냐? 너는 단지 나에게 배운 만큼의 비용을 더 지불하면 된다."

"돈을 더 받겠다는 소리요?"

"세상에 공짜는 없으니까, 네놈 마음대로 해라. 칠보단명산을 가지고 갔다가 함께 중독되어 뒈지든지, 아니면 하독술을 배워 벽에 똥칠할 때까지 오래오래 살든지."

잠시 생각하던 청수도사는 하독술까지 함께 배워 두기로 결심했다. 서문영을 잡는데 자신의 목숨까지 걸 수는 없기 때문이다.

"얼마면 되오?"

"독이 은자 오십 냥, 하독술을 배우는데 따로 금 한 냥이다. 그러니까, 모두 합해서 금 한 냥에 은자 오십 냥이다."

"이런 씨벌! 지금 잡기술 하나를 독보다 더 비싸게 팔아먹으려는 거요?"

"흥! 잡기술이라고 해도 네놈의 생명을 지켜 줄 기술인데 금 한 냥이 대수냐? 강요하지 않겠다. 네놈이 선택해라."

부르르 떨던 청수도사는 결국 금 한 냥과 은자 오십 냥을 꺼내 탁자 위에 올려놓았다.

'이럴 줄 알았으면 옛날에 배워 둘걸······.'

하오문을 떠돌아다닐 때는 독을 사용할 날이 올 줄 몰랐다. 스승이던 하악철노의 절기는 태왕검법(太王劍法)이었다. 태왕검법은 녹림에도 통하지 않을 잡기술이었지만, 그때는 그걸 배우기 위해 하악철노의 바짓가랑이를 잡고 늘어지기도 했다.

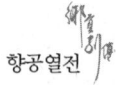
향공열전

노인은 탁자 위의 돈을 재빨리 갈무리한 뒤에 병풍 뒤로 사라졌다.

잠시 후 나타난 노인은 백색의 사기로 만든 병 하나와 가죽장갑을 탁자 위에 올려놓았다.

"병 속에 든 것이 칠보단명산이다. 한 방울만 사용해야 한다."

청수도사가 사기로 된 병을 흔들며 물었다.

"그 정도로 독성이 심하오?"

"독성도 독성이지만…… 칠보단명산은 신맛이 나는지라…… 많이 쓰면 상대가 눈치를 채고 먹지 않을 수도 있다."

"젠장! 맛이 느껴지지 않는 독은 없소?"

"그런 독은 사천성의 당문(唐門)에나 가야 구할 수 있을 것이다."

"제길, 알겠소. 하독술이나 가르쳐 주시오."

"병의 뚜껑을 열 때는 반드시 그 사슴가죽으로 만든 장갑을 껴라. 뚜껑 안쪽에 혹시라도 독이 묻어 있을지도 모르니까."

"알겠소. 하독술은?"

"한낮의 해가 뜨거울 때는 하독을 하지 마라. 뚜껑을 열 때 증발한 독기가 몸을 스치게 되면 너도 중독이 되니까. 하독은 해거름 무렵이 좋다. 용량을 정확히 가늠할 수 있고, 냄새는 물론 신맛도 약해지는 시간이니까."

말을 마친 노인이 자리에서 벌떡 일어섰다.

"그게 다요?"

청수도사의 물음에 노인이 당연하다는 듯 고개를 끄덕였다.

"오냐. 더 이상 볼일이 없으면 그만 나가봐라."

"고작 말 몇 마디에 금을 한 냥이나 받다니, 지나친 것 아니오?"

"흐흐, 감히 홍루에 와서 흥정을 하려고 하다니……. 한 마디만 더하면 사람들이 몰려올 것이다. 조용히 보내줄 때 가거라."

"……."

그제야 청수도사는 아차 싶었다.

뒤늦게 자신이 있는 곳이 객점이나 기루가 아닌 홍루라는 사실을 깨달은 것이다. 홍루는 은밀한 거래가 이루어지는 곳이기도 하지만, 동시에 가장 많은 사람들이 죽어 나가는 곳이기도 했다.

청수도사는 더 이상 항의하지 않고 물건들을 집어 들었다.

"이놈아, 그 정도 양이면 백 명은 잡을 수 있다. 뭘 좀 알고 대들어라. 크크크."

방문을 나서는 청수도사의 귓가로 노인의 푸석푸석한 웃음소리가 오래도록 들려왔다.

* * *

청수도사와 청해도사, 금산인이 다시 대림사로 돌아간 것은 해가 뉘엿뉘엿 질 무렵이다.

기다리고 있던 허임생은 청수도사를 보자마자 대뜸 물었다.

"아니 왜 속가제자 흉내를 내십니까?"

"쯧! 생각 좀 하게. 도복(道服)을 입고 절에 들어가서 하독을 할 수는 없지 않은가?"

"아!"

허임생이 미처 몰랐다는 듯 탄성을 터뜨렸다.

조마조마한 눈으로 주변을 살피던 청해도사가 물었다.

"그런데 사형, 언제 일을 벌일 생각이시오?"

"상황이 된다면 지금이라도 해볼 생각이다."

"헛! 지금요?"

청수도사가 스산한 눈으로 대림사를 바라보았다.

"그래, 쇠뿔도 단김에 빼라고 했다. 마침 하독을 하기도 좋은 시간이고."

청수도사의 눈이 광기로 번들거렸다. 무엇보다도 이런 일은 망설임이 없이 해야 한다. 시간이 늦추어 질수록 쓸데없는 잡념만 늘어날 뿐이다.

"그런데 어떻게 하독을 하려고?"

청해도사가 의아한 눈으로 청수도사를 바라보았다. 상황을 보고 독을 쓰겠다는 청수도사의 말이 영 미덥지 않았던 것이다.

"서문영이 먹을 물에 독을 풀 생각이다."

칠보절명산(七步絶命酸) 227

"그걸 어떻게 구별할 수 있습니까?"

청수도사가 한심하다는 듯 혀를 차며 말했다.

"쯧쯧! 오늘 대림사에 들어가는 손님이 있더냐?"

허임생이 대신 답했다.

"없었습니다."

청수도사가 그럴 줄 알았다는 듯 말을 이었다.

"대림사는 사람들에게 잊혀진 사찰이라 분향객도 없다고 들었다. 당연히 손님이 있을 리가 없지. 그러니 지객원에 들어가 조사를 하면 되지 않겠느냐? 어때, 간단하지?"

"아! 그런 묘수가!"

"쯧!

청수도사가 답답한 듯 혀를 찼다.

이런 간단한 사실 확인을 묘수라고 하는 사형제들이 한심하게 느껴진 것이다.

"일단 지객원을 조사해 봐야겠다. 여럿이 가면 괜히 눈길을 끌게 되니 나 혼자 다녀오겠다. 너희는 이곳에서 조용히 기다리고 있거라."

"사형, 성공하시기를 바랍니다."

"하하, 이번 일만 잘 되면 우리 모두 한자리 차지하게 되는 겁니까?"

"아무렴 장로님께서 모른 척 하겠소?"

"아! 어떤 포상을 내려주시려나?"

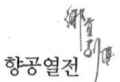
향공열전

다소 들뜬 사형제들의 말에 청수도사가 차갑게 말했다.

"아직 시작도 안 했는데 미리부터 좋아할 거 없다. 혹시 모르니, 안에서 소란이 일어나면…… 이곳저곳에 불을 질러 잠시 이목을 끌도록 해라."

"불을요?"

청해도사가 눈을 휘둥그렇게 뜨고 물었다.

대림사에 불을 지른다는 생각은 미처 하지 못했다. 그런 짓은 흉악한 녹림의 도적들이나 벌이고 다니는 것이 아닌가 말이다.

"큰 불까지는 필요 없다. 뜻하지 않게 일이 복잡해졌을 때, 내가 빠져 나올 정도의 시간만 벌어 주면 된다. 부싯돌들은 가지고 있겠지?"

"예."

"그럼요. 하루 이틀 노숙한 것도 아닌데."

"저도 있습니다."

다행히 날씨가 아직 쌀쌀한지라 모두 부싯돌을 가지고 있었던 모양이다.

청수도사가 만족한 표정으로 고개를 끄덕여 보였다.

"혹시 모르니 화섭자를 몇 개 만들어 두어라. 나는 늦어도 반 시진(1시간) 이내에 나올 것이다. 만약 내가 반시진 안에 나오지 않는다면, 그때는 불을 질러야 한다. 알겠느냐?"

"알겠습니다."

"걱정 마시오."
"시간이나 잘 지켜 주십쇼."
"좋아. 그럼, 먼저 가겠다."
청수도사가 돌아서 잡목 숲을 빠져 나갔다.

제8장
테르마, 매장(埋藏)된 비밀

 대림사는 따로 산문을 지키는 사람도 없었다. 사람들이 오지 않으니 소림사처럼 산문에서 걸러낼 일도 없는 것이다.

 대림사 안으로 들어간 청수도사는 안도의 숨을 내쉬었다.

 '휴우! 다행이군, 다행이야!'

 기묘하게도 대림사의 구조는 소림사와 거의 같았다.

 지난 며칠 소림사를 돌아다닌 덕분에 지객원을 찾기 위해 이리저리 헤매지 않아도 됐다.

 청수도사는 지객원 한쪽에 딸린 작은 주방으로 몰래 숨어 들어갔다.

 이리저리 살피던 청수도사의 눈에 커다란 항아리 하나가 보였다.

　청수도사는 조심스럽게 뚜껑을 열었다.

　갓 길어다 놓은 듯, 맑은 물이 한가득 들어 있다.

　'옳거니!'

　이거야 말로 지객원의 사람들을 위해 길어 놓은 물이 분명했다.

　'하늘이 돕는구나!'

　청수도사는 지금이 천재일우(千載一遇)의 기회라고 생각했다. 염탐을 하려고 들어왔다가 완벽한 기회를 얻게 된 것이다.

　순간 가슴이 벌렁거렸다.

　청수도사는 서둘러 자기로 만든 병을 꺼냈다.

　'아차!'

　너무 잘 풀리는 바람에 방심하다 보니 맨손이다.

　청수도사는 급히 사기병을 옆에 내려놓고, 가죽장갑을 양손에 꼈다.

　두툼한 장갑을 끼고 하는 작업은 맨손으로 하는 것처럼 섬세하게 이루어지지 않았다.

　청수도사는 공들여 병의 마개를 열고 자기병을 기울였다.

　쪼르륵.

　'헉! 너무 많이 부었다.'

　하지만 생각해 보니 조금 넣어서는 독성이 약할 것 같았다. 만약 서문영이 마실 물병에 넣는 거라면 모를까, 항아리에 부

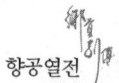
향공열전

을 거면 전부 부어야 할지도 몰랐다.

'아차! 실수다. 실수야. 병에 넣었어야 하는데.'

갑자기 등골이 오싹해졌다.

병에 넣었다면 한두 사람을 확실히 독살시킬 수 있다.

하지만 이 큰 항아리의 물은 그렇지 않다. 만약 항아리에 독을 풀어야 한다면, 한 병을 다 넣어야 할지도 모른다.

문제는 그렇게 할 경우 너무 많은 독이 만들어진다는 것이다.

'제길, 설마 대림사의 승려들이 이 물을 마시지는 않겠지?'

아니, 절대 마셔서는 안 된다.

청수도사는 자기병을 흔들어 보았다.

찰랑 찰랑.

아직 절반 정도의 독이 남아 있었다.

청수도사의 얼굴이 하얗게 질려갔다. 그 말은 이미 절반이나 항아리 안으로 들어갔다는 말과도 같다. 오십 명을 죽일 분량이 항아리 안으로 들어간 것이다.

'어쩔 수 없다. 이왕 쏘아진 화살이다.'

청수도사는 나머지 독을 모두 항아리 안에 부었다.

어설프게 중독시켜서는 안 된다. 이런 일은 단번에, 그리고 확실하게 끝내야 한다. 일말의 자비심도 가져서는 안 된다.

청수도사는 쉬지 않고 중얼거림으로 흔들리는 마음을 가다듬었다.

잠시 후, 청수도사는 텅 빈 자기병을 갈무리했다.

한쪽 구석에 서서 가만히 생각해 보니 이제 겨우 일다경(一茶頃; 약 30분) 정도 지난 것 같다.

눈에 익은 구조와 항아리의 신선한 물 때문에 일이 빨리 끝난 셈이다.

약간의 여유가 생기자 불필요한 생각이 꼬리를 문다.

'작은 병에다가 떨구어 둘 걸 그랬나? 항아리의 물은 적당한가? 혹시 물이 많아서 효과가 떨어지는 것은 아닐까?'

생각이 거기에 미치자 청수도사는 저도 모르게 항아리 곁으로 다가갔다.

그리고 별 생각 없이 항아리 안을 들여다보았다. 항아리 안에 담긴 물의 양을 확인해 보려는 것이다.

순간 항아리 안에서 시큼한 냄새가 올라왔다.

'이런! 냄새가 난다. 이래서야 누가 마실까!'

하지만 냄새는 차츰 사라져갔다.

청수도사는 다시 한 번 항아리의 냄새를 맡았다. 이제는 거의 아무런 냄새도 맡아지지 않았다.

'다행이다.'

물의 양도 그만하면 적당한 것 같았다.

'부디 서문영만 먹기를.'

이제는 돌이킬 수 없다. 다른 사람이 먹고 죽어 나간다 해도 어쩔 수 없는 일이다.

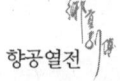
향공열전

청수도사는 항아리를 향해 두 손을 모아 기도를 한 뒤, 소리 없이 밖으로 빠져 나갔다.

   *   *   *

청수도사는 지체 없이 잡목 숲으로 돌아갔다.
가장 먼저 청해도사가 달려왔다.
"사형, 어떻게 됐습니까?"
청해도사의 음성은 긴장으로 살짝 흔들리고 있었다.
"지객원에 갔다가 하독까지 하고 왔다."
"헛! 결국 해내셨군요?"
"더 좋은 기회가 생길 것 같지 않아서…… 내친김에 끝내 버렸다."
"꿀꺽, 자, 잘 하셨습니다. 서문영이 어떤 병을 사용할지 모르니, 보이는 병마다 한 방울씩 넣었겠지요?"
"아니, 그냥 항아리의 물에다가 전부 부었다."
"헉! 대림사의 사람들이 그 물을 마시기라도 하면 어쩌려고 그랬습니까?"
"어쩔 수 없었다. 주방에서 항아리의 물을 발견했을 때, 절호의 기회라는 생각에 정신없이 독을 부어 버렸다. 나도 절반쯤 넣은 뒤에야 실수했다는 것을 알았다. 하지만 이왕 엎지른 물이 아니냐? 결국 모든 걸 하늘에 맡기고 전부 부어 버렸다."

"……."

사형제들 모두가 생각지도 못한 그 말에 벌린 입을 다물지 못했다.

한참 만에 사태의 심각성을 깨달은 사형제들이 한 마디씩 던졌다.

"일이 너무 커진 것 같소."

"빈대를 잡으려다가 초가(草家)를 태운다고 하더니만…… 큰일 났네."

"사형, 다시 몰래 가서 항아리를 부숩시다."

"그래요. 부숩시다. 다른 사람들이 마시면 어떻게 합니까!"

사형제들이 돌아가서 항아리를 부수자고 했지만 청수도사는 요지부동(搖之不動)이었다.

"사형?"

청해도사가 멍하니 서 있는 청수도사를 흔들었다.

털썩.

청수도사의 몸이 통나무처럼 뻣뻣해져 쓰러졌다.

대경실색(大驚失色)한 청해도사가 청수도사의 코끝에 손가락을 댔다.

"헉! 죽었다!"

금산인이 급히 청수도사의 경동맥을 더듬었다.

"사형?"

"……."

하지만 죽은 시체가 대답을 할 리가 없다.

손을 뗀 금산인이 멍한 눈으로 사형제들을 올려다보았다.

"진짜 죽었어."

사형제들의 눈이 일제히 청해도사에게로 향했다. 상청궁의 배분으로 볼 때 청수도사 다음이 청해도사였던 것이다.

청해도사가 믿어지지 않는다는 듯 다시 한 번 청수도사의 경동맥과 얼굴을 더듬었다.

"응?"

청해도사는 손끝에 뭔가 축축한 것이 만져지자 급히 들어올렸다.

"피다!"

청해도사의 외침에 금산인이 중얼거렸다.

"허! 아무래도 청수사형은 독에 당하신 것 같소. 지독하군. 대체 무슨 독이기에 하독을 한 사람까지 죽게 만든단 말인가?"

청해도사가 손을 땅바닥에 대충 비벼 피를 닦아내고는 자리에서 일어섰다.

"사형을 묻고 돌아가야겠다."

"서문영은 어떻게 하고 그냥 간단 말이오?"

금산인의 물음에 청해도사가 한숨을 길게 내쉬었다.

"하아! 별수 없지 않은가! 하독을 한 사람까지도 절명시키는 극독이 대림사에 뿌려졌다. 여기서 계속 얼쩡거리다가 다른 사람의 눈에 뜨이기라도 하는 날이면…… 우리 모두가 파문을 당하고 말 거야. 아니, 그때는 우리가 무림공적이 될지도 모르지……."

"사형, 그럼 항아리는 어쩌실 생각이오?"

"포기해야지. 용독술(用毒術)도 모르는 우리가 저런 절독을 건드릴 수는 없지 않은가?"

"……."

청해도사의 말에 다들 한숨만 푹푹 내쉬었다.

아닌 게 아니라 항아리를 깰 자신이 없었다. 하독을 한 사람까지도 잡아먹는 독을 대체 무슨 수로 없앤단 말인가? 그럼에도 불구하고 사형제들은 일말의 양심이 남아 선뜻 자리를 뜨지 못하고 있었다. 평생 협객을 꿈꾸며 살아온 그들이기에 망설이고 있는 것이다.

하지만 망설임은 오래가지 않았다.

처음 청수도사가 쓰러진 뒤로 일각(一刻; 15분)쯤 지났을까?

쿨럭.

갑자기 청해도사가 피를 토해내며 주저앉았다.

곧이어 청해도사의 몸에서 가벼운 경련이 일어났다. 숨이 완전히 끊어지기까지 오래 걸리지 않았다.

깜짝 놀란 허임생과 공천이 다가가려 할 때다.

"만지지 마!"

금산인의 호통에 허임생과 공천이 주춤주춤 물러섰다.

"지독하군! 닿기만 해도 중독이 되는 절독이다. 형제들, 이

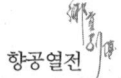
향공열전

대로 흙을 덮어주고 가야겠소. 제대로 된 장례는 나중에 생각합시다."

"……"

허임생과 공천이 덜덜 떨며 고개를 끄덕였다.

잠시 후 세 사람은 근처의 흙을 끌어다가 청수와 청해의 시체를 덮었다.

그리고는 뒤도 돌아보지 않고 미친 듯이 달리기 시작했다. 독에 대한 공포는 대림사 승려들에 대한 걱정을 날려 버리기에 충분했다.

　　　　＊　　　＊　　　＊

저녁 공양이 끝난 뒤의 일이다.

주방에서 바리때를 헹구어 선반 위에다가 늘어놓던 무방(無方)의 시선이 한쪽으로 향했다. 물을 담아두는 항아리의 모양이 어째 이상했던 것이다.

"쯧쯧!"

뚜껑이 활짝 열려 있다. 누군가 항아리의 뚜껑을 깜빡 잊고 닫지 않은 모양이다.

무방은 옆에 놓인 뚜껑을 들어올렸다.

막 뚜껑을 덮으려던 무방이 짜증난다는 듯 맨질맨질한 머리를 벅벅 문질렀다.

"……."

항아리 위에 어른 주먹보다 큰 쥐 한 마리가 둥둥 떠 있었다. 항아리에 빠졌다가 빠져 나오지 못하고 죽은 모양이다.

무방의 입에서 한숨이 길게 흘러나왔다. 선방(禪房)에서 마실 물이 못쓰게 되었으니 새로 떠와야 했던 것이다.

"그래서 항상 뚜껑을 덮어 두어야 하는데…… 쯧쯧!"

구시렁거리던 무방은 쥐를 건져내 숲속 으슥한 곳에 내다 버렸다.

그리고 항아리의 물을 비워내고는 주방에 남은 물을 총동원해서 항아리 안팎을 박박 닦았다.

한바탕 부산을 떨고 나니 어느덧 사방은 한밤중이다.

무방은 욱신거리는 허리를 툭툭 두드리며 잠시 망설였다.

원래대로라면 산 정상의 심천암(深泉庵)에 있는 우물에서 물을 길어다가 채워야 한다. 하지만 심천암까지 갔다 오기에는 늦은 밤이었다.

"지객원의 물을 좀 가져와야겠다."

전체 선방에서 마실 물이라고 해도 물동이 하나 정도면 충분했다. 대림사에 있는 승려의 수가 서른을 넘지 않았기 때문이다.

"손님이 둘밖에 없으니 별 문제 없겠지."

무방은 물동이 하나를 들고 종종걸음으로 주방을 나섰다.

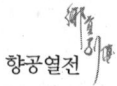
향공열전

* * *

"우리밖에 없으니까 하는 말인데……."
갑자기 운학(雲鶴)의 음성이 낮게 가라앉았다.
"뭐가요?"
불경에 파묻혀 있던 서문영이 고개를 쳐들었다.
운학이 그럴 줄 알았다는 듯 음흉한 미소를 지으며 말했다.
"나는 자네가 다시 올 줄 알았다니까."
"제가요?"
"그렇다니까."
"여기 장경각에요?"
"그럼 달리 갈 데나 있고?"
"……."
무시하려던 서문영이 지나가는 말로 물었다.
"스님은 제가 왜 다시 올 거라고 생각했습니까?"
"그를 만나야 하니까……."
"예?"
뜬금없이 그를 만나러 올 거라고 생각했다니? 서문영이 멍한 눈으로 운학을 바라보았다.
운학이 씨익 웃으며 말했다.
"지금도 자네가 그를 찾고 있다는 걸 알지. 하지만 거기서는 그를 찾을 수가 없을 거야. 암, 그가 어디 있는지는 나만 알고 있다니까."

"제가 찾고 있는 그가 누구인데요?"

"……"

운학은 대답 대신 눈을 지그시 감고 뭔가를 흥얼거렸다.

> 지난 세상 제가 지은 모든 악업은(我昔所造諸惡業)
> 무시이래 탐하고 성내고 어리석음이(皆由無始貪嗔癡)
> 몸과 말과 뜻으로 지었음이라(從身口意之所生)
> 제가 이제 남김없이 참회합니다(一切我今皆懺悔)

> 옴 살바못자 모지 사다야 사바하
> 옴 살바못자 모지 사다야 사바하
> 옴 살바못자 모지 사다야 사바하

천수경 참회계와 참회진언이다.

참회진언 도중에 운학의 머리가 몇 번이나 서탁을 쿵쿵 찧었다.

서문영은 운학이 딴 짓에 열중하자 다시 필사본들로 고개를 돌렸다.

누군가 필사한 경전(經典)과 잡설집(雜說集)들이 한쪽에 산더미처럼 쌓여갔다.

다행히 운학은 장경각주이면서도 정리 정돈에는 관심이 없는 듯 입도 뻥긋하지 않았다.

묘하게도 운학은 서문영이 책을 뒤적이는 동안 그를 흉내내

거나, 아니면 의미가 불분명한 게송을 흥얼거리곤 했다.

얼마나 시간이 흘렀을까?

필사본을 뒤적이던 서문영은 목덜미가 뻣뻣해 오자 잠시 자리에서 일어섰다.

서문영을 따라하고 있던 운학도 엉거주춤 자리에서 일어섰다.

"어디 가시게요?"

서문영의 물음에 운학이 헤벌쭉 웃어 보였다.

"헐헐, 가긴 어딜 가? 그는 거기에 없다니까 그러네."

서문영은 운학이 말하는 그가 누군지 궁금해졌다. 아까부터, 아니 어쩌면 처음 만났을 때부터 운학은 그에 대해 말하고 싶어 하는 듯했다.

"스님, 제가 찾고 있는 그분을 아십니까?"

"쉿! 그의 이름을 말하면 안 돼."

운학이 서가로 꽉 막힌 사방을 휘휘 둘러보았다. 진지한 표정을 보니 아무래도 한순간의 장난으로 그러는 것 같지는 않았다.

서문영이 기어들어가는 소리로 물었다.

"제가 찾고 있는 그분이 누군지 좀 알려 주세요."

"뭐라고?"

가만 보니 운학은 귀가 잘 들리지 않는 것 같았다.

에라, 모르겠다. 서문영은 될 대로 되라는 심정으로 크게 소리쳤다.

"아! 스님! 제가 찾고 있는 그분이 대체 누구냐고요!"

"……."

순간 운학이 손가락으로 자신의 입술을 움켜잡았다. 제발 조용히 하라는 뜻이다.

운학이 서탁을 빙 돌아 서문영에게 다가갔다.

그리고 갑자기 서문영의 귓바퀴를 잡고는 자신의 입 쪽으로 끌어당겼다.

"구…… 마…… 선…… 사."

"……."

서문영이 휘둥그렇게 치뜬 눈으로 운학을 바라보았다. 정신이 오락가락하는 이 노스님은 무슨 수로 그걸 알았을까?

'내가 장경각에 와서 말한 적이 있나?'

하지만 맹세컨대 구마선사의 이름을 다른 사람에게 말한 적이 없다.

물론 독고현에게 말하기는 했지만, 그건 지객원에서 아무도 없을 때 살짝 털어 놓은 것이었다. 그것도 여기 오기 직전에 말이다.

"구마선사님을 아십니까?"

"헐헐, 내가 장경각 삼십 년이야. 구마선사와는 이십 년을 함께 있었고. 그런데 모를 리가 있겠나?"

"……."

구마선사는 몇 백 년 전의 인물이라고 들었다. 그런데 그런 먼 과거의 구마선사와 이십 년을 함께 있었다니? 서문영이 떨떠름한 표정으로 운학을 바라보았다. 계속 이야기를 받아 줘야 하나 말아야 하나 고민하고 있는 것이다.

"이건 비밀인데, 나는 조금 전에도 구마선사를 만났다고."

운학의 말은 거의 속삭임에 가까웠다.

서문영은 운학의 정신이 또다시 오락가락하고 있다고 생각했다.

'증세가 더 심해지기 전에 물어봐야겠다.'

서문영이 운학의 눈을 뚫어져라 노려보았다.

"스님, 그런데 제가 구마선사님을 찾고 있다는 것은 어떻게 아셨습니까?"

"쉿! 조용조용 말해. 구마선사는 자기 이름이 오르내리는 것을 좋아하지 않아. 지금까지 장경각에 숨어 지낸 것을 보고도 몰라?"

"그분이 장경각에 숨어 지내셨다고요?"

"그래, 내가 찾아냈지."

운학의 얼굴에 득의의 미소가 감돌았다.

"어디서 찾아내셨는데요?"

서문영은 장경각주인 운학이 운 좋게 구마선사가 만든 경전을 발견한 거라고 생각했다. 성가장의 서가에서 자신이 그랬던 것처럼 말이다.

하지만 운학의 말은 전혀 달랐다.

"저기서."

운학의 말라비틀어진 손가락이 구석진 곳을 가리켰다. 그곳은 조금 전까지 운학이 앉아 염불을 흥얼거리던 곳이었다.

"그곳에 불경이 있었나요?"

운학이 고개를 설레설레 저었다.

"아니…… 그곳에 그가 있었어. 그가 나를 찾아 왔지. 아니, 내가 그를 찾아갔던가? 하여튼 그곳에서 우리는 만났다고……. 이십 년이나 전에 말이야."

서문영이 한숨을 푹푹 내쉬었다. 운학은 어느새 혼자만의 세계로 가 버린 것 같았다.

"내 말을 믿지 못하겠거든 자네도 가서 만나 보라고."

"예? 어디로요? 경전은 어디에 있습니까?"

서문영은 운학이 다시 헛소리를 할까봐 다급히 물었다.

더도 덜도 말고 딱 구마선사가 남긴 경전의 글씨체만 확인하면 된다. 그럼 자신이 익힌 유마경이 구마선사의 것인지 아닌지 알 수 있다.

"헐헐, 중이 되고 싶은 거야? 왜 아까부터 그렇게 경전, 경전 노래를 불러대? 학승(學僧)도 자네처럼 경전을 좋아하지는 않을 거야. 대림사에서 머리라도 밀 생각이야? 잉, 그러기에는 피 냄새가 너무 나는 걸……. 자네는 피 냄새가 심해서 중이 될 수가 없을 거야. 모르지 십 년 정도 목욕만 줄창 해대면

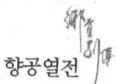
향공열전

냄새가 좀 빠질지도······. 아니, 한 이십 년쯤 해야 하나? 삼십 년?"

"······."

서문영이 움찔 몸을 떨었다.

비록 정신이 오락가락하고 있는 운학의 말이지만 왠지 허투루 들리지 않았다. 지금까지 자신의 과거행적에 대해 저만큼 짐작할 수 있는 사람도 없었다.

모두들 신책군 화장이라는 관직과 그 관직에 어울리지 않는 뛰어난 무공에 놀랐을 뿐이다. 하지만 운학은 관직이나 무공의 고하(高下)를 떠나, 보다 근원적인 것을 보고 있었다. 자신의 몸에 밴 피 냄새 같은 것 말이다.

"그럼, 스님께서는 구마선사님이 남긴 경전을 본 게 아니라······ 구마선사님을 직접 만나신 겁니까?"

서문영이 진지한 눈으로 운학을 바라보았다. 운학은 선승(禪僧)이다. 그것도 장경각에서 삼십 년 이상 경전을 연구하며 참선(參禪)을 한 고승이다.

운학의 경지라면 지금의 자신이 상상도 할 수 없는, 이를테면 뭔가를 보거나 만났을 수도 있겠다는 생각이 들었다.

"당연하지. 구마선사가 남긴 경전은 대림사에 없어. 이놈저놈이 다 들고 나가서 한 권도 남아 있지를 않아. 책 도둑은 도둑도 아니라고 어떤 놈이 말했는지 몰라도, 그놈이 분명 책 도둑이었을 거야. 고연 놈들 같으니. 할 일이 없어서 책을 훔쳐 가나? 대체 어떤 놈이 책을 훔쳐 간 거야? 누구지? 자네는 누가 책을 훔쳐 갔는지 보았는가?"

아니나 다를까, 운학의 말이 금방 다른 곳으로 흘러가 버렸다.

서문영은 다시 운학의 관심을 구마선사에게로 돌렸다.

"아! 이제 보니 스님께서는 구마선사님을 만나셨군요?"

"……."

대답 대신 운학은 멍한 표정으로 허공을 응시했다. 마치 과거를 회상하듯 아련한 표정이 떠올랐다.

기다리다 지친 서문영이 운학의 이름을 몇 번 불렀다.

"운학스님, 스님?"

순간 운학의 눈에서 광채가 번득였다.

"자네, 나를 불렀나?"

"예."

"왜 불렀나?"

"스님께서 구마선사님을 만나보셨는지 물었는데, 대답이 없으셔서요."

"헛! 구마선사? 그래, 만났지. 그런데 자네는 그걸 어떻게 알았는가?"

운학의 눈빛과 말투가 갑자기 예리하게 변했다.

서문영은 운학이 드디어 제정신을 차렸다고 생각했다. 균형이 잘 잡힌 얼굴의 표정도 그렇지만, 말속에서도 빈틈이 보이지 않았던 것이다.

"조금 전에 스님이 직접 가르쳐 주시지 않았습니까?"

"혹시, 내가 어디에서 만났는지도 말해 주던가?"

"예."

서문영이 손끝으로 구석진 자리를 가리켜 보였다.

"그런가? 그랬군, 그랬어……. 역시 때가 된 건가……."

한참 혼잣말을 하던 운학이 고개를 돌려 서문영을 바라보았다.

"아무래도 선사께서는 자네를 기다리셨던 모양이군."

"구마선사님이요?"

"그래."

"그걸 어떻게 알 수가 있습니까?"

"허허, 내가 온전한 정신으로 오래 버티는 것을 보면 알 수 있지. 사실 그동안 구마선사 때문에 아주 힘들었거든."

"……."

서문영은 지금의 말 잘하는 운학이 무섭게 느껴졌다.

운학이 천진난만하게 떠들 때는 마음이 편했다. 전장에서 잘 벼려진 경계심이 살짝 풀릴 정도로 말이다. 하지만 지금의 운학은 어딘지 모르게 신경이 쓰였다.

"헐, 너무 긴장하지 말게. 아무래도 내가 이상한가 보군. 그건 아마 이런 이유 때문일 걸세. 미친 것으로 보이는 사람이 미친 말을 할 때는 마음이 놓이지. 상대가 미친 걸 알기에 어떤 말을 해도 받아들여지거든. 하지만 온전해 보이는 사람이 미친 소리를 태연히 해대면 불안해지는 거야. 왜냐면 무슨 행동을 할지 예측하기가 어렵거든. 그래서 자연히 경계를 하게 된다네. 지금의 자네처럼 말이야. 허허허."

"아, 예……."

서문영은 선선히 고개를 끄덕였다.

운학의 말이 옳았다. 운학이라는 노승이 내뿜고 있는 기운이 아니라, 그가 뿜어내고 있는 기도와 말의 내용이 맞지 않아 경계하고 있었던 것이다.

"그가 자네를 원하고 있으니, 내가 보충설명을 해주도록 하겠네. 그게 그를 먼저 겪은 내가 후배를 위해 해줄 수 있는 유일한 것인지도 모르지."

"세이경청(洗耳敬聽) 하겠습니다."

서문영은 자세를 바로 가다듬었다.

"우리 대림사는 선종(禪宗)이지만 동시에 밀교(密敎)의 뿌리도 함께 가지고 있다네. 선종은 선을 중시하는 것으로 유명하니 따로 설명하지 않겠네. 밀교는 법신불(法身佛)인 대일여래(大日如來)를 중심으로 한 태장계(胎藏界)와 금강계(金剛界)의 수행법을 닦아 익히면 육신 자체가 바로 부처가 될 수 있다는 즉신성불(卽身成佛)을 믿는다네."

"아!"

"즉신성불을 위해…… 입으로는 진언(眞言)을 염송하고, 손

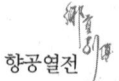
향공열전

으로는 결인(結印)을 하고, 마음으로는 대일여래를 생각하는 신구의(身口意)의 삼밀가지(三密加持)를 행한다네. 중생의 삼밀과 부처님의 삼밀이 서로 감응일치(感應一致)하면 곧 현생에서의 성불이 완성되는 게지."

"그렇군요."

"하지만 내 평생에 선종이나 밀교 어느 종파에서건…… 생불(生佛)이나 살아서 성불(成佛)했다는 사람은 본적이 없네. 그냥, 그렇게 믿고 끝까지 가는 게지. 허허허."

"하하하."

서문영이 인간의 굴레를 절감하며 허탈하게 웃을 때다.

운학이 웃음을 그치고 덤덤하게 말했다.

"그러다가 대림사의 장경각에서 만난 사람이 바로 살아서 성불한 구마선사라네."

"……."

서문영이 괜히 시선을 이리저리 돌려댔다. 성불이라면 부처가 됐다는 말이 아닌가?

'미치겠군. 아직 정신을 덜 차리신 건가…….'

서문영은 불가인(佛家人)이 아니다. 절이라고는 대림사와 소림사 이외에 가 본 곳이 없다. 그런 서문영에게 사람이 산채로 부처가 됐다는 말은 정말 받아들이기 어려운 이야기였다.

한참 만에 서문영이 한 마디 거들었다.

"험, 험, 좋은 믿음이십니다."

정말 그 이상 달리 할 말이 없었다.

"푸허헛! 너무 문자에 얽매이지 말게. 성불(成佛)이 별건가? 스스로 부처님 같은 깨달음의 경지에 도달했다고 느끼면 그게 곧 성불인 거지. 자네의 이해를 돕기 위해 한 마디 하자면, 깨달음은 언제나 상대적인 거라네. 깨달음의 세계에 절대치라는 건 없지. 그러니 성불을 하지 못하는 건 부처님에게 달린 게 아니라 개개인에게 달려 있는 거라네. 개인의 자격지심(自激之心)이 성불을 발견하지 못하게 하는지도 모르지. 인간이 감히 부처가 될 수 있을까? 나는 아직 멀었어, 하는 것들 말일세. 나는 부처님도 죽을 때까지 '나는 아직 멀었다'고 생각했을 거라고 믿고 있네."

"아!"

서문영이 그제야 편안해진 모습으로 고개를 끄덕였다. 지금 운학은 성불의 기준을 하향평준화(下向平準化)하고 있었다.

"평생 부처가 될 수 없다고 믿고 사는 것과, 스스로 성불했다고 믿고 사는 것 중에 어느 게 더 좋겠는가? 나는 성불했다고 믿는 사람들이 더 행복할 거라고 믿고 있다네. 어차피(於此彼) 결과가 같다면, 했다고 믿는 게 좋지 않겠는가? 허허허!"

운학도 '어차피'라는 말을 강조하고 있었다.

"지당하신 말씀이십니다. 어차피 이러나저러나 매한가지라면, 성불했다고 믿어 보는 것도 좋을 거라는 생각이 드는군요."

"자네는 부지불식간에 대림사 밀교의 법통(法統)을 이어 버

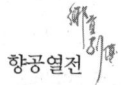

향공열전

렸네."

"예?"

"어차피가 우리 대림사 밀교의 핵심이거든."

"아! 그럼 저도 성불을 해야 되는 건가요?"

"그것 때문에 자네에게 밀교의 법통까지 전수해 준 것이라네. 이제 저 의자로 가서 앉게."

운학의 손이 구석진 자리를 가리켰다. 운학 자신이 이십 년 이상 지키고 앉아 있었다는 자리였다.

서문영은 운학의 말에 따라 구석으로 걸어가면서도 마음이 오락가락했다.

'거참! 어디까지가 농담이고 어디까지가 진담인지 모르겠단 말이야.'

밀교를 전하고 농담처럼 성불을 가르치더니, 다 이유가 있어서란다.

'단순한 농담이 아니라는 말인데······.'

지금으로써는 운학이 왜 저런 말을 하는지 이해가 가지 않았다.

'응?'

구석으로 다가 갈수록, 서문영은 마음이 들끓어 오름을 느꼈다.

그 느낌은 점차 강해져서, 자리를 몇 걸음을 남겨 두었을 때는 이미 온몸이 불처럼 달아오르고 있었다.

"헉, 헉, 스, 스님, 지금, 뭔가…… 이상하게……."
숨까지 가빠왔다.
운학은 그런 상태를 아는지 모르는지 웃으며 합장을 해보였다.
"그 자리에서 성불한 구마선사가 자네를 기다리고 있다네."

― 이것은 테르마다.
마치 전음이 들려오는 것처럼 머릿속으로 허허로운 음성이 울려왔다.
"헉! 테르마라고요?"
서문영은 저도 모르게 되물었다. 머릿속으로 울리는 말에 대한 질문이니 그 말을 이해할 수 있는 사람이 없겠지만.
― 그렇다. 다른 말로 매장경전(埋藏經典; 감추어진 보물)이라고도 한다. 후계자를 찾지 못했을 때 지하에 비전(秘傳)을 숨겨 두는 것을 가리키는 말이지.
"매장경전이요?"
― 그대가 읽은 유마경을 필사(筆寫)한 사람이 바로 나다.
"그럼 선사께서 바로?"
― 그렇다. 구마가 나의 법명(法名)이다.
서문영은 저도 모르게 자리에 털썩 주저앉고 말았다. 세상에 기사가 많다고 하지만, 이런 식으로 과거의 사람과 대화를 하게 될 줄은 몰랐다.

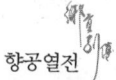
향공열전

'혹시 나도 운학스님처럼 미치고 있는 걸까?'

어지러웠다. 세상이 빙글빙글 돌아가는 것만 같았다.

서문영은 눈을 질끈 감고 두 손으로 머리를 움켜쥐었다.

몸은 점점 뜨거워져 가만히 숨만 쉬고 있어도 폭발할 것만 같았다.

'아아! 이건 주화입마(走火入魔)다. 주화입마야……'

무림인에게 최악의 상태라는 주화입마라고 생각하니 오히려 행복해졌다. 그만큼 미치고 싶지 않았는지도 모른다.

제9장

천리(天理)에는 뜻이 없다

　주화입마라고 중얼거리고 있는 서문영의 귓가로 푸근한 음성이 들려왔다.
　— 들어라. 바라밀교에 전해져 오는 네 가지 보물이 있다. 천계(天界)에서 전해졌다는 무상(無常)의 법(法), 적멸(寂滅)의 륜(輪), 불사(不死)의 인(印), 사자(死者)의 서(書)가 그것이다.
　"미치겠네……."
　서문영은 소리를 듣지 않으려고 귀를 막았다.
　하지만 근원을 알 수 없는 소리는 크고 분명하게 계속 들려왔다.
　— 대림사의 시조(始祖)가 바라밀교에서 가지고 나온 것은

천리(天理)에는 뜻이 없다 261

무상의 법과 적멸의 륜이다. 무상의 법은 천지교태(天地交泰; 하늘과 땅이 화합을 이루는 상태)를 통해 부지불식간에 중생의 삼밀(三密)을 이루게 한다. 나는 무상의 법을 유마경에 담았다. 그러니 그대가 깨달았다고 생각한 것은 글자가 아닌 나의 의지였던 셈이다. 나의 의지로 그대는 대림사로 돌아오게 된 것이다.

"헉! 정말, 정말입니까?"

서문영은 구마선사가 유마경을 남기고, 그 속에 무상의 법을 담았다는 말에 정신이 번쩍 들었다. 그렇지 않아도 자신의 무공이 다른 무인(武人)들과 조금 다르다고 생각했는데, 이제 보니 그런 비밀이 숨겨져 있었기 때문인가 보다.

― 시조께서 바라밀교를 떠난 것은 훗날 불사의 인과 사자의 서를 얻게 될 한 사람을 상대하기 위함이다.

"불사의 인과 사자의 서는 무엇입니까?"

― 불사의 인은 불멸의 존재를 만드는 도장(印)이다. 그는 자신의 몸에 영원히 지워지지 않는 도장을 새겨 스스로 윤회하며 무한한 영능을 얻는다. 사자의 서(書)에는 죽은 자를 부활시키고, 궁극으로는 산자의 주인이 되는 비법이 적혀 있다. '불사의 인'이 찍힌 자가 '사자의 서' 주인이 된다.

"그런 게 가능 합니까?"

― 성불한 내가 테르마의 비밀을 통해 그대와 만나고 있는 것처럼 악마의 권능 역시 현세에 현현(顯顯)할 수 있다. 복(福)

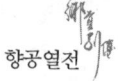
향공열전

과 화(禍)가 항상 함께 다니는 이치이지.

"그렇다면 선사님께서 테르마를 통해 남기려고 한 것은 뭡니까?"

서문영은 이미 유마경에 '무상의 법'을 심어 놓은 구마선사가 자신의 의식을 세상에 남겨 놓은 이유가 궁금했다.

― '불사의 인'이 '사자의 서'를 가진 것처럼, '무상의 법'은 '적멸의 륜'을 얻어야 완전해진다. 하지만 적멸의 륜을 얻기 위해서는 먼저 무상의 법으로 몸이 바뀌어야 한다. 그것이 내가 테르마를 통해 대림사에 의식의 일부를 남겨 놓은 이유이다.

구마선사가 의식의 일부를 남겨 놓았다는 말에 서문영은 야릇한 기분을 느꼈다.

"그럼, 그 적멸의 륜을 제가 얻으면 선사께서는?"

― 그때야 비로소 완전한 열반에 들게 되는 것이지. 그러니 그대는 사양하지 말고 적멸의 륜을 받아들이도록 하라.

"자, 잠깐만요! 적멸의 륜은 대체 뭔가요?"

― 그것은 테르마. 존재하는 것의 윤회와 순환의 고리를 끊는 영혼의 기병(奇兵)이다.

"그럼, 법륜(法輪)을 얻은 저는 도장과 책을 가진 자를 없애야 하는 겁니까?"

― 어차피 법륜의 주인과 도장과 책의 주인은 *상생(相生)* 혹은 *상극(相剋)*의 운명으로 짝지어져 있다. 마치 태극(太極)을

천리(天理)에는 뜻이 없다 263

이루는 음양의 순환고리처럼…… 원하든 원하지 않든 둘은 만나게 되고, 천리(天理)를 따라 정해진 길을 가게 될 것이다.

"무, 무슨 소리 입니까? 결국은 정의가, 착한 쪽이 승리해야 하지 않습니까? 그런 것이야말로 천리가 아닙니까?"

— 허허허! 연자여, 천지자연에 정(情)이 없듯 천리에는 일체의 뜻이 없다.

"……."

서문영이 구마선사의 말에 담긴 뜻을 생각하고 있을 때다.

온몸이 뜨겁게 달구어지다 못해 활활 불타올랐다.

"헉!"

서문영은 미처 몸속의 열기를 다스려 보기도 전에 하얗게 불타올라 마침내 재가 되고 말았다.

자신의 몸이 재가 되어 사라지는 과정을 서문영은 넋을 잃고 바라보았다.

시간이 지나자 서문영의 자아(自我)도 소멸해갔다.

몸도, 뜻도 사라진 세계에서 한때 서문영이라 불리던 그것은, 하얗게 불타고 있는 거대한 륜(輪)을 발견했다.

거대한 백열(白熱)의 바퀴는 잿더미 위로 날아왔다.

백열을 뿜어내는 바퀴가 지나갈 때마다, 서문영은 잃어버렸던 몸을 티끌만큼 되찾았다.

거대한 륜은 수도 없이 서문영의 몸 위를 굴러다녔다.

억겁(億劫)과도 같은 세월이 흘렀다.

항공열전

몸과 의지와 감각을 회복한 서문영은 천천히 몸을 일으켜 세웠다.

순간 백열의 바퀴는 흔적도 없이 사라져 버렸다.

"허허, 구마선사는 만나 보셨는가?"

친근한 음성에 서문영이 눈을 슬며시 떴다.

맞은편에 운학이 앉아 빙글빙글 웃고 있었다.

"하아! 스님, 시간이 얼마나 흘렀습니까?"

서문영이 궁금하다는 듯 운학을 바라보았다.

구마선사가 남긴 테르마의 세계에서 백열의 륜이 자신의 몸을 티끌만큼씩 회복시켰으니, 제법 시간이 흘렀으리라.

"무슨 시간?"

"에이, 그러니까 제가 의자에 앉은 뒤로 시간이 얼마나 지났냐? 하는 거지요."

"시간이 얼마나 지났느냐고? 글쎄, 앉자마자 갑자기 눈을 뜬 자네가 그렇게 물어오면 나는 뭐라고 답을 해줘야 하는가?"

"헉! 앉자마자요?"

"그렇다네."

"아니, 불타는 바퀴가 제 몸을 아주 조금씩……."

"허허, 그 불타는 바퀴가 뭔지는 모르겠지만, 자네가 앉자마자 헉! 하는 소리와 함께 눈을 떴다는 사실에는 변함이 없네."

"끙!"

서문영이 앓는 소리와 함께 자리에서 일어섰다. 그러고 보니 변한 것은 아무것도 없었다.

옷도 그대로고, 심지어 저녁 공양을 끝내자마자 느껴지던 공복감도 그대로였다. 정말 아무런 일도 일어나지 않은 게 틀림없었다.

허탈한 표정의 서문영을 향해 운학이 물었다.

"구마선사와의 만남은 즐거웠는가?"

"그럭저럭요."

"그래, 선사께서 왜 자네를 만나자고 하시던가?"

특이하게도 운학은 수백 년 전의 구마선사를 동시대의 고승처럼 여기고 있었다.

구마선사와 이십 년을 지냈다고 하더니 시간의 개념이 조금 뒤죽박죽 된 듯했다.

"선사께서 저에게 바라밀교의 비전 두 개를 전수해 주셨습니다."

"오호! 그게 무엇인가?"

"무상의 법과 적멸의 륜이라고 하시더군요."

"헐! 고대의 바라밀교에 그런 보물이 있다는 얘기는 어렴풋이 들은 기억이 있네만…… 그걸 자네가 얻었구먼. 그렇다면 구마선사께서도 이제는 성불을 하셨겠군."

"예."

"휴우! 정말 다행이야. 장경각에서 그분을 만난 뒤로 한시

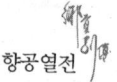
향공열전

도 마음 편한 날이 없었다네. 성품이 너무 어린아이 같으셔서…… 나와는 거의 상극(相剋)이었어."

말은 그렇게 하면서도 운학은 섭섭한 눈치였다.

"그런데 스님께서는 어떻게 구마선사님과 만날 수 있었습니까?"

"나는 대림사의 밀법승이자 학승이라네. 구마선사님은 우리 밀법승들에게는 전설적인 존재이지. 그런데 알고 있나?"

"무엇을요?"

"대림사에는 유독 그분에 관한 기록이 없다네. 이상한 일이 아닌가? 그토록 유명한 분에 관한 기록이 하나도 없다니……. 그래서 벼르고 있던 나는 장경각주가 되자마자 장경각을 샅샅이 뒤졌지. 그러다가 마침내 깨달은 거야."

"……"

서문영은 숨을 죽이고 운학의 이야기에 귀를 기울였다.

"누군가 이미 대림사를 한 차례 털고 지나갔다는 사실을 말일세. 그렇지 않고서야 구마선사라는 이름이 구전(口傳)으로만 겨우 전해져 올 리가 없지 않은가?"

"아!"

서문영의 입에서 탄성이 흘러나왔다.

'혹시 그가 단검과 배첩을 보낸 사람이 아닐까?'

만약 그게 동일인의 소행이라면 그는 바라밀교에서 온 사람일까? 아니면 도장과 책의 주인일까? 생각할수록 머리가 복잡해졌다.

'어쩌면 그 사람을 피하기 위해서 유마경과 테르마의 세계를 만드신 것은 아닐까?'

그랬을 수도 있다는 생각이 든다.

생각에 잠긴 서문영의 귓가로 운학의 음성이 들려왔다.

"이제 어쩔 생각인가?"

"솔직히 아직은 제가 해야 할 일이 뭔지 모르겠습니다."

구마선사도 "도장과 책의 주인"을 운명적으로 만나게 될 것이라고만 했다. 그러다 보니 당장 자신이 해야 할 일이라는 게 선뜻 눈에 잡히지 않았다.

"자네는 구마선사와 연을 맺었으니 우리 대림사의 사람이기도 하네."

"알고 있습니다."

서문영은 자신이 대림사와 관계된 것을 다행으로 생각하고 있었다. 이제는 공원선사와 마타선사를 위해 뭔가 해주어도 괜찮은 입장이 된 까닭이다.

"그렇다고 나는 자네에게 대림사를 위해 뭔가를 해야 한다고 강요할 생각은 없네. 그건 전적으로 자네와 구마선사의 불연(佛緣)이니까 말일세."

"아닙니다. 저 스스로가 전부터 '나는 대림사의 제자일지도 모른다'는 생각을 하고 있었습니다. 사실 장경각에 온 것은 그것을 확인하기 위함이었습니다."

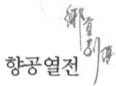
향공열전

"과연 그랬군. 자네와 구마선사의 인연은 오래된 것이었구먼."

"예, 오래전에 구마선사께서 남기신 유마경을 통해 '무상의 법'을 체득했으니까요."

"헐! 선재로다."

"후후……."

서문영과 운학이 마주보며 함박웃음을 지었다.

한참 만에 운학이 말했다.

"날이 밝는 대로 방장께 찾아가 자네와 구마선사의 인연을 알려 드리도록 하겠네. 물론 자네도 함께 가줘야 할걸세."

"그렇게 하겠습니다."

"밤이 늦었으니 이만 가서 쉬도록 하게."

"예."

서문영은 운학에게 공손히 인사를 올린 후 장경각을 나섰다.

장경각의 마당에 내려와서 밤하늘을 보니 대략 술시말(戌時末; 오후 9시)쯤 된 것 같다.

"독고 누이가 눈이 빠지게 기다리고 있겠지?"

유마경의 필사자가 구마선사라는 사실을 알게 되면 독고현도 함께 기뻐해 줄 것이다.

서문영은 히죽히죽 웃으며 지객원이 있는 방향으로 걸음을 떼어 놓았다.

* * *

서문영이 휘영청 밝은 달빛을 밟으며 지객원으로 가고 있을 때다.

댕. 댕. 댕. 댕. 댕—

그동안 들어보지 못한 종소리가 밤하늘을 갈랐다.

서문영은 옆에 있던 전각의 지붕 위로 뛰어 올라 주변을 둘러보았다. 소림사나 단심맹의 사람들이 야밤에 기습적으로 몰려온 것은 아닐까 하는 생각에서다.

하지만 외부로부터의 침입은 아닌 것 같았다. 그럼에도 곳곳에서 횃불이 밝혀지고 있었다. 사단이 생겼다는 뜻이다.

"뭐지?"

잠시 생각하던 서문영은 서너 개의 횃불이 일렁이고 있는 곳으로 몸을 날렸다. 지객원으로 가기 전에 상황을 파악해 두고 싶었던 것이다.

마침 횃불 옆에 마타선사의 모습이 보였다.

서문영이 마타선사에게 다가가 물었다.

"무슨 일이 생겼습니까?"

마타선사가 고통스러운 표정으로 답했다.

"아아! 소협, 누군가 대림사에 독을 풀었습니다. 벌써 선방의 승려들 열 명이 죽었습니다. 누군가 식수(食水)를 보관하는 주방의 항아리에 독을 푼 것 같습니다."

"헉! 독을요?"

"그렇습니다. 마시는 것은 물론 만지기만 해도 중독이 되는 절독이라고 하니…… 물은 절대 마시지 마시고, 시체의 곁에도 다가가지 마십시오."

"스님! 대체 어떤 사악한 자가 사찰에 독을 풀었답니까?"

"그걸 누가 알겠습니까?"

곧이어 마타선사가 떨리는 음성으로 염불을 외우기 시작했다. 그렇게라도 하지 않으면 쓰러질 정도로 충격을 받은 탓이다.

"방장 스님, 소생은 지객원으로 가보겠습니다."

"속히 가보시구려. 지객원의 식수도 당했을지 모르니……. 절대로 복용해서는 안 될 것입니다."

"예!"

서문영은 대답과 동시에 내달렸다.

파파팟.

그 모습이 어찌나 빠르던지, 보고 있던 마타선사는 방금까지 서문영과 나누었던 대화가 상상이었나? 생각할 정도였다.

"누이!"

서문영은 지객원의 마당에 떨어져 내리자마자 큰 소리로 독고현을 불렀다.

그러나 독고현의 대답은 어디에서도 들리지 않았다.

"독고현! 독고현!"

서문영이 독고현의 숙소 앞으로 바람처럼 달려갔다.

그리고 방문을 잡자마자 힘껏 열어젖혔다.

"안 돼!"

서문영의 입에서 비명이 터져 나왔다.

방 안 한가운데 독고현이 보였다.

독고현은 잠자는 듯 고요히 누워 있었다.

"안 돼! 안 된다고!"

서문영이 미친 듯이 고함을 내질렀다.

이미 밤낮의 경계가 모호해진 서문영의 눈에 독고현의 입가를 따라 흘러내린 검붉은 핏줄기가 보였던 것이다.

한동안 부들부들 떨던 서문영은 신발도 벗지 않고 방 안으로 걸어 들어갔다.

"누이……."

서문영이 맥없는 목소리로 중얼거렸다.

그 곱던 숨소리도 들리지 않았다.

서문영은 독고현의 시체를 끌어당겨 품에 안았다.

차갑고 어두운 방에서 혼자 죽어갔을 독고현을 생각하니 가슴이 먹먹했다.

"으허헝! 미안하다! 모두가 내 잘못이다! 너를 혼자 두는 게 아닌데!"

서문영이 대성통곡을 터뜨렸다.

서문영의 울음소리에 몇몇 승려들이 지객원 앞마당까지 달

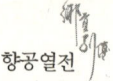
향공열전

려왔다.

승려들은 서문영이 독고현의 시체를 안고 있는 것을 발견하고는 멀찍이서 혀를 찼다. 졸지에 지객원의 손님 두 명이 모두 죽어 나가게 생겼기 때문이다.

한참 동안 오열하던 서문영이 독고현의 시체를 안고 밖으로 나왔다.

나이가 지긋한 승려 하나가 조심스럽게 나섰다.

"젊은 시주(施主), 방장 스님께서 죽은 사람을 만지지 말라 하셨소. 만지기만 해도 중독이 되는 절독이라고. 그런데 시체를 안고 계시는구려. 몸은 괜찮소?"

"저는…… 괜찮습니다. 스님들은 제게 가까이 다가오지 마십시오."

"……"

잠시 망설이던 승려가 다시 말했다.

"천왕각의 피해가 가장 심해서……. 천왕각에 시신을 모으고 있다고 들었소. 젊은 시주도 그쪽으로 가는 게 어떻겠소?"

"예……."

서문영은 노승의 말을 따르기로 했다.

독살당한 시체를 함부로 다루었다가는 주변에 큰 피해를 입힐 수 있었다. 마타선사가 천왕각에 시신을 모으고 있는 것도 그런 이유에서일 것이다.

서문영은 노승의 안내를 받아 천왕각으로 이동했다.

천왕각에는 이미 이십여 구에 달하는 시체가 모여 있었다. 대림사의 승려가 삼십 명이니 절반 이상이나 사망한 것이다.

마타선사가 안타까운 눈으로 서문영을 바라보았다.
중독당한 시체를 만지지 말라고 당부 했는데 아예 안고 있다. 생사(生死)를 생각하지 못할 만큼 마음의 상처가 크다는 뜻이다.
"소협, 여시주를 내려놓고 옷을 갈아입으시구려."
"예……."
서문영은 천왕각 안에 독고현을 내려놓았다.
하지만 차마 발걸음이 떨어지지 않는 듯 움직이지 않았다.
사미승 하나가 깨끗한 승복을 가져왔다.
그제야 서문영은 뒤로 물러나 옷을 갈아입었다.
서문영이 입던 옷과 시체를 나르던 승려들의 옷가지가 천왕각 안으로 옮겨졌다.
살아남은 사람들이 하나 둘씩 천왕각 앞으로 모여 들었다.
중독이 되지 않은 사람은 서문영을 포함해 열 명에 불과했다. 모두가 망연자실한 표정이다.
달빛은 오래도록 천왕각의 위에 머물렀다.
그 자리에서 마타선사는 승려들에게 불식(不食) 불촉(不觸)의 명을 내렸다.

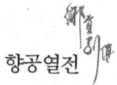
향공열전

승려들이 하나 둘씩 선방으로 돌아갔다.

하지만 서문영은 천왕각 앞에 앉아 움직이지 않았다.

어디서부터 잘못된 것일까?

무당파의 담운과 시비를 벌이지 말 것을.

소림사의 지객당에서 싸우지 말 것을.

십팔나한과 싸우지 말 것을.

"그랬다면 이런 일은 벌어지지 않았을 텐데……."

중얼거리던 서문영의 눈에서 파르스름한 광망이 흘러나왔다.

"누군지 모르겠지만 조금만 기다려라. 백배, 천배의 복수를 해주마."

무당파의 짓이라면 무당파를, 소림사의 짓이라면 소림사를, 단심맹의 짓이라면 단심맹을 없앨 것이다.

어둠 속에서 살의를 불태우고 있는 서문영에게 운학이 다가갔다.

"분노하는 자에게 분노하면 그 때문에 그는 더욱 악해지네. 분노하는 자에게 분노하지 않는 것이 이기기 어려운 전쟁에서 승리하는 것이지."

상윳따 니까야(상응부 아함경)에 나오는 가르침이다.

서문영은 돌아보지 않았다.

"자네는 이제 자신을 위하고 또 남을 위하는 삶을 살아야 하네. 그것이야말로 바라밀교의 비전을 이은 사람의 사명일세."

천리(天理)에는 뜻이 없다 275

운학은 묵묵부답(默默不答)인 사문영을 향해 계속 말했다.
"자네의 분노를 모르는 바는 아니지만…… 한순간의 분노에 몸을 맡겨 버리기에는…… 자네의 책임이 너무 크다는 것을 알아주게."
한참 만에 서문영이 중얼거렸다.
"알고 있습니다."
"……"
"구마선사께서 하신 말씀을 이제는 알 것도 같습니다."
"뭐라고 하셨는가?"
"천지자연에 정(情)이 없듯 천리에는 일체의 뜻이 없다고 하셨지요."
"……"
운학은 일순 할 말을 잃었다. 그야말로 피의 복수를 하겠다는 다짐보다 더 냉담한 말이 아닌가!
"저는 제가 할 일을 하겠습니다."
"나무관세음보살……"

* * *

날이 밝자 현위(縣位; 현의 치안책임자)와 함께 등봉현의 관리들이 대거 몰려들었다. 치안이 좋기로 소문난 등봉현에서 일어난 최악의 사찰독살사건을 조사하기 위함이다.

향공열전

관리들은 시체를 조사하고, 생존자들의 증언을 수집했다.

 시신의 상태를 조사한 관리들은 반나절 만에 독의 성분을 추론해냈다.

 지관(知觀)이라는 승려가 죽기 전에 "언제 물이야? 물맛이 좀 신데?"라고 중얼거린 말이 결정적인 단서가 되었다.

 마침내 등봉현의 현위 상유고(像諭告)는 '누군가 칠보절명산(七步絶命酸)을 항아리의 물에 푼 것 같다'고 결론 내렸다.

 조사가 마무리 되자 상유고는 소량의 물을 수거했다.

 그리고 대림사의 물과 남아 있는 모든 음식을 즉시 버리거나 태우라고 명했다.

 "현위님, 사용된 독이…… 칠보절명산이 확실합니까?"

 잠시 햇살을 즐기고 있던 현위 상유고가 힐끔 고개를 돌렸다.

 평범하게 생긴 젊은이가 대답을 독촉하는 눈으로 자신을 바라보고 있었다. 옷은 승복인데, 머리는 삭발을 하지 않았다.

 "혹시 당신이 지객원에 머무르고 있다는 손님이오?"

 지객원에 머무르던 두 명의 손님 중에 여자는 죽고, 남자 혼자 살았다고 했다.

 문득 정유고는 눈앞의 사내가 바로 그일 거라는 생각을 했다. 슬픔과 분노가 혼탁하게 섞인 눈빛이 인상적이었다.

 "그렇습니다."

"당신의 이름은 뭐요?"
"서문영입니다."
"출신은?"
"호북성 무한입니다."
"흠! 꽤 멀리서 왔군. 사망한 여자와는 어떤 관계요?"
"함께 유람을 하던 중입니다."
"유람 중에 여자는 독살당하고, 남자는 살아남았다?"
"……"

상유고가 다소 미심쩍은 눈으로 서문영을 바라보았다. 지금으로써는 가능한 모든 상황을 다 의심해 봐야 하기 때문이다.

가볍게 인상을 찡그리던 서문영이 다시 물었다.

"칠보독명산이 확실한 겁니까?"

"잠깐! 서두르지 말게. 그전에 몇 가지 확인하고 싶은 게 있는데……"

서문영이 상유고의 말을 끊었다.

"당신은 나에 대해 신경 쓰지 않아도 되오."

"……"

사내의 기세에 눌린 상유고의 얼굴에 황당한 표정이 떠올랐다. 뜻밖에도 단호한 음성이었다. 감히 현위인 자신의 말을 중간에 끊다니?

상유고의 머리가 급하게 돌아갔다.

서문영의 말속에 실린 무게로 보아 보통 사람이 아닐 수도 있다는 생각이 들었다.

"본관(本官)은 등봉현의 현위로 이번 독살사건의 조사를 맡고 있소. 당신이 누구인지는 모르겠으나……."

"나는 어림친위군의 부대장이오."

서문영이 상유고의 눈앞에 어림친위군의 병부(兵符)를 불쑥 내밀었다.

"헉! 대인! 존안(尊顔)을 몰라 뵙고 결례를 범했습니다!"

상유고의 허리가 급하게 꺾였다. 어림친위군의 부대장이면 황실의 고관으로 감히 마주 보아서도 안 되는 사람이었다.

서문영이 무심한 표정으로 병부를 갈무리했다.

"예를 거두고 묻는 말에 답하시오. 칠보절명산이 확실하오?"

"예, 사망한 승려 중 하나가 물을 마신 직후 신맛이 난다고 했습니다. 신맛이 나는 독은 많으나…… 이 정도의 독성은 칠보절명산이 유일합니다."

"칠보절명산에 대해 좀 더 설명해 보시오."

"예, 칠보독명산은 뛰어난 독성에도 불구하고 독의 전문가들이 사용하기를 꺼려하는 독입니다. 그것은 바로 숨길 수 없는 신맛 때문입니다."

"독공의 고수가 쓰지 않는…… 결함이 있는 독이다?"

"그렇습니다."

"그 독을 제조할 수 있는 자를 아시오?"

"처음 칠보절명산을 만들어낸 곳은 당문(唐門)입니다. 그러나 현재로써는 당문이라고 단정하기가 어려운 형편입니다. 독의 전문가들 사이에 제조법이 알려져 있기 때문이지요."

"제조법이 있으면 누구나 만들 수 있다?"

"예, 독에 대한 전문지식이 있다면 가능한 일입니다."

"……."

서문영이 잠시 생각에 잠겼다.

독공의 고수는 사용하지 않는 독으로, 제조법을 알면 손쉽게 만들 수 있다. 그렇다면 누군가 독이나 제조법을 구입해서 사용한 게 분명하다.

그가 누군지는 몰라도 독공의 고수는 아니다. 그렇다면 직접 제조했다기보다는 구입해서 사용했을 가능성이 높다. 뭔가 꼬리가 잡힐 듯 말 듯했다.

"등봉현에 그걸 만들 수 있는 사람은 몇이나 되오?"

"두 사람이 있습니다."

"그들을 조사해 보시오. 최근에 그 독을 제조했는지, 제조했다면 누구에게 팔았는지 말이오."

"예!"

"……."

잠시 침묵하던 서문영은 먼 하늘로 시선을 돌렸다.

등봉현에서 제조된 독이라면 범인을 찾기가 어렵지 않을 것이다. 하지만 등봉현에서 만들어진 것이 아니라면? 그때는 모든 것이 원점으로 돌아가게 될 것이다.

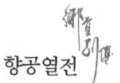
향공열전

서문영은 독이 등봉현에서 만들어진 것이기를 간절히 빌었다. 그래야만 가슴속에 끓어오르는 이 분노를 풀 수 있을 것이기 때문이다.

"내가 아는 한 대림사는 원한을 산 적이 없소. 누군가 독을 썼다면 나를 노리고 쓴 것이 분명하오."

"대체 어떤 자들이기에 감히!"

상유고가 슬쩍 서문영의 눈치를 살폈다.

그렇지 않아도 아까 서문영이 자신의 정체를 밝힐 때 느껴지는 바가 있었다. 범인이 노리고 있는 사람은 서문영이다.

'황실의 암투가 벌어지고 있는 것일까?'

그렇다면 적당한 지점에서 손을 떼는 것이 만수무강(萬壽無疆)을 위한 길이다.

"한 가지, 그대가 알아두어야 할 것이 있소. 나흘 전 소림사로 암행(暗行)을 나갔을 때의 일이오. 그곳에서 본관은 무당파, 소림사의 사람들과 한바탕 싸움을 벌인 일이 있소. 어제는 뒤쫓아 온 소림사의 무승들과 싸우다가 대림사의 고승이 숨지기도 했고……."

"……."

상유고가 놀란 눈으로 서문영을 바라보았다.

황실이 아니라 무림과 관계된 것이라면 얘기가 달라진다. 무림도 손대기 힘들기는 마찬가지지만, 황실만큼은 아니다.

"감히 십대문파의 사람들이 대인께 손을 썼다는 말씀이십니까?"

"그들이 나에게 대적한 것은 사실이오. 물론 그렇다고 십대문파 사람들이 독을 썼으리라고는 생각하지 않고 있소. 그러나 열 길 물속은 알아도 한 길 사람 속은 모르는 법. 귀관(貴官)은 십대문파의 뒤도 함께 조사해 주시기 바라오. 만에 하나 그들이 서로 관계되었다면, 어딘가에 흔적이 남아 있을 것이오."

"예! 소관 신명(身命)을 다해 대인의 명을 받들겠습니다!"

"그만 가보시오. 다시 부르리다."

"예!"

상유고가 다시 한 번 허리가 부러져라 숙여 보였다.

막 상유고가 떠나려고 할 때다.

"어느 정도 사건의 윤곽이 드러나면…… 강소성의 성가장으로 사람을 보내시오."

"알겠습니다."

상유고가 뒷걸음질 치며 멀어져 갔다.

등봉현의 현위 상유고와 그를 따라온 관리들이 우르르 떠나갔다.

석양이 짙게 깔릴 무렵, 은은한 타종 소리가 들려왔다.

뎅. 뎅. 뎅.

그 종소리를 신호로 대림사의 승려들이 천왕각 앞으로 모여들었다.

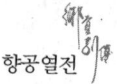
향공열전

곧이어 쓸쓸한 다비식(茶毘式; 화장)이 시작되었다.
엄숙한 가운데 운학의 독송(讀誦)이 울려 퍼졌다.

> 마하반야바라밀다심경
> 관자재보살이 깊은 반야 바라밀다를 행할 때
> 오온이 모두 공한 것을 비추어 보고
> 온갖 괴로움과 재앙을 건지느리라
> 사리불이여, 물질이 공과 다르지 않고 공이
> 물질과 다르지 않으며 물질이 곧 공이요
> 공이 곧 물질이니 느낌과 생각과 지어감과
> 의식도 그러하느라 사리불이여,
> 이 모든 법의 공한 모양은 나지도 않고
> 없어지지도 않으며 더럽지도 않고
> 깨끗하지도 않으며 늘지도 않고 줄지도
> 않느리라 그러므로 공 가운데는 물질도
> 없고 느낌과 생각과 지어감과 의식도
> 없으며 눈과 귀와 코와 혀와 몸과 뜻도
> 없으며 빛과 소리와 냄새와 맛과 닿임[觸]과
> 법도 없으며 눈의 경계도 없고 의식의
> 경계까지도 없으며 무명도 없고 또한
> 무명이 다함까지도 없으며 늙고 죽음도 없고
> 또한 늙고 죽음이 다함 까지도 없으며
> 괴로움과 괴로움의 원인과 괴로움의
> 없어짐과 괴로움을 없애는 길도 없으며
> 지혜도 없고 얻음도 없느리라

누군가 천왕각에 불을 놓았다.

자작자작한 소리가 나는가 싶더니 이내 하늘로 불길이 치솟았다.

자욱한 연기와 함께 운학의 독송 소리가 더욱 짙게 깔렸다.

서문영은 연기 속에서 웃는지 우는지 모를 독고현의 얼굴을 보았다.

독고현과 처음만나서부터 어제 저녁까지의 일들이 주마등(走馬燈)처럼 눈앞을 스치고 지나갔다.

'제길! 어떻게든 함께 있어야 했다!'

서문영이 입술을 질끈 깨물었다.

마지막으로 헤어질 때, 독고현은 불안해했다. 어쩌면 그녀는 그때 이미 불길한 운명을 예감한 것인지도 모른다.

"그냥, 느낌이 좋지 않아서요. 다시 못 볼 것 같은 생각이 들어서."

그 말대로 독고현은 천왕각에서 다른 승려들과 함께 불살라지고 있었다.

서문영의 눈에서 굵은 눈물이 흘러내렸다.

처음으로 정(情)을 나눈 여자였다.

그게 아니라 해도, 이런 식으로 떠나보내서는 안 될 여자였다.

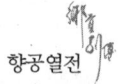

향공열전

*   *   *

 대림사에 불어 닥친 재앙은 금세 퍼져나갔다. 절반이 넘는 일반 승려들이 하루아침에 떼죽음을 당한 것은 흔치 않은 일이었다.

 치열한 전쟁의 와중이라면 모를까? 평화로운 등봉현에서 있을 수 없는 일이기도 했다. 사람들은 이해할 수 없는 참사(慘事)를 두고 큰일이 일어날 징조라 했다.

 등봉현의 현위 상유고는 관병(官兵)들을 이끌고 사파를 들쑤시고 다녔다.

 사파의 고수들이 편파적인 표적수사라며 반발했지만 소용이 없었다.

 대부분의 사람들은 "독을 쓰는 일은 당연히 사파의 짓이니 철저히 조사해야 한다"고 현위를 지지했다.

 그건 그리 변변한 사파가 없는 등봉현이기에 가능한 일인지도 모른다. 오랜 세월 동안 소림사의 위세에 눌려 사파가 자리 잡을 틈이 없었던 것이다.

 상유고는 그런 백성들의 성원에 힘입어 한 달이 넘도록 사파를 들쑤시고 다녔다.

 하지만 아무런 소득도 얻지 못했다.

 사악하기로 유명한 사파의 마두들이었지만 칠보절명산에 관해서는 깨끗하기만 했다.

사파에서 아무런 소득을 얻지 못한 상유고는 이번에는 눈을 그보다 하위조직이라고 할 수 있는 하오문으로 돌렸다.

그렇지 않아도 하오문은 관부의 단속 대상이다. 거기에다가 대림사 독살사건의 배후로까지 지목되자 거의 전란(戰亂)에 버금가는 일이 벌어졌다.

등봉현에 있던 하오문의 잡배들 가운데 절반이 관부로 끌려가 고문을 당했다.

현위 상유고는 사파에서 은근히 무시당한 한을 하오문에서 마음껏 풀었다.

홍루(紅樓)라고 예외는 아니다.

홍루는 영업을 정지했다.

관병들이 드나들며 걷어찬 덕분에 십 년밖에 안 된 건물이 백 년은 되어 보였다.

한 노인이 의자에 콕 박히듯 웅크리고 앉아 곰방대를 미친 듯이 빨아댔다.

노인의 앞에 사십대의 장한이 우뚝 서 있었다.

"노야, 어떻게 하시렵니까?"

노인은 답답한 듯 입술을 오물거리며 담뱃대만 물고 늘어졌다.

뻐끔. 뻐끔. 뻐끔.

노인의 눈에서 살기가 번득였다.

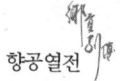
향공열전

담뱃대 속에 든 앵속(罌粟; 양귀비)의 기운으로도 치밀어 오르는 울화(鬱火)는 가라앉지 않았다.

"벌써 내일입니다. 노야?"

"그만, 나도 알고 있다."

노인이 담뱃대로 장한을 멀찍이 밀어냈다.

담뱃대에 밀린 장한이 뒷걸음질 쳤다. 하지만 두 눈은 여전히 노인에게 고정되어 있었다.

"현위는 이미 홍루의 주인이 세 분 노야라는 것을 알고 있습니다. 두 분이 피하셨으니 노야께서도 피하셔야 합니다."

"이놈아! 당장 홍루를 피해 어디로 가라는 말이냐?"

"……."

장한은 대답하지 못했다. 세 사람의 노야에게 홍루는 집이나 다름없었다.

"그나저나 하악철노의 제자라는 놈의 행방은 알아냈느냐?"

"이상하게 그날 이후로 등봉현에서 그놈을 본 사람이 없습니다."

"헐! 당한 거야. 틀림없어……."

"당하다니요?"

"보나마나 그놈도 살인멸구(殺人滅口)를 당한 게지! 누군지 몰라도 일이 저렇게 커졌는데 그놈을 살려 두었을 것 같으냐?"

"아!"

"너도 입단속 단단히 하거라. 만에 하나 홍루에서 칠보절명산을 판매한 사실이 알려지면…… 홍루에 몸담았던 사람들 모두가 참수(斬首)를 당하게 될 게다."

"헉! 그 정도입니까?"

"나라고 관부에 줄이 없는 줄 아느냐? 현위가 미쳐 날뛰는 것은 그 뒤에 황실의 고관이 버티고 있기 때문이다."

"화, 황실이요?"

"자세히 말은 안 해주는데…… 그 하악철노의 제자라는 놈이 독살한 사람 중에 황실과 관계된 사람이 섞여 있었나 보더라. 그러니 바로 참수지."

"허, 허면, 어쩌시렵니까?"

"어쩌긴…… 해산이다."

"해, 해산이요?"

"홍루에 불을 놓아…… 흔적을 없애야겠다."

"노, 노야, 굳이 그렇게까지 하지 않아도……."

"모르는 소리. 남아 있는 칠보단명산과 잡독들을 숨길 수 있다고 생각하느냐? 불이 최고니라……."

"그럼 저는?"

"너는 홍루와 끝을 함께해야지."

"예? 노, 노야, 어찌 그런 말씀을…… 헉!"

말하다 말고 장한이 두 손으로 목을 움켜쥐었다. 어느 틈에 독을 썼는지 장한의 얼굴은 이미 검게 변한 뒤였다.

털썩.

바닥에 쓰러진 장한이 부르르 몸을 떨었다.

노인은 의자에 파묻혀 장한의 몸이 굳을 때까지 가만히 바라보았다. 그리고 마침내 장한의 경련이 멎자 천천히 일어섰다.

"쯧! 화무십일홍(花無十日紅)인가?"

혼자서 뭐라고 구시렁거리던 노인이 밖으로 느릿느릿 걸어나갔다.

잠시 후 노인의 방에서 메캐한 연기가 흘러나왔다.

얼마 지나지 않아 시뻘건 불꽃이 홍루 곳곳에서 피어올랐다.

등봉현 아낙들의 원망을 한몸에 받고 있던 홍루는, 그렇게 붉은 화염에 휩싸여 사라져갔다.

밤부터 타오른 불길은 새벽에야 가라앉았다.

아직은 새벽 미명, 잿더미로 변한 홍루로 한 사람이 다가갔다. 초췌한 몰골의 사내는 서문영이었다.

"하아! 한걸음 늦은 건가."

서문영의 입에서 땅이 꺼져라 탄식이 흘러나왔다. 한 달 만에야 겨우 단서를 잡고 달려 왔는데, 그게 잿더미로 변해 있었기 때문이다.

서문영이 이를 갈며 돌아섰다.

현위 상유고에게 지시를 내린 뒤 은밀하게 등봉현을 뒤지고 다녔다.

등봉현은 물론 하남성에서 이름난 독공(毒功)의 고수는 모두 찾아다녔다. 하지만 아무도 칠보절명산을 만들거나 판매한 적이 없다고 했다. 달래도 보고 얼러도 보고, 심지어 분근착골까지 사용했다. 그래도 그들은 모른다고 했다. 그렇다면 정말 모르는 것이다.

그러다가 '현위가 하오문을 족치고 다닌다'는 소문에 문득 깨달아지는 바가 있어 하오문을 쓸고 다녔다. 하지만 하오문의 내부 사정은 사파보다 더 복잡했다. 고만고만한 사람들이 서로를 사부(師父), 대인(大人), 노야(老爺)로 불러대는 통에 갈피를 잡을 수 없을 정도였다.

갈팡질팡하던 중에 우연히 순박한 기녀의 소개로 사십대 장한을 만났다. 기녀의 기둥서방인 그는 "등봉현의 하오문을 홍루의 삼노야가 관리한다"고 털어 놓았다. 그리고 한때 자신도 홍루에 있었다면서 "삼노야 중의 하나가 독을 판다"는 소리까지 했다.

범죄수사를 전문으로 하는 현위 상유고보다는 매번 한걸음 늦었지만, 운 좋게도 단번에 최종 목적지를 알게 된 셈이다.

하지만 늦었다. 한걸음에 달려 왔건만 홍루는 불타 버린 뒤였다.

서문영이 이를 악물었다.

그리고 잿더미를 보며 몇 번이나 다짐했다.

'모든 단서는 여기서 사라졌지만 영원히 잊지 않을 것이다.'

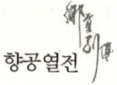
향공열전

제10장

운검(雲劍)이 동쪽으로 간 까닭은?

"떠나려는가?"

마타선사의 물음에 서문영이 고개를 끄덕였다.

독고현을 위한 천도제(薦度祭)까지 마쳤으니, 다시 갈 길을 가야 했다. 게다가 독에 대한 단서가 사라진 등봉현에는 더 이상 남아 있고 싶지 않았다.

"예."

"그래, 어디를 가더라도 대림사의 제자라는 자부심을 가지시게."

"예."

마타선사가 부드러운 눈으로 서문영을 바라보았다.

처음 운학에게 서문영과 구마선사의 인연에 대해 들었을 때는 반신반의(半信半疑)했다. 하지만 결국은 인정하고 받아들일 수밖에 없었다.

대림사의 유일한 밀법승이자 장경각주인 운학이 무려 이십 년 만에 제정신으로 돌아와 한 말인 까닭이다.

"참, 자네의 법명은 운검(雲劍)일세. 제자가 열 명밖에 안 남았지만, 그래도 운자배(雲字輩)이니 섭섭해하지 마시게."

"운봉스님과 운학스님이 반대하시지 않겠습니까?"

둘 다 마타선사가 사십대에 거두어들인 제자들로 나이 육십대의 고승들이었다.

"두 사람 모두 자네를 사제로 받아들이는 것을 허락했다네."

서문영이 마타선사를 향해 고개를 숙여 보였다.

"스승님, 제자에게 말씀을 낮추어 주십시오."

서문영의 말에 마타선사가 크게 웃음을 터뜨렸다. 독살사건이 있은 후 처음으로 웃는 것이기도 했다.

"허허허! 알겠다. 너는 나의 유일한 속가제자이니라. 딱히 가르쳐 줄 건 없지만, 그래도 시간 나는 대로 찾아오도록 해라."

"예."

돌연 마타선사가 진지한 어조로 운을 떼었다.

"운학에게 들었다."

"……"

서문영의 머리가 더욱 숙여졌다.

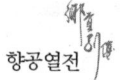
향공열전

"녹은 쇠에서 생기지만 차차 그 쇠를 먹어 버린다. 마찬가지로 마음이 옳지 못하면, 그 마음이 차츰 사람을 먹어버리게 된다."

그것은 운학에게 서문영의 마음상태를 들은 뒤로 꼭 들려주고 싶었던 법화경(法華經)의 가르침이기도 했다.

"……"

서문영은 아무런 말도 하지 않았다.

마음으로는 "옳음도 그름도 버린 지 오래입니다"라고 말하고 싶었지만 참았다. 마타선사의 진정을 거부하고 싶지 않았던 것이다.

정말 마타선사와 운학 그리고 공원선사에게만은 그러고 싶지 않았다.

"가자꾸나."

마타선사가 자리에서 일어섰다. 서문영을 배웅해 주려는 것이다.

서문영이 조용히 마타선사의 뒤를 따라갔다.

대림사의 배웅은 조촐했다.

주지인 마타선사가 앞장서고, 그 뒤를 운자배 제자들 셋이 따랐다.

살아남은 지자배(知字輩) 제자 셋과 각자배(覺字輩) 제자 셋이 서문영을 힐끔거렸다. 지객원으로 들어왔던 손님이 큰스님의 마지막 제자가 되어 절을 나간다고 하니 왠지 다시 보였다.

그들 모두 큰스님이 제자를 받기에 늦은 나이라는 것을 알고 있기 때문이다. 그래도 사형제가 된 운자배 스님들의 얼굴을 보니 환하기만 하다.

 지자배와 각자배 제자들은 운검이라는 특이한 법명의 사숙, 혹은 사숙조와 한번이라도 더 눈을 맞추기 위해 애를 썼다. 비록 나이는 비슷했지만 뭔가 대단한 것이 있으니 그렇게 된 것이라고 믿은 것이다. 그것이 불법의 깨달음이든 무공이든 말이다.

　　　　　　　*　　　*　　　*

 서문영이 칠보절명산의 주인을 찾아다니는 동안, 십대문파는 강호에 일대 파란을 불러일으키고 있었다. 십대문파의 연합체인 단심맹의 설립을 선언한 것이다.

 지금까지 십대문파만의 맹(盟)을 따로 결성한 적이 없었던 탓에 강호는 요동쳤다.

 하지만 사상 초유(初有)의 단심맹에 대한 무림인들의 시선은 곱지 않았다. 단심맹에서 '천명회가 해체될 때까지만 운영한다'는 단서조항을 애써 강조했지만, 그것을 곧이곧대로 받아들이는 사람은 없었다.

 지역의 군소방파들은 십대문파와 비교해 열세다. 군소방파들은 그에 대한 타결책으로 다양한 모임을 결성하곤 했다. 그런 모임 덕분에 군소방파들은 단독으로 일을 처리하는 십대문파를 어느 정도 견제할 수 있었다.

하지만 단심맹이 결성된 이후로 변해 버렸다.

십대문파는 더 이상 단독으로 일을 처리하지 않았다. 조금이라도 문제가 발생하면 곧바로 단심맹의 천의대(天義隊)가 투입되었다. 천의대의 시퍼런 서슬 앞에서 군소방파는 '하고 싶은 말이 있어도 감히 입을 열지 못하는' 지경에 이르고 말았다.

군소방파의 무림인들이 뭐라고 하든지 말든지 단심맹은 신경 쓰지 않았다. 설립선언 이후 모든 일을 번갯불에 콩 구워 먹듯 해치워 버렸다.

섬서성 서안(西安)에 있는 장원을 사들여 그 자리에 총단을 만들고, 각 문파에서 백 명씩 선발해 단심맹을 운영하기 시작한 것이다.

'단심맹이 섬서성에 터를 닦았다'는 소식이 강호를 강타한 직후의 일이다. 칠대마인이 만든 것으로 알려진 천명회가 돌연 사천성을 떠나 호남성 장사(長沙)로 옮겨갔다.

갑작스러운 이동에는 여러 가지 이유가 있겠지만, 사람들은 그중 하나로 산채의 분위기를 꼽았다. 구룡채의 채주가 잡혀간 뒤로 산채의 분위기가 뒤숭숭해졌는데, 원인제공자라고 할 수 있는 소면시마가 그걸 견디지 못했다는 것이다.

어쨌든 소면시마의 강력한 주장에 의해 천명회는 동정호의 바로 아래로 보금자리를 옮겼다. 사람들은 동정호의 수채가 녹림의 도적들 중 가장 강하다는 것도 한몫 했을 거라고 떠들어 댔다.

사람들은 단심맹과 천명회가 천하를 남북(南北)으로 나누어 지배하고 있다는 의미로 "남천명 북단심"이라 했다.

물론 단심맹이나 천명회는 그런 말을 사용하지 않았지만 말이다.

천하를 남북으로 분할한 단심맹과 천명회는 금방이라도 대접전(大接戰)을 벌일 듯했다. 그러나 어떻게 된 일인지 실제로는 거의 마주치지 않았다.

단심맹은 남무림의 일을 모른 척했고, 천명회는 북무림의 일에 관심을 기울이지 않았던 것이다.

수많은 정사파 무림인들이 단심맹과 천명회의 행위는 스스로 내세운 대의(大義)에 어긋난다는 점을 지적했다. 애초에 사파의 천명회는 십대문파의 기세를 꺾기 위해 만들어졌고, 정파의 단심맹은 천명회를 없애기 위해 만들어진 것이기 때문이다.

한 비루한 몰골의 사내가 강소성의 성문으로 터덜터덜 걸어갔다.

성문을 지키고 있던 병사들이 창끝으로 사내를 막았다.

"어이! 순박한 양민(良民)인양 자연스러운 걸음으로 성문을 통과하려는 자네! 잠깐 멈추게!"

"……."

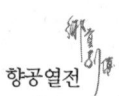
향공열전

사내가 땀과 먼지에 절어 피곤해 보이는 얼굴로 창끝을 겨누고 있는 병사를 바라보았다.
　"어디에서 와서 어디로 가는 장정(壯丁)이신가?"
　"……"
　사내는 잠시 대답할 말을 생각하는 듯했다.
　장정이라는 말은 특별히 징병 적령기의 남자를 가리키는 말이다. 시국이 어수선한 때이니 만큼 남다른 의미의 호칭이었던 것이다.
　"하남성에서 오는 길입니다. 남경(南京) 북쪽에 있는 성가장으로 가고 있습니다."
　남경의 성가장으로 간다고 하자 병사가 호기심 어린 눈으로 사내의 아래위를 훑어보았다.
　남경의 성가장은 강소성에서 가장 유명한 무가(武家) 중 하나였기 때문이다.
　당장에 건들거리던 말투부터가 바뀌었다.
　"성가장에는 무슨 일로 가려는 거요?"
　"소생은 성가장의 글 선생입니다."
　병사가 옆에 서 있는 다른 병사에게 물었다.
　"이봐, 무가에 글 선생도 따로 두나?"
　"몰라! 성가장이야 요즘 잘 나가니까, 따로 둘지도 모르지."
　"그렇군."
　고개를 주억거리던 병사가 서문영에게 고개를 돌렸다.

그냥 통과시켜도 상관은 없지만, 왠지 꺼림칙하다. 사내의 태도가 지나치게 담담하기 때문에 배알이 살짝 뒤틀린 것인지도 모른다.

"당신의 허리에 차고 있는 칼은 뭔가? 글 선생이 웬 칼?"

"호신용(護身用)입니다."

"오호! 글 선생인데 칼질도 할 줄 안다?"

사내의 얼굴이 가볍게 찡그려졌다.

아무래도 성문을 지키던 병사들이 심심한 모양이다. 양민에게 껄떡거리고 있는 병사들을 보고 있자니 기분이 묘했다. 자신의 수하들도 틈만 나면 저렇게 시간을 보내곤 했다.

'쯧! 시간을 잘못 맞춰 왔나 보군. 사람들이 많이 드나드는 시간에 왔어야 할 것을……'

사내, 서문영이 속으로 혀를 찼다. 하지만 그것 때문에 뭐라고 할 생각은 없었다.

자신도 군문에서 시간이 더디게 가는 것 때문에 몸살을 앓은 적이 많았다. 짝다리를 짚고 창을 겨누고 있는 저 병사에게도, 지금이 그런 때일 것이다.

병사의 창끝이 다시 건들거렸다.

"장정, 대답이 없네?"

"조금 압니다."

"오! 할 줄 안다는데!"

"와우! 용사(勇士) 났네! 용사 났어!"

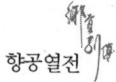
향공열전

왁자지껄한 소란과 함께 병사들이 하나 둘씩 몰려들었다.

분위기가 조금 달아오르자 장창을 겨누고 있던 병사가 창끝을 내리며 말했다.

"장정, 칼질이 마음에 안 들면 통과 못해. 알겠지?"

"……."

서문영이 담담한 눈으로 병사를 바라보았다. 겨우내 한파(寒波)에 절었을 그를 보고 있자니 용무대의 부하들이 떠올랐다. 그리 오래된 것 같지도 않은데, 그리움이 왈칵 밀려왔다. 그들 모두가 이승에 없다는 것을 알고 있기 때문이리라.

"어떻게 하면 됩니까?"

병사가 웃으며 답했다.

"이 정도면 되겠다 싶은 걸 보여줘 보라고."

"알겠습니다."

말과 함께 서문영이 박도를 뽑아 들었다.

갑작스러운 서문영의 동작에 놀란 병사가 급히 뒷걸음질 쳤다.

주변에 서 있던 병사들이 "와하하!" 웃음을 터뜨렸다.

서문영의 얼굴에 희미한 미소가 떠올랐다.

병사들의 웃음 속에 파묻혀 있자니 용무대 사람들과 독고현의 얼굴이 떠올랐던 것이다.

아무리 그리워해도 이제 다시 그날로 돌아갈 수는 없다.

잠시 추억에 잠겨 있던 서문영은 이내 견고하게 축조된 성벽 앞으로 다가갔다.

칼춤을 보이려면 공터로 나와야지 왜 벽으로 갈까?

병사들이 의아하게 생각하고 있을 때다.

한순간 서문영의 몸이 허공으로 날아올랐다.

가가가각.

기이한 소리와 함께 돌가루가 부스스 떨어져 내렸다.

그리고 일 장 높이의 석벽에 일필휘지(一筆揮之)로 갈겨쓴 글자가 떠올랐다.

> 하루 종일 바람 불고 흙비 왔다네
> 그는 다정히 나에게 오기도 했네
> 가고 옴이 영영 끊어진 뒤론
> 내 마음엔 그리움이 가득 하다오
>
> 終風且霾 惠然肯來
> 莫往莫來 悠悠我思

시경(詩經) 종풍(終風)에 나오는 글이다. 그것은 다시 돌아갈 수 없는 과거의 추억 앞에 우두커니 서 있는 서문영의 마음이기도 했다.

철커덕. 철것.

병사들의 손에 들려 있던 창이 툭툭, 떨어졌다.

성벽을 올려다보는 병사들의 입이 벌어진 채 다물어지지 않았다.

향공열전

서문영은 어느새 처음의 자리로 돌아와 있었다.

"지나가도 되겠습니까?"

장난을 걸었던 병사가 급히 떨어뜨린 창을 주워 들고는 더듬더듬 말했다.

"다, 당연히, 지나가셔도 됩니다. 사실 제가 대협을 검문했던 것은…… 강소성의 분위기가 불안해서였습니다. 결코 대협에게 시비를 걸려고 해다거나……."

서문영이 고개를 끄덕였다. 그도 제나라의 군대가 열흘 전에 월경을 했었다는 소식은 들어서 알고 있었다. 남경성의 검문검색이 강화되지 않았다면 그게 이상한 거다.

"노고가 많으십니다. 그럼 소생은 이만."

서문영이 목례를 해보인 후 성문으로 걸어갔다.

병사들이 멀어져가는 서문영의 뒷모습을 넋을 잃고 바라보았다.

"혹시 검공(劍公) 아닐까?"

누군가 물었지만 아무도 답하지 않았다.

검공도 감히 저 사람에게는 미치지 못 할 거라고 생각했던 것이다.

* * *

남경(南京) 시내를 관통한 서문영의 앞에 굳게 닫힌 장원의 문이 보였다. 전과 비교해 달라진 것이 없는 성가장의 정문이었다.

쿵쿵쿵.

서문영이 문을 두드리자 곧바로 안쪽에서 굵은 음성이 들려왔다.

"누구시오?"

"서문영이라 합니다."

"……."

문 건너편의 상대는 잠시 말을 하지 않았다.

곧이어 굳게 닫혀 있던 문이 활짝 열렸다.

"어이쿠! 서 대협! 정말 서 대협이시군요! 어서 안으로 들어오십시오!"

호들갑을 떨고 있는 사람은 언젠가 입관시험에서 비무를 신청하던 구소중(究小重)이었다.

"예."

서문영이 짧게 답한 후 안으로 성큼성큼 들어갔다.

구소중은 다시 문을 닫아야 한다는 것도 잊고 안채로 뛰어갔다.

성가장 내부를 찬찬히 둘러보는 서문영의 얼굴에 편안한 미소가 떠올랐다.

마치 고향집으로 돌아온 듯한 기분이다.

향공열전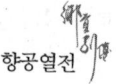

연무장에서 수련을 하던 성유화와 성무달이 숨을 헐떡이며 달려왔다.

 성유화는 말없이 웃기만 했다.

 "아우님! 이제 온 거야? 돌아온 거 맞지? 그렇지?"

 성무달의 계속된 물음에 서문영이 웃으며 고개를 끄덕였다.

 "예, 돌아왔습니다. 막상 밖에 나가 보니 글 선생이 제일 좋았더라고요."

 성무달이 서문영의 손을 잡으며 크게 웃었다.

 "푸하핫! 무슨 소리야! 천하의 검공 서문영이 글 선생이라니?"

 "정말입니다. 글 선생 다시 하려고 왔어요."

 "어라? 아우님, 많이 뻔뻔해졌는걸? 밖에서 대체 무슨 일을 하다가 온 거야? 전에는 시키는 일만 고분고분하더니, 이젠 고집을 다 부리네?"

 "……"

 서문영은 빙긋이 웃기만 했다.

 지금까지 경험한 일을 이야기하려면 내일 아침까지 해도 다 하지 못할 것이었다.

 "오라버니, 서 소협이 쉴 수 있게, 그만 좀 괴롭히세요!"

 "아! 그렇군."

 성무달이 멋쩍게 웃으며 서문영의 손을 놓았다.

 지금 보니 서문영의 얼굴과 옷은 땀과 먼지로 얼룩져 있었다. 새삼 묻지 않아도 엄청 고생을 한 모습이다. 검공 서문영의 명성에 걸맞지 않는 몰골이기도 했다.

"아우님, 무슨 유랑걸식이라도 한 거야? 몸이 말이 아니네?"

"힘든 일을 좀 겪었거든요."

"저런! 쯧쯧! 하여튼 유화 말대로 좀 쉬게나. 아우님이 사용하던 방 기억나나?"

"예."

"지금도 그 방은 아우님의 방으로 남아 있다네. 누가 워낙 지극정성으로 관리를 해서 말이야. 제자들이 늘어나서 잠잘 곳이 부족한데도, 끝내 그 방은 비워주지 않더라고."

"하하! 그랬습니까? 괜히 미안해지는군요."

"자, 가보세나."

말과 함께 성무달이 서문영의 손을 잡아끌었다.

뒤에서 성유화가 소리를 빽 내질렀다.

"오라버니, 실없는 소리 그만하고 가서 연공이나 하세요!"

"아니, 내가 없는 소리 했냐?"

"흥! 오라버니도 그 방은 비우지 말라고 했잖아요!"

"나야 그냥 해본 말이었지."

"뭐예요!"

씩씩거리던 성유화는 나중에 보자며 연무장으로 돌아가 버렸다.

서문영이 놀란 눈으로 성무달을 바라보았다.

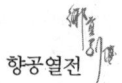
향공열전

"형님, 가주님이 벌써 성무십결(成武十結)의 구단공에 접어들었습니까?"

이년 전에 칠단공이었는데 벌써 구단공이라고 생각하니 놀랍기만 했다.

"우리 유화가 구단공이라고 누가 그러던가?"

"구단공에 들어야 감정을 조절할 수가 있지 않습니까? 조금 전에 분명히 화가 단단히 난 것처럼 보이던데…… 전 같았으면 형님은 이미……."

서문영이 목을 긋는 시늉을 해보였다. 성유화의 성격이 폭주해서 피해 다녔던 일이 떠올랐던 것이다.

"이 사람 순진하기는! 유화는 아직 팔단공에 머무르고 있다네."

"헉! 팔단공이요?"

서문영은 성유화가 천재라고 생각했다. 아무도 익히지 못한 무공을 벌써 팔단공이나 익혀냈다니? 그저 놀라울 뿐이었다.

"그래, 팔단공이니 아직 감정을 조절할 수가 없지. 제자들이 얼마나 유화의 눈치를 보는지 아나? 연공시간에 나와 보면 절대 구단공이라는 소리를 하지 못할 걸세."

"하지만 조금 전에는 분명히?"

서문영이 손으로 성유화가 사라져간 방향을 가리켜 보였다. 분명히 성유화는 화를 냈지만 금방 가라앉히고 연무장으로 돌아갔다. 구단공이 아니면 불가능한 일이었다.

"구단공이 아니어도 그럴 수 있지."
"어떻게요?"
"화가 난 척을 하면 되지. 안 그런가?"
"……."
서문영이 멍한 눈으로 성무달을 바라보았다.

이 년이라는 기간 동안 상가장에도 많은 일들이 있었나 보다. 철혈(鐵血)의 여장부(女丈夫)인 성유화가 그런 교태까지 부릴 수 있다니 말이다.

"여자는 하루가 다른 거거든."
"그렇군요."

* * *

그날 저녁, 성가장에서는 검공 서문영의 귀환을 환영하는 성대한 잔치가 열렸다.

서문영이 왔다는 말에 외부로 파견나가 있던 제자들까지 모조리 돌아왔다.

서문영과 초면인 신입제자 삼십 명을 제외하면 모두가 구면인지라, 분위기는 화기애애(和氣靄靄)하기만 했다.

취기(醉氣)로 서문영의 얼굴이 가볍게 달아올랐을 때다.

콰앙!

멀리서 문짝이 부서져 나가는 소리와 함께 중무장을 한 병사들이 몰아닥쳤다.

"역도(逆徒)들은 순순히 오라를 받으라!"

선두에 선 무장(武將)이 호통과 함께 손을 번쩍 치켜들었다.

순간 성가장의 담벼락 위로 궁수(弓手)들이 나타났다.

문짝이 부서져 나가고, 궁수들이 출현하기까지는 그야말로 눈 깜짝할 정도의 시간에 불과했다.

서문영은 순간 가슴이 철렁했다.

'헉! 관억이 실각했나? 아니면 보국왕 이진이 모함을 받은 건가?'

관억이나 보국왕 이진과 거리를 두려고 한 것도 그들에게 휩쓸려 들어가고 싶지 않은 마음에서다. 황실과 관계된 암투란 상상을 초월한 것이었기 때문이다.

'제길! 감군총사나 어림친위군의 일에서 손을 확실하게 뗐어야 했다! 그렇다면 서가장은?'

서문영의 얼굴이 하얗게 질려갔다.

대책 없이 당했을 서가장을 생각하니 머릿속에 아무런 생각도 떠오르지 않았다.

가주(家主)인 성유화가 급히 무장의 앞으로 나아갔다.

"저는 성가장의 주인인 성유화라 합니다. 무슨 연유로 저희를 역도라고 하시는지요? 보면 알겠지만, 저희는 작은 무가에 불과합니다. 지금은 객지에서 돌아온 제자를 환영하기 위해 한자리에 모인 것뿐입니다."

무장이 스산한 눈으로 성유화를 바라보며 답했다.

"흥! 제나라의 첩자들이 너희 중에 다수 잠입했다는 첩보를 입수했다. 세력 확장에 눈이 멀어 나라를 팔아먹다니! 용서할 수 없다!"

"제나라의 첩자라니요?"

성유화가 급히 제자들에게 시선을 돌렸다. 최근에 새로 받은 제자 서른을 제외하고는 모두 오래도록 함께 지낸 사람들이다.

출신이 의심되는 사람은 신입제자들밖에 없었다.

'설마 저들 중에 제나라의 사람들이 섞여 있는 걸까? 그런데 그걸 관부에서 어떻게 알았지?'

지난 한 달 동안 제자가 되기를 원해 찾아온 사람이 오십 명이다. 그들을 다 수용할 수가 없어서 서른 명을 골라 받았다.

지금 생각해 보니 한 달에 오십 명이 몰려 온 것도 석연치가 않다. 확실히 평소에 비해 지나치게 많은 숫자였다.

무장이 증오 섞인 눈으로 성유화를 노려보았다.

얼마 전 제나라의 월경(越境)을 막다가 희생된 병사가 오십이 넘었다. 그런데 후방(後方)인 남경에서 그런 제나라의 첩자들을 돌보고 있었다니? 생각만 해도 치가 떨렸다.

"닥쳐라! 여봐라! 당장 연놈들을 포박하여 사령부로 압송하라!"

"예!"

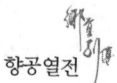
향공열전

무관들이 수하들을 이끌고 성가장의 제자들에게 접근했다.

"좌도위(左徒尉)! 움직이는 자는 남녀노소를 막론하고 벌집을 만들어 버려라!"

지휘관의 명에 궁수들 사이에서 컬컬한 음성이 답했다.

"알겠습니다! 들었느냐? 움직이는 놈들을 쏘라는 명이시다!"

"예!"

"알겠습니다!"

"뭐, 뭐냐고요!"

분노와 당혹감에 사로잡힌 성유화의 얼굴이 붉으락푸르락 변해갔다.

성유화가 폭발할 듯하자 성무달이 급히 팔을 잡아 뒤로 끌었다. 아무리 성유화가 나찰옥녀로 이름을 날리고 있다 해도 중무장한 군사를 당해낼 수는 없기 때문이다.

"헛! 참아, 참으라고!"

"놔요! 놔!"

성유화가 발버둥치고 있을 때다.

무장의 뒤편에서 떠들썩한 소란과 함께 한 무리의 무림인들이 몰려왔다.

병사들의 안내를 받으며 나타난 그들은 무천관주 구자겸을 비롯한 강소성 칠대무관의 수장(首長)들이었다.

성무달과 함께 성유화를 만류하고 있던 성가장 호법인 귀영마살 송안석의 눈에서 살기가 치솟았다.

"가주, 아무래도 오대무관에서 수작을 부린 것 같습니다."

뒤늦게 자신의 문제가 아니라는 것을 알아챈 서문영이 안도의 숨을 내쉬며 물었다.

"휴! 송 호법님, 오대무관이라뇨? 저들이 따로 모임을 만든 겁니까?"

서문영이 고개를 갸웃거렸다. 자신의 기억에 오대무관이라는 말은 없었기 때문이다.

송안석이 구자겸과 함께 나타난 네 사람의 관장(官長)을 노려보며 답했다.

"지난해에 진가장과 남경무관, 허가장, 이가장이 문을 닫았네. 이년 전 일차 원정 때에 가주를 잃었던 무관이 모두 망한 셈이지. 그 뒤로 성가장을 제외한 다섯 개의 무관이 하나로 뭉쳐 다니며 온갖 패악을 일삼고 있는 중이지."

성유화의 팔을 움켜잡고 있던 성무달이 한마디 덧붙였다.

"들리는 소문에 의하면 진가장, 남경무관, 허가장, 이가장을 망하게 한 것도 바로 저자들이야. 눈으로 보지 못했으니 사실인지 아닌지 모르겠지만…… 문을 닫은 무관의 제자들은 물론 사업장까지 모조리 가지고 간 걸 보면 영 틀린 말은 아닌 것 같아."

"허! 그런 일이……."

서문영이 고개를 설레설레 저었다.

가만 생각해 보니 자신이 사천성에서 토번과 전쟁을 하고 있는 동안에 참 많은 일들이 일어난 것 같다.

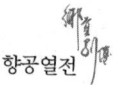
향공열전

천하 무림은 확실하게 남북으로 갈라섰고, 변방이라 조용할 것 같았던 강소성의 중소무관들은 서로를 잡아먹기에 열심이었던 것이다.

 그러는 동안에도 무천관의 관주인 구자겸은 지휘관으로 보이는 무장의 귀에 뭐라고 열심히 속삭이고 있었다.

 고개를 끄덕이던 무장이 다시 한 번 호통을 쳤다.

 "무엇들 하느냐! 당장 포박하지 않고!"

 무장의 명이 떨어지자마자 성가장의 총관 석장원이 한걸음 나서며 말했다.

 "장군님! 잡혀갈 때 잡혀 가더라도 잘못은 알고 잡혀가야 하지 않겠습니까? 첩자가 누군지, 그가 왜 첩자인지 가르쳐 주십시오! 잘못이 있다면 벌을 달게 받고, 오해가 있다면 반드시 풀겠습니다!"

 "흥! 뻔뻔한 놈 같으니! 너희들의 잘난 제자들 중에 태산(泰山)에서 온 제나라 첩자들이 섞여 있다는 것을 정녕 모른다는 말이냐!"

 "장군님, 성가장의 식솔들 중에 태산 출신의 사람은 없습니다!"

 "네놈이 끝내 본관(本官)을 능멸하려 드는구나! 구 관주! 그를 데리고 오시오!"

 "예!"

 구자겸이 오대무관의 사람들 사이에서 한 사람의 손을 잡고 나왔다. 남경에서 목수 일을 하며 하루하루 살아가는 장이(張二)라는 노인이었다.

"장이라고 했더냐! 너는 본관의 묻는 말에 사실대로 답해야 할 것이다! 저기 보이는 성가장의 제자들 중에 아는 얼굴이 있느냐?"

불안한 눈으로 성가장 사람들을 살펴보던 장이가 고개를 끄덕였다.

"그럼 그들에게 네가 무엇을 해주었는지도 말해 보아라!"

"장군님, 죽여주십시오! 미천한 것이 먹고 살기 위해서⋯⋯ 죽을죄를 지었습니다요!"

갑자기 장이가 눈물 콧물을 흘리며 애원하기 시작했다.

"사실대로 말한다면 정상을 참작하여 참수(斬首)는 면하게 해주겠다!"

무장의 얼굴에 야릇한 미소가 스치고 지나갔다. 협조를 했으니 참수는 시키지 않을 생각이다. 하지만 아무리 사정을 봐준다고 해도 태형(笞刑)까지 면하게는 못한다.

본인은 모르겠지만, 저 정도 늙은이라면 태형을 받다가 숨이 끊어질 게 분명했다.

'모르는 게 약이지.'

무장이 참수를 면하게 해주겠다고 약속하자 장이는 울음을 그쳤다. 그리고 바싹 메마른 손가락으로 성가장의 신입제자들을 가리켰다.

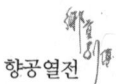
향공열전

장이의 갈라져서 듣기 거북한 소리가 널리 울려 퍼졌다.

"한 달 전…… 이놈이…… 저 사람들에게 호패(號牌; 신분을 증명하는 패)를 만들어 주었습니다요."

"몇 개나 만들어 주었느냐?"

"스무 개를 만들었습니다요."

"그 스무 명의 얼굴을 알아볼 수 있겠느냐?"

"떼로 몰려다닌지라 몇 명밖에는 기억하지 못합니다만, 호패만큼은 알아볼 수가 있습니다요."

"네가 만든 호패에 어떤 특징이 있느냐?"

"출신지를 호북성 무한이라 적은 호패는 모두 소인이 만든 것입니다요."

"헐! 호북성 무한이라, 확실하냐?"

"소인의 고향이 그곳인지라…… 무심코 고향을 새겨 넣었던 것입니다요."

무장이 총관 석장원에게 시선을 돌렸다.

"들었느냐? 한 날 한시에 호북성 무한 출신의 낭인 스무 명을 받아들인 적이 있느냐?"

"……."

석장원은 아무런 말도 하지 못했다.

언젠가 호북성 출신의 사람이 떼거지로 온 것은 기억하고 있다. 그런데 그것이 가짜로 만든 호패였을 줄이야!

성유화 역시 제자들의 명부(名簿)를 본 적이 있던지라 숨을 죽였다. 그때 총관과 함께 했던 농담까지 기억이 났다.

총관은 명부를 건네며 "호북성 사람이 많으니 검공이 여럿 나오겠습니다"라고 했다. 서문영의 출신지가 호북성이기에 자신도 크게 웃었었다.

분위기가 이상해지자 성무달이 성유화의 손을 슬그머니 놓았다. 성유화가 갑자기 시무룩하게 가라앉았기 때문에 더 잡고 있을 이유도 없었다.

성무달이 성유화의 귀에 대고 나직이 물었다.

"유화야, 저 늙은이의 말이 사실이냐?"

"……"

성유화는 가타부타 대답 대신 한숨을 크게 내쉬었다.

성무달의 얼굴에서 핏기가 가셨다. 제 성질을 참지 못하는 성유화가 내쉬는 한숨의 의미를 간파했던 것이다.

사태의 추이를 지켜보고 있던 신입제자들 사이에서 가벼운 술렁거림이 일어났다. 가짜 호패를 가진 사람과 진짜 호패를 가진 사람들 사이에서 신경전이 벌어진 것이다.

그런 성가장 제자들을 경멸 어린 눈으로 쏘아보던 무장이 소리쳤다.

"흥! 이제 와서 네놈들끼리 진짜와 가짜를 가려도 소용없다! 얌전히 오라를 받아라!"

병사들이 장창을 앞세우고 전진하기 시작했다.

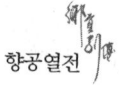
향공열전

성유화가 안타까운 눈으로 서문영을 바라보았다.

다시 찾아오자마자 역모에 휘말려 들게 되었으니 면목이 없었다.

입술을 깨물며 분을 삭이던 성유화가 서문영에게 전음을 날렸다.

『서 소협, 제가 소란을 일으키면 즉시 달아나세요. 저희 성가장 때문에 괜히 욕보실 것 없어요. 성가장은 오늘 이후로…… 세상에서 사라지게 됐네요. 정말…… 정말…… 미안해요.』

말을 마친 성유화가 검의 손잡이를 움켜잡았다.

정말 제나라 사람들을 받아 줬다면, 어차피 성가장은 끝이다. 하지만 그렇다고 죄 없는 서문영까지 휘말려 들게 할 수는 없었다.

서문영이 정규군의 포위망을 뚫고 달아날 수 있을지 어떨지는 모르겠지만, 해줄 수 있는 만큼 해줘야 한다. 그게 다시 찾아온 서문영을 위한 자신의 최선이었다.

성유화가 막 검을 뽑아들 때였다.

서문영이 무장의 앞으로 저벅저벅 걸어가며 말했다.

"장군, 호북성 무한의 호패를 가진 사람이 제나라 첩자라는 증거는 어디 있습니까?"

차라라락.

병사들의 장창이 일제히 서문영에게로 모아졌다.

서문영이 손끝으로 장창을 툭툭 건드리며 중얼거렸다.

"관리가 잘된 좋은 창이야……. 역시 야전군(野戰軍)이라는 건가?"

무장, 강소성 북부영(北部領)의 특무장군(特務將軍) 악무송(岳霧凇)이 곤혹스러운 표정으로 사내를 바라보았다. 중무장한 창병의 앞인데도 사내는 전혀 위축되지 않은 모습이었다.

'흥! 꼴에 무림의 고수라 이거지?'

하지만 무림의 고수라고 해도 전쟁을 수행하는 대부대를 당해낼 수는 없다. 대부분의 무림인들이 목에 힘을 주다가 치욕스럽게 무릎을 꿇는 이유도 거기에 있었다.

그것이야말로 전술 전략이나 집단전의 개념이 박혀 있지 않은 무림인의 한계이기도 했다.

"너는 누구냐?"

"성가장의 글 선생이자 검공이라 불리는 서문영이오."

"물론, 너의 말대로 호북성 무한의 호패를 가진 사람이 모두 제나라 첩자는 아닐 것이다. 하지만, 적어도 여기에 있는 자들은 제나라의 첩자이지. 구 관주!"

악무송이 오대무관의 관주들에게 손을 까닥였다.

기다렸다는 듯 무천관의 관주 구자겸이 다시 한 사람을 앞으로 내세웠다.

"이분은 무당파의 장로이신 고적산인(古蹟山人)이십니다. 고적산인께서는 이 모든 일의 증인이기도 합니다."

서문영은 무당파 장로라는 소리에 인상을 찡그렸다. 두렵거

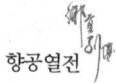
향공열전

나 부담이 돼서가 아니다. 담운의 얼굴이 떠올라 짜증이 확 밀려온 것이다.

허름한 도복을 걸친 육십대의 노인이 좌중을 둘러본 후 짧게 말했다.

"빈도(貧道)가 고적이외다."

십대문파의 고인답게 탈속한 기품이 흘러넘쳤다.

악무송이 포권을 해보인 후 물었다.

"고적산인께서 이번 일에 대해 알고 계시는 것을 소상히 말씀해 주십시오."

"예, 천하를 떠돌아다니며 수도(修道)를 하다가…… 태산을 지나던 중 저 사람들을 만난 적이 있습니다. 저 사람들은 분명히 태산파의 제자들입니다. 그들이 왜 성가장에 왔는지는 모르겠으나…… 좋은 일로 온 것은 아니라고 생각합니다."

고적산인의 말에 성가장 사람들이 발칵 뒤집혔다. 신입제자들이 정말 태산파의 사람들이라면, 역도로 몰려도 할 말이 없었기 때문이다.

"너 태산파 사람이더냐!"

"아니, 아닙니다! 모두 거짓말입니다!"

성가장 사람들의 소란을 지켜보던 악무송이 서문영에게 물었다.

"더 할 말이 남았느냐?"

"물론 있소."

"말해 봐라."

"세상에는 신뢰하지 말아야 할 세 종류의 사람이 있소. 장군께서는 그게 누군지 알고 싶소?"

"……."

악무송이 거만한 표정으로 턱을 까딱였다. 계속 말해 보라는 뜻이다.

"무당파, 화산파의 잡도사들과 소림사의 화상(畵像; 얼굴의 속어)이 바로 그들이오."

"갈(喝)!"

순간 고적산인의 입에서 대갈일성(大喝一聲)이 터져 나왔다. 잡도사라는 말에 참지 못하고 고함을 친 것이다.

"귀하도 잡도사요?"

하룻강아지의 도발에 고적산인은 그만 폭발하고 말았다.

"정녕 패악(悖惡)한 자로다!"

말과 함께 고적산인이 송문고검을 뽑았다.

태허궁 도기 천도상인(天道上人)의 스승이자, 무당파 최고 기인이라는 고적산인과 검공 서문영의 인연은 그렇게 시작되었다.

〈7권에서 계속〉

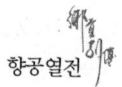
향공열전

박찬규 신무협 장편 소설

千目遽眼 천리투안

『태극검제』, 『혈왕』 박찬규의 2007년 신작!
강호에 버려진 호운비의 처절한 생존 분투기!

하루아침에 억울한 누명으로 구족이 몰락하고,
두 눈마저 잃고 처참하게 노비로 전락한
좌승상부의 소공자, 호운비.

억울한 누명 속에 세상을 잃었으나
의지만은 잃지 않으리라!

dream books
드림북스

신무협 베스트 '3인 3색'
드림 출간 기념 이벤트!

제 1탄!
『철중쟁쟁』, 『파계』, 『칼』의 작가!
권용찬이 유려한 문장으로 그려간 또하나의 걸작.

중상모략과 권모술수가 판치는
상계에 나타난 상인의 제왕!

商王 상왕 진우몽

금 이십 냥의 빚을 짊어지고 들어선 상인의 길.
반드시 상도에 어긋나지 않는 천하제일의 상인이 되겠다!

제1탄, 권용찬 작가의 『상왕 진우몽』(8월 12일 출간)
제2탄, 임무성 작가의 『황제의 검 3부』(8월 출간 예정)
제3탄, 김강현 작가의 『뇌신』(8월 출간 예정)

250만원 상당의 사은품 증정!!

LG, R10.AXE811
- 인텔 코어2듀오 E8200
- RAM:2GB/500GB
- LCD 22인치 Wide

LG, R200-TP83K
- 인텔 코어2듀오 T8300
- RAM:2048MB/200GB
- LCD 12.1인치

캐논, EOS40DFULL
- 1010만화소(1.05"CMOS)
- LCD/DSLR/1:1.6(35mm기준)
- 셔터(1/8000)/연사(초당 6.5장)

컴퓨터 or 노트북 or 디지털 카메라 중 택 1

EVENT ONE

이벤트를 진행하는 3종의 책을 '모두 구입하신 분들 중' 추첨을 통해 사은품을 드립니다.

[사은품]
1명 : <최신형 컴퓨터 or 노트북 or 디지털 카메라> 중 택 1 + 3종의 3권(작가 친필사인)
('EVENT ONE에 참여하신 분들 중 30명'에게 작가 친필사인이 들어 있는 3종 3권을 드립니다.)

[응모요령]
1,2권 띠지에 부착된 응모권 6개를 오려 드림북스로 보내주세요.

EVENT TWO

이벤트를 진행하는 3종의 책을 '개별적으로 구입하신 분들 중' 추첨을 통해 사은품을 드립니다.

[사은품]
3명 : 백화점 상품권(10만원) + 구입한 도서의 3권(작가 친필사인)
(『상왕 진우몽』(1명), 『뇌신』(1명), 『황제의 검 3부』(1명))

[응모요령]
1,2권 띠지에 부착된 응모권 2개를 오려 드림북스로 보내주세요.

EVENT THREE

책을 읽고 감상평을 올리시는 분들 중 11명을 추첨하여 사은품을 드립니다.

[사은품]
으뜸상(1명) : 닌텐도DSL + 서평을 쓴 도서의 3권(작가 친필사인)
우수상(10명) : 문화상품권(1만원)
            + 서평을 쓴 도서의 3권(작가 친필사인)

[응모요령]
이벤트 진행 도서들 중 하나를 읽고 인터넷 서점(YES24) 리뷰란에 감상평을 올려주시고,
그 내용을 복사하여(이메일, 아이디 기재) 한 번 더 '드림북스 홈페이지 감상란'에 올려주세요.

[보내주실 곳] (우)142-815 서울시 강북구 미아8동 322-10
             (주)삼양출판사 2층 드림북스 이벤트 담당자 앞

[이벤트 기간] 2008년 8월 14일~2008년 9월 30일

[당첨자 발표] 2008년 10월 10일(당사 홈페이지 및 장르문학 전문 사이트에 발표합니다)

드림북스 홈페이지 http://www.sydreambooks.com
드림북스 블로그 http://www.blog.naver.com/dream_books
문피아 사이트 http://www.munpia.com/출판사 소식/드림북스
조아라 사이트 http://www.joara.com/출판사 소식

※ 응모권을 보내주실 때는 '이름, 연락처, 주소'를 정확히 기입해 주세요.
※ 사은품은 이벤트 진행도서 3종 3권의 책이 모두 출간된 직후 일괄 배송합니다.
※ 사은품은 상기 이미지와 다를 수 있습니다.

문우영 신무협 장편 소설

ORIENTAL FANTASY STORY & ADVENTURE

樂之傳記
악공전기

"이 암울한 시대에 던지는 빛나는 수작!"

문피아 골든 베스트 1위! 신인 베스트 1위!
작가 조진행이 극찬했던 바로 그 화제의 신간!

감동의 소리를 얻으려는 자, 어둠을 보라.
눈을 감으면 악공 석도명이 연주하는 새로운 세상이 열린다!

dream books
드림북스